The Sun
Also Rises

Ernest Hemingway

太阳照常升起

[美]海明威 著 冯涛 译

中国友谊出版公司

图书在版编目（CIP）数据

太阳照常升起 /（美）海明威著；冯涛译. -- 北京：中国友谊出版公司，2015.5（2019.3重印）

ISBN 978-7-5057-3487-6

Ⅰ.①太… Ⅱ.①海… ②冯… Ⅲ.①长篇小说－美国－现代 Ⅳ.①I712.45

中国版本图书馆CIP数据核字(2015)第032804号

书名	太阳照常升起
作者	[美]海明威
译者	冯涛
出版	中国友谊出版公司
发行	中国友谊出版公司
经销	新华书店
印刷	天津旭丰源印刷有限公司
规格	880×1230毫米　32开　8.5印张　208千字
版次	2015年6月第1版
印次	2019年3月第3次印刷
书号	ISBN 978-7-5057-3487-6
定价	45.00元
地址	北京市朝阳区西坝河南里17号楼
邮编	100028
电话	(010) 64678009

版权所有，翻版必究
如发现印装质量问题，可联系调换
电话　(010) 59799930-601

谨以本书献给哈德利和约翰·哈德利·尼康诺

你们都是迷惘的一代。
——和格特鲁德·斯泰因的一次谈话

一代过去,一代又来,
地却永远长存。
日头出来,日头落下,
急归所出之地。
风往南刮,又向北转,
不住地旋转,而且返回转行原道。
江河都往海里流,海却不满,
江河从何处流,仍归还何处。
——《圣经·旧约·传道书》

The Sun
Also Rises

第一部

第一章

　　罗伯特·科恩曾是普林斯顿的中量级拳击冠军。别以为我会拿一个拳击冠军的头衔太当回事，不过这对科恩来说可就意义重大了。他并不喜欢拳击，事实上他讨厌它，可他满心痛苦又一心一意地学着打拳，以此来抵消他身为一个犹太人在普林斯顿感受到的自卑和羞怯。想到能把任何一个瞧他不起的家伙打倒在地，让他心底觉得相当安慰，虽说他本身是个很害羞又很厚道的小伙子，除了在健身房里，从不跟人打架斗殴。他是斯拜德·凯利的明星学员。斯拜德·凯利把他手下所有的年轻绅士都照次轻量级①拳击手的模式来训练，不管他们的体重是 105 磅还是 205 磅。不过这办法看来很适合科恩。他的出拳速度确实很快。他进步如此神速，斯拜德于是马上安排他跟高手过招，结果他终生落下了个扁鼻子。这使科恩更加厌恶打拳了，不过也给了他一种异样的满足感，而且他的鼻子确实也更好看了些②。在普林斯顿的最后一年，他书读得太多了，结果戴上了眼镜。我碰到过的他的同班同学中，没有一个记得他，他们甚至不记得他曾是中量级拳击冠军。

---

① 次轻量级拳击手的体重在 118 磅至 126 磅之间，而中量级体重则在 147 磅到 160 磅之间。
② 犹太人的典型外貌特征包括一个巨大的鹰钩鼻。

我对所有貌似坦率和单纯的人统统信不过，尤其是他们的故事编得格外完美的时候。我一直就怀疑罗伯特·科恩从来就没得过什么中量级拳击冠军，他那个鼻子也许是被一匹马给踩的，要么也许是他妈妈怀着他的时候受了什么惊吓或是看到了什么精怪，再要么是他小时候撞在了什么东西上，可是最终还是有人向我证实了科恩的经历并非瞎编，此人正是斯拜德·凯利本人。斯拜德·凯利非但记得科恩，他还时常惦记着他这位得意门生后来到底怎么样了。

罗伯特·科恩的父系是纽约最富有的犹太家族之一，母系又是最古老的家族之一。他进普林斯顿前的大学预科是在一所军校读的，他是校橄榄球队出色的边锋，没人使他产生什么种族意识。甚至没人使他觉得自己是个犹太人，所以他也就没觉得跟任何人有任何不同，直到他进了普林斯顿。他是个厚道小伙子，是个友善的年轻人，而且非常害羞，这就更使他觉得痛苦不堪。他就通过打拳来发泄，最后带着痛苦的自我意识和一个被打扁了的鼻子从普林斯顿毕业，跟第一个好心待他的姑娘结了婚。他结婚五年，生了三个孩子，把父亲留给他的那五万美元挥霍殆尽，遗产的其他部分归他母亲所有。这些年来，跟一个富有的妻子过着不幸福的家庭生活，这把他的脾气变得相当讨人厌。等他终于下定决心要离开他妻子了，她却先一步把他给甩了，跟一个微型人像画家跑了。好几个月来他一直考虑要离开他妻子，却又觉得就这么把她给抛弃未免过于残忍，所以并没有付诸行动，她这么一走虽大出他意外，却也大有益处。

离婚手续办妥以后，罗伯特·科恩动身去了西海岸。在加利福尼亚，他混迹于文人圈子里，他那五万美元尚有少量剩余，很快他就拿来支持一家文艺评论杂志。这家杂志创刊于加利福尼亚的卡梅尔，在马萨诸塞的普罗文斯敦[①]停刊。起先科恩纯粹被视作一位赞助

[①] 卡梅尔（Carmel）是洛杉矶以北加利福尼亚沿海的一个城镇，普罗文斯敦（Provincetown）位于科德角顶端，这两个城镇传统上都是文人和艺术家雅集之地。

人，名字也只出现在版权页上的顾问栏内，后来却成了杂志唯一的编辑。这可是他的钱，而且他发现他很享受做编辑的权利。当维持这家杂志的开支变得过于庞大，他不得不放弃时，他还是颇有些惋惜的。

不过到了那个时候，他又有别的事情要操心了。他已经被一位想借那本杂志上位的女士给抓到了手心。此人非常强势，科恩根本就别想逃出她的手掌心。再说他还确定他爱她。等这位女士看明白了那本杂志成不了器了，她就有些厌弃科恩，于是决定在还有点东西可捞的时候赶快捞一把，所以她极力怂恿科恩到欧洲去，说是科恩可以在欧洲写作。他们就这样来到了欧洲，并待了三年，这里是那位女士就学的旧游之地。这三年里，头一年花在旅游上，后两年在巴黎度过。罗伯特·科恩一共有两个朋友：布拉多克斯和我。布拉多克斯是他文人圈子里的朋友，我则跟他一起打网球。

把他捏在手心里的那位女士芳名弗朗西丝，在第二年年尾上发现自己的容颜已经不再，于是对罗伯特的态度也由过去漫不经心地占有他、盘剥他，转而断然决定他应该娶她。在这时候，罗伯特的妈妈又给他安排了一笔津贴，每月三百美元。我相信在两年半的时间里，罗伯特·科恩眼睛里根本就没有过别的女人。他过得相当幸福，只不过跟住在欧洲的很多美国人一样，他觉得还是住在美国好。他还发现自己能写点东西，他写了本小说，虽说相当差劲，也并没有日后评论界批得那么糟。他读了很多书，打打网球，还在当地的一个健身房打打拳。

我第一次注意到那位女士待他的态度，是有天晚上我们三个一起用餐之后。我们先在大马路饭店用过餐，然后去凡尔赛咖啡馆喝咖啡。喝罢咖啡后又喝了几杯白兰地，我就说我得走了。科恩刚刚说起我们两个应该在周末的时候来次小旅行，他想出城去痛痛快快地来次远足。我建议我们先飞到斯特拉斯堡①,然后去爬圣奥迪尔山,或是阿尔萨斯地区②别的什么乡野地方。"我认识斯特拉斯堡的一位姑娘,她可以带我们在城里好好转转。"我说。

桌子底下有人踢了我一脚。我以为是无意中碰到的,就继续说下去:"她在那儿已经住了有两年了,对那个城市可以说了如指掌。是个很棒的姑娘。"

我桌子底下又挨了一脚,仔细一看,发现罗伯特的那位女士弗朗西丝正绷着脸,下巴抬得老高。

"该死。"我说,"干吗要去什么斯特拉斯堡?我们可以北上布鲁日③,要么去阿登高地④也不赖嘛。"

科恩明显松了一口气。我也没再挨踢,我道了声晚安就此告辞。科恩说他想买份报纸,可以陪我一起走到街道拐角。"看在上帝的分上,"他说,"你老兄干吗要提斯特拉斯堡的那位姑娘?你没见弗朗西丝是什么脸色吗?"

"没有,我干吗要看她的脸色?如果我认识一位住在斯特拉斯堡的美国姑娘,这干弗朗西丝什么鸟事?"

"没任何区别。只要是姑娘都不成。我就不能去了,就这么回事儿。"

"别傻了。"

"你不了解弗朗西丝,只要出现什么姑娘就坚决不成。你没见她刚才的脸色?"

"好吧,好吧。"我说,"那就去桑利⑤得了。"

---

① 斯特拉斯堡(Strasbourg)为法国东北部城市,在塞纳河左岸,与德国隔河相望。
② 阿尔萨斯(Alsace)为法国东北部一古行省,普法战争后划归德国,一战结束才归还。
③ 布鲁日(Bruges)为比利时西北部一城市。
④ 阿登(Ardennes)是法国东北、比利时和卢森堡以南一处林木茂盛的高地,一战中曾是大战战场。
⑤ 桑利(Sanlis)为法国北部一城镇,在巴黎东北偏北51公里的林区,有中世纪教堂、文艺复兴时期建筑和一座王室城堡,是巴黎人的度假地。

"别生气哦。"

"我不生气。桑利是个好地方,我们可以住在大雄鹿饭店,到森林里远足,然后回家。"

"好,那挺好的。"

"好了,明天球场上见。"我说。

"晚安,杰克。"他说,回头朝咖啡馆走去。

"你忘了买份报纸了。"我提醒他。

"提醒得是。"他跟我一起走到拐角的报亭,"你没生气吧,杰克?"他拿着报纸转身问我。

"我干吗要生气?"

"网球场上见。"他说。我看着他手拿报纸走回咖啡馆。我挺喜欢她的,可她显然让他的日子很不好过。

第二章

那年冬天罗伯特·科恩带着他的小说回了趟美国，小说被一家相当不错的出版社接受了。我听说出门前他们大吵了一架，我觉得弗朗西丝就是这么失去了他，因为纽约有好几个女人都待他不错，他回来以后也真是今非昔比了。他对美国更加热衷，也不再那么单纯那么友善了。有几位出版商对他的小说给予了相当高的评价，这也着实冲昏了他的头脑。然后就有好几个女人煞费苦心地讨他的好，这么一来他的见识可就大大改观了。有四年的时间他的眼界就完全局限在他妻子身上，三年或者几乎三年以来，他的眼里又只有弗朗西丝。我敢肯定，他这辈子都从来没有恋爱过。

他在大学的那段日子实在糟心，心灰意懒之下逃到了婚姻里，而等他发现他并非第一任妻子眼中的一切时，弗朗西丝又乘虚而入，一把把他给抓在了手心里。他虽没真正恋爱过，却也认识到他对女人并非没有吸引力，一个女人喜欢他并想跟他住在一起可不仅仅托赖神赐的奇迹。这使他的态度有所改变，变得不太那么容易相与了。而且，他在纽约的时候曾跟几个亲戚打过几场很险的桥牌，下的赌注都超出了他的偿付能力，好在他牌好，还赢了好几百美元。这使得他对自己的桥牌技艺颇为自负起来，说过好几回，一个人要是迫不得已，总归还可以靠打桥牌为生。

还出了另外一件事。他一直都在读 W.H. 哈德逊①。这听起来像是一种无害的消遣，可是科恩把那本《紫色土地》一读再读。《紫色土地》如果读得太晚就是本很危险的书了。它讲述的是一位完美无缺的英国绅士，在一片极富浪漫气息的土地上经历的一系列极具想象力的风流历险，其中的风光描写极为精彩。可是一个已经三十四岁的男人若是把它当作人生指南，那可就很不安全了，这就好比一个同龄的男人抱着一整套比这个还实际些的阿尔杰的著作②，从法国修道院直接奔赴华尔街一样不靠谱。我相信，科恩把《紫色土地》里的每一字句都像是看 R.G. 邓恩③ 的报告一样当了真。你懂我的意思，他当然也有所保留，不过这整本书在他看来是大有道理的。这本书正好成了促使他行动起来的触发点。我起先没意识到它对他竟有这么大的影响，直到有一天他跑到我办公室来找我。

"嘿，罗伯特。"我说，"你来是让我开开心的喽？"

"你愿不愿意到南美去，杰克？"他问我。

"不愿意。"

"为什么不愿意去？"

"我不知道。我从没想过去那儿，太贵了。反正你在巴黎也能看到你想看的所有南美人。"

"他们都不是真的南美人。"

"在我看来他们可都真得不能再真了。"

---

① W.H. 哈德逊（William Henry Hudson，1841—1922），英国作家、博物学家和鸟类学家，以书写充满异域情调的传奇闻名。他的作品对 20 世纪二三十年代的"返回自然"运动起过促进作用。

② 霍雷肖·阿尔杰（Horatio Alger，1832—1899），美国 19 世纪末最受欢迎的青少年文学作家。他的作品大肆宣讲的主题是：凭借诚实、不屈不挠的乐观精神和艰苦的工作，善良的孩子会得到应该的报偿——而这种报偿往往只能凭好运突然到来。"阿尔杰式英雄"也由此成为美国语言的一部分。

③ 罗伯特·格雷厄姆·邓恩（Robert Graham Dun，1826—1900），美国信贷问题专家，1893 年起每周都刊行商情报告，名《邓氏评论》。

本周的通讯稿必须得赶这一班海陆联运列车①发出,可我才写了有一半。

"听到有什么丑闻没有？"

"没有。"

"你那帮尊贵的亲戚里面有没有闹离婚的？"

"没有。听我说,杰克。要是我们俩的费用由我负担,你愿意跟我一起去趟南美吗？"

"干吗一定要把我拉上？"

"你能讲西班牙语,而且咱们俩一道也更好玩。"

"不行。"我说,"我喜欢巴黎,而且我一直是去西班牙消夏的。"

"我这一辈子就盼着能来这么一趟旅行。"科恩说着坐了下来。"我怕还没来得及动身就已经老朽了。"

"别傻了。"我说,"你愿意去哪儿就能去哪儿,你有的是钱。"

"我知道。可我总是下不了决心。"

"开心点。"我说,"每个国家看起来还不都像电影里那样。"

我挺替他难过的。他感觉很糟糕。

"一想到我的人生在飞快地消逝,而我都还没有真正生活过,我实在受不了。"

"除了斗牛士,没有任何人的人生是一路高歌猛进的。"

"我对斗牛士可不感兴趣,那种人生不正常。我想到南美的乡间去走走,我们的旅行肯定会很有意思。"

"有没有想过到英属东非②去打猎？"

"没有,我不喜欢这个。"

"我愿意跟你一起去。"

---

① 配合船班次载运船客的火车。
② 英属东非（British East Africa）泛指曾经被英国控制的东非地区,包括肯尼亚、乌干达、桑给巴尔和坦噶尼喀（今坦桑尼亚）。

"不，我对这个不感兴趣。"

"那是因为你从没读过这方面的书，去找本通篇都是描写跟黑得发亮的美丽公主谈情说爱的书看看就是了。"

"我想去南美。"

他真有犹太人那种典型的固执脾气。

"咱们下楼去喝一杯吧。"

"你不是在工作吗？"

"不干了。"我说。我们下楼来到底层的咖啡馆。我早发现这是把朋友给打发掉的最好办法。一杯酒下肚后，你只消说一句"唉，我还得回去发几份电讯"，就结了。干新闻这一行，极其紧要的一点就是应该显得整天都没事干，所以能找到类似得体的脱身之计是非常重要的。总之，我们一起下楼来到酒吧，喝了杯威士忌加苏打。科恩望着墙边堆的一箱箱酒。"这地方不错。"他说。

"酒水真不少啊。"我同意道。

"听我说，杰克。"他俯身在吧台上，"你从没觉得你的人生正在溜走，而你根本就没享受过生活的乐趣吗？你没意识到你已经虚度将近半辈子了吗？"

"有啊，每隔一段时间都会这么想。"

"你知道再过个三五十年我们就该死了吗？"

"扯这些有用吗，罗伯特？"我说，"扯这些干吗？"

"我是认真的。"

"我从来不为这种事瞎操心。"我说。

"你应该操操心。"

"我随时随地操心的事情已经够多的了。我什么心都不想操。"

"我就是想去趟南美。"

"听我说，罗伯特，跑到另一个国家去不会有任何区别。这一套我都试过了。你从一个地方跑到另一个地方，但你还是你。你没办法从自己身体里面逃离出去。"

"可你从来没有去过南美啊。"

"南美你个头！你要是就抱着现在的想法，就算是去了，也还是一个熊样。巴黎是个好地方，你为什么就不能在这里开始你的生活呢？"

"我烦透了巴黎，烦透了这个区①。"

"那就离开这个区。自己四处溜达溜达，看能碰上什么新鲜事。"

"我什么事都碰不上。有天夜里我独自走了一整夜，屁事都没发生，只有一个骑自行车的警察拦住我要看我的证件。"

"巴黎的夜晚不是很美吗？"

"我根本不在乎巴黎什么样。"

问题就在这里。我为他感到难过，可是又根本帮不上忙，因为你一上来就会碰上他那双重的固执：南美能救他的命，还有他不喜欢巴黎。第一重固执来自一本书，我猜第二重固执也来自一本书。

"好了。"我说，"我得到楼上去发几份电讯了。"

"你一定得去吗？"

"是呀，我得把那几份电讯发出去。"

"要是我跟你一起上去，在你办公室坐一会儿，不会妨碍你吧？"

"不会，上来吧。"

他坐在外间的办公室看报，我和总编、出版人一起紧张地工作了两个钟头。然后我把打字稿的正、副本分开，把我的名字打上去，把稿件装进几个马尼拉纸的大信封，揿铃叫上一个听差，吩咐他把信封送到圣拉扎尔火车站。我走到外间，发现罗伯特·科恩已经在一把大椅子上睡着了，头枕在胳膊上头。我不想叫醒他，可我想把办公室锁上，关门走人了。我把手按在他肩膀上。他晃了晃脑袋。"我办不到。"他说，脑袋在臂弯里埋得更深了，"我办不到。不管怎么说我都办不到。"

---

① "这个区"应该指塞纳河南岸学生和文人、艺术家聚居的拉丁区。

"罗伯特。"我摇着他的肩膀叫他。他抬头看看,微微一笑,眨巴着眼睛。

"方才我喊出声来了?"

"说了点什么。可听不清楚。"

"上帝啊,多么讨厌的噩梦!"

"是打字的声音催你睡着的吧?"

"大概是吧。昨晚我一夜都没合眼。"

"在干吗?"

"讲话呗。"他说。

我想象得到。我有个坏习惯,就是好想象我的朋友卧室里的情形。我们出去到那不勒斯咖啡馆,喝了杯开胃酒,望着大街上①傍晚拥挤的人流。

---

① 指圣日耳曼大街,巴黎拉丁区的第一要道。

第三章

　　这是个温暖的春日夜晚，罗伯特走了以后我一个人坐在那不勒斯咖啡馆的露台上，望着渐渐黑下来的天色，电光的标志和招牌从夜色中浮起来，红绿的交通灯循环往复，人来人往，马车贴着拥挤的出租车流"嘚嘚"地驶过，poules① 也出来活动了，或单人独往或结对成双，四处觅食。我盯着一个挺漂亮的姑娘走过我的桌子，看她沿街走去，直到失去踪影，又盯住另一个，然后看到第一个又走回来了。她再次从我的桌边走过，这次我跟她对上了目光，她就走过来在桌边坐下。服务生走上前来。

　　"哎，想喝点什么？"

　　"佩尔诺茴香酒。"

　　"小姑娘可不该喝这种酒。"

　　"你才是小姑娘呢。Dites garcon, un pernod②。"

　　"也给我来杯佩尔诺。"

　　"怎么了？"她问，"想乐和乐和？"

　　"当然了。你不想？"

　　"不知道。巴黎可是什么鸟都有。"

---

① 法语，本意是"母鸡"，俚语用法指"野鸡"。
② 法语，告诉服务生，一杯佩尔诺。

"你不喜欢巴黎?"

"不喜欢。"

"那干吗不到别的地方去?"

"没别的地方可去。"

"你这不是挺开心的嘛。"

"开心,去他娘的!"

佩尔诺是一种绿茵茵的苦艾酒①的代用品,加上点水以后它就变成了乳白色。味道很像是甘草,颇能提神醒脑,不过也能同样容易地把你给撂倒。我们俩坐在一起喝着佩尔诺,那姑娘看起来阴沉沉的。

"好了。"我说,"你是不是打算请我吃饭?"

她咧嘴一笑,我这才明白她干吗老沉着个脸不笑。把嘴巴闭上以后,她还是个相当俊俏的姑娘。我付了酒钱,我们一起走到街边。我叫住一辆马车,车夫把车一直赶到路牙子边。我们安坐在缓慢、平稳行驶的 fiacre② 里,沿着歌剧院大街,经过一家家已经关门闭户的商店,商店的橱窗还灯火辉煌,这条大街是如此宽阔,还亮闪闪的,几乎像被遗弃了。马车经过纽约《先驱报》分社,但见橱窗里摆满了时钟。

"摆这么多钟是干吗的?"她问。

"它们显示的是美国各地的时间。"

"别糊弄我了。"

---

① 苦艾酒(absinthe)是一种香料型蒸馏酒,黄绿色,与水混合后成乳白色,含酒精68%。苦艾酒被认为有碍健康,可引起痉挛、幻觉、智力衰退和精神变态,这些症状是由苦艾中存在的有毒化学成分苧酮引起的。不过可能正因此,自打苦艾酒面市(1797年)以来,就在欧洲文人和艺术家圈子里风靡一时。1908年,瑞士正式禁止制造苦艾酒,1915年法国及许多国家也先后效法。1918年佩尔诺公司在西班牙设厂制造苦艾酒及不含苦艾的同类饮料,后者向禁止生产苦艾酒的国家出口,同时发展出风味相似的低酒精无苦艾成分的佩尔诺酒、茴香酒、拉基酒等。茴香酒加水混合后呈浑浊、带绿的乳白色。

② 法语,出租马车。

我们从歌剧院大街转到金字塔路，穿过里沃利路的车流，经过一道幽暗的大门进入杜伊勒利花园①。她依偎在我身上，我伸出胳膊搂住她。她抬头等着我吻她，伸手碰了碰我，我把她的手推开了。

"不用了。"

"怎么了？你有病？"

"是。"

"谁没病？我也有病。"

我们出了杜伊勒利花园，来到明亮的大街上，然后穿过塞纳河，转到圣父路上。

"你要是有病的话就不该喝那杯佩尔诺。"

"你也是。"

"我喝不喝都一样。对女人来说都一样。"

"你叫什么？"

"若尔热特。你怎么称呼？"

"雅各布。"

"这是个佛兰芒人②的名字。"

"美国人也有。"

"你不是佛兰芒人？"

"不是，我是美国人。"

"好极了。我讨厌佛兰芒人。"

说话间我们已经到了餐厅，我叫cocher③停下。下了马车，若尔热特并不喜欢这地方的外观。"这家餐厅可不怎么样。"

---

① 杜伊勒利（Tuileries）原是法国的旧王宫，始建于1564年，1871年被焚毁，现尚存杜伊勒利花园。

② 佛兰芒人是近代比利时两大主要文化语言集团之一（另一大集团是瓦隆人），讲荷兰语诸方言——一般称佛兰芒语，官方名称佛拉芒语，主要住在西部和北部（瓦隆人讲法语诸方言，住在东部和南部）。

③ 法语：车夫。

"是不怎么样。"我说,"也许你更愿意去富瓦约①。那你干吗不待在马车上继续朝前走呢?"

之所以搭上她,纯粹是因为一时的感情脆弱,模糊地觉得有个人陪我一起吃饭感觉会好一些。我已经有很长时间没跟"野鸡"一起吃饭了,已经忘了这该有多么无聊了。我们走进餐厅,经过账台后面的拉维涅夫人,进了一个小单间。若尔热特吃了点东西以后情绪好了些。

"这地方还不坏。"她说,"说不上时髦,不过饭菜还不错。"

"肯定比你在列日②吃得好。"

"你是说布鲁塞尔吧③。"

我们又叫了瓶红酒,若尔热特开了个玩笑。她微笑着,把一口坏牙都露了出来,我们一起碰杯。

"你这人不坏。"她说,"真可惜你染上了病。咱们挺说得来。不过你到底是怎么弄的?"

"是在战场上受了伤。"我说。

"哦,那场肮脏的战争。"

我们有可能就这么继续说下去,谈着那场战争,然后一致同意那事实上是场文明的浩劫,也许最好还是不要有这场战争。可我实在厌烦透了。正在这时,另一个单间里有人叫我:"巴恩斯!我说,巴恩斯!雅各布·巴恩斯!"

"是个朋友在叫我。"我解释道,走了出去。

原来是布拉多克斯跟一大帮人围坐在一张大桌子边,有科恩、弗朗西丝·克莱恩、布拉多克斯太太,还有几个我不认识的。

"你要来参加舞会,对吧?"布拉多克斯问道。

---

① 富瓦约是巴黎一家著名的高档餐厅。
② 列日为比利时东部城市。
③ 这个"野鸡"很明显是从比利时来巴黎混饭吃的,她也部分承认了,不过仍自称来自比利时的大城市——首都布鲁塞尔。

"什么舞会？"

"哎呀，就是跳舞呗。你不知道我们已经重新开始跳了？"布拉多克斯太太插嘴道。

"你一定得来，杰克。我们都要去的。"弗朗西丝从桌子那头跟我说。她个头高挑，面带微笑。

"他当然会来的。"布拉多克斯说，"进来跟我们一道喝杯咖啡吧，巴恩斯。"

"好呀。"

"把你的朋友也带上。"布拉多克斯太太笑着说。她是个加拿大人，具备加拿大人所有轻松优雅的社交风度。

"多谢，我们一定来。"我说着回到了小单间。

"你的朋友都是些什么人？"若尔热特问。

"作家和艺术家。"

"塞纳河这边这种人多得是。"

"太多了。"

"是这么回事。不过，他们当中有些人倒是真能赚钱。"

"是呀，说得对。"

我们吃完了饭，把酒也喝干了。"来吧。"我说，"咱们跟他们喝咖啡去。"

若尔热特把手提包打开，对着小镜子往脸上扑了点粉，用口红重新画了下唇型，正了正帽子。

"好了。"她说。

我们走进那间坐满了人的单间，布拉多克斯和另外几个男人都站起来表示迎接。

"请允许我介绍我的未婚妻，若尔热特·勒布朗小姐。"我说。若尔热特摆出一副完美的笑容，我们跟大家一一握手。

"你跟那位女高音若尔热特·勒布朗①是亲戚吗？"布拉多克斯太太问道。

"Connaispas②。"若尔热特答道。

"可你们俩同名同姓啊。"布拉多克斯太太热忱地坚持问道。

"哪里，"若尔热特说，"根本就不是，我姓奥宾。"

"可是巴恩斯先生把你介绍为若尔热特·勒布朗小姐。他确实是这么说的。"布拉多克斯太太仍穷追不舍，她一说起法语来就兴奋莫名，往往都不知道自己说的是什么。

"他是个傻子。"若尔热特说。

"哦，这么说来他是开玩笑呢。"布拉多克斯太太道。

"没错。"若尔热特说，"为了逗逗趣。"

"你听到了吗，亨利？"布拉多克斯太太朝桌子那头的布拉多克斯喊道，"巴恩斯介绍他的未婚妻叫若尔热特·勒布朗小姐，其实她姓奥宾。"

"当然，亲爱的。是奥宾小姐，我早就认识她了。"

"哦，奥宾小姐。"弗朗西丝·克莱恩叫道，她的法语说得很快，而且在发觉自己当真讲的是法语时，也不像布拉多克斯太太那样显得既骄傲又有些诧异，"你在巴黎待了很久了吗？你喜欢这里吗？你热爱巴黎，对不对？"

"她是谁？"若尔热特回头问我，"我一定得回答她的问话吗？"

她又转向弗朗西斯，见她微笑着坐着，交叉着手指，脑袋擎在长脖子上，噘起嘴巴来正准备再度开口。

"不，我不喜欢巴黎。这里又贵又脏。"

"真的吗？我觉得巴黎干净极了。数得上整个欧洲最干净的城

---

① 若尔热特·勒布朗（Georgette Leblanc，1875—1941），法国著名女高音歌唱家兼作家，后嫁给比利时著名剧作家梅特林克。杰克的介绍纯属信口开河，随口给若尔热特加了个勒布朗的姓。

② 法语：不认识。

市了。"

"我觉得它很脏。"

"太奇怪了！不过也许你来巴黎的时间还不长。"

"我来巴黎的时间够长的了。"

"可是这里的人都很好。这点谁都得承认。"

若尔热特扭头对我说："你的朋友可真不错。"

弗朗西丝有点醉了，还想继续说下去，不过咖啡端了上来，拉维涅还送上了利口酒。喝完咖啡和利口酒后我们一起走出餐厅，准备到布拉多克斯的跳舞俱乐部去。

那家跳舞俱乐部设在圣热纳维埃夫山路上的一家 bal musette[①]内。一周里有五天晚上，先贤祠区的劳动人民来这里跳舞。每周有一个晚上归跳舞俱乐部。周一晚上不开放。我们到的时候里面空荡荡的，只有一个警察坐在门口，老板娘和老板都在镀锌的吧台后面坐镇。我们进门的时候，老板的女儿正从楼上下来。屋子里摆了几条长凳，还有几张长桌，横贯整个房间，房间的那头才是舞池。

"但愿大家能早点来。"布拉多克斯说。老板的女儿走上前来问我们想喝点什么。老板爬上舞池边上的一个高脚凳，开始演奏起手风琴。他一只脚脖子上还系了串铃铛，一边演奏一边用脚打着拍子。大家都跳了起来。屋里热得很，我们走出舞池的时候都冒汗了。

"我的上帝。"若尔热特说，"简直就是个蒸笼嘛！"

"是热。"

"热死了，我的上帝。"

"把帽子摘了吧。"

"好主意。"

有人邀请若尔热特跳舞，我就走到了吧台旁。真是热得够呛，在这个炎热的夜晚，手风琴的乐声听来悠扬悦耳。我站在门口喝了

---

① 法语：大众化舞厅。用手风琴乐队伴奏。

杯啤酒，吹着街上进来的习习凉风。有两辆出租车沿着陡街开过来，都在舞厅门口停下来。下来了一帮年轻人，有的穿紧身运动衫，有的只穿了件衬衫。就着门口的灯光，我都能看清楚他们的手和新洗过的鬈发。门口站着的那个警察看了我一眼，微微一笑。他们走了进来。走进来的时候，在灯光底下我看到他们雪白的手、弯曲的头发和雪白的脸，他们挤眉弄眼、比比画画，说个没完①。布蕾特跟他们在一起，她看起来非常可爱，在他们当中如鱼得水。

其中有一位看到若尔热特，就说："重大发现！这儿有个货真价实的婊子唉。我一定要跟她跳个舞，莱特，你就瞧好吧。"

那个深色皮肤的高个子，叫莱特的，说："可别太冒失。"

那个金色鬈发的回说："亲爱的，你操的什么心。"布蕾特就是跟这种人混在一起。

我火大了。不知怎的，我一见到他们这种做派就上火。我知道他们是在哗众取宠，该对他们宽容些，全当是看个乐子，可我总忍不住想把他们给揍趴下一个，随便哪个，把他们那种自我感觉良好、假模假式、故作镇定的做派给砸个稀巴烂。我终究还是忍住了，沿着大街往下走，在隔壁一家舞厅的吧台上喝了杯啤酒。那啤酒挺差劲的，我又灌了杯更差劲的科涅克白兰地，想把嘴里差劲的啤酒味给冲掉。我回到我们舞厅的时候，发现舞池里挤满了人，若尔热特正跟那个高个儿金发小子共舞，那小子起劲地扭着屁股，歪着脑袋，眼睛朝上斜吊着。音乐一停，他们当中又有一位跳出来请她跳舞。她已经被他们给占了。我知道接下来他们就会一个接一个跟她跳。他们就喜欢这个调调。

我在一张桌旁坐下来。科恩也坐在那儿。弗朗西丝在跳舞。布拉多克斯太太带了个人过来，介绍他叫罗伯特·普伦蒂斯。他是从纽约取道芝加哥来的，是位崭露头角的小说家。他讲话带了点英国

---

① 典型的同性恋外貌特征和做派。

口音。我请他喝酒。

"太感谢了。"他说,"我才喝了一杯。"

"再喝一杯嘛。"

"多谢,我就再来一杯。"

我们把老板的女儿叫过来,每人要了杯掺水的白兰地。

"我听说,你从堪萨斯城来。"他说。

"是。"

"你觉得巴黎好玩吗?"

"好玩。"

"真的?"

我有点醉了。还没真醉,不过已经有点口不择言了。

"看在上帝分上。"我说,"当然是真的。你不觉得吗?"

"哦,你发起脾气来可真是迷人。"他说,"我希望也有你这本事。"

我站起身来朝舞池走去。布拉多克斯太太追了过来。"别生罗伯特的气。"她说,"他还是个孩子,你知道。"

"我没生气。"我说,"我是怕可能要吐了。"

"你的未婚妻可是大出风头啊。"布拉多克斯太太朝舞池里看过去,若尔热特正被那个深色皮肤的叫莱特的大高个儿搂着跳舞。

"是吗?"我说。

"那还用说。"布拉多克斯太太说。

科恩走上前来。"来吧,杰克。"他说,"一起喝一杯去。"我们走到吧台前。"你怎么了?有什么事惹着你了?"

"没有。只不过这整套把戏让我觉得恶心。"

布蕾特也来到吧台边。

"嗨,伙计们。"

"嗨,布蕾特。"我说,"你怎么还没醉?"

"再也不要喝醉了。我说,给我来一杯白兰地加苏打。"

她举着酒杯站着,我看到罗伯特·科恩在看她。他那副德行颇像他那位同胞看到应许之地时的神情①。科恩当然要比那位同胞年轻多了,不过那种急不可耐和自认理所应当的期待之情则如出一辙。

布蕾特可真他妈漂亮。她穿了件紧身套头毛衫,下配一条粗花呢裙子,头发像个男孩子一样梳到后面。这种风尚就是她起的头②。她的身形就如同一艘赛艇的船身,那件羊毛衫使她所有的曲线毕露无遗。

"你交往的这帮人可真不错,布蕾特。"我说。

"他们很可爱是吧?那你呢,我亲爱的,你又是从哪里搞到那位尤物的?"

"在那不勒斯咖啡馆。"

"你们俩今晚很开心喽?"

"哦,千金难买。"我说。

布蕾特笑了。"你这么干可不地道,杰克。这对我们大家都是种冒犯。你看看那边的弗朗西丝,还有乔。"

这是说给科恩听的。

"这可是应该进行贸易管制的。"布蕾特说着又笑了起来。

"你还真是一丝都不醉嘛。"我说。

"是呀,一点没错。换了你跟我交往的这帮人在一起,也准保不会喝醉。"

音乐再次响起,罗伯特·科恩说:"肯赏光跟我跳支舞吗,布蕾特夫人?"

布蕾特冲他微微一笑。"这支舞我已经答应跟雅各布一起跳了。"她又笑了,"你这名字还真是圣经味儿十足,杰克。"

---

① 用上帝应允将迦南(今巴勒斯坦)赐给犹太始祖亚伯拉罕的典故。见《圣经·旧约·创世记》第12章。
② 1920年代中上层女性开始流行短发风尚,作者将这一风尚的兴起归到了布蕾特头上。

"那下一支怎么样?"科恩问。

"我们就该走了。"布蕾特说,"我们在蒙马特尔^①还有个约。"

跳舞的时候,我从布蕾特的肩膀上望过去,但见科恩还站在吧台边上,盯着她看。

"你又迷倒了一个。"我对她说。

"别说了,可怜的家伙。以前我都一直没发觉。"

"哦,好吧。"我说,"依我看你是多多益善吧。"

"别说傻话了。"

"被我说着了。"

"哦,管它呢。即便如此又能怎样?"

"不怎样。"我说。我们跟着手风琴跳着,有人又弹起了班卓琴。我觉得很热又很快活。我们从若尔热特身边舞过,她正跟那帮人中的另外一个跳呢。

"你鬼迷了什么心窍,把她给带来了?"

"我也不知道,就这么带过来了。"

"你是又开始罗曼蒂克了。"

"不,是无聊了。"

"现在呢?"

"现在好了。"

"我们离开这儿吧,照顾她的人多的是。"

"你愿意?"

"不愿意我干吗要提出来?"

我们离开舞池,我从墙上的挂钩上取下外套穿上。布蕾特站在吧台边,科恩在跟她说话。我在吧台边停下来,问他们要个信封。老板娘找了一个。我从口袋里拿出一张五十法郎的钞票,放在信封

---

① 蒙马特尔(Montmartre)为巴黎北部一区,位于高地之上,在塞纳河东岸,全区遍布咖啡馆和酒吧,是夜生活中心及著名诗人与画家流连之地。

里,封上口,然后递给老板娘。

"跟我一起来的那位姑娘如果问起我,请把这个交给她好吗?"我说,"要是她跟那几位绅士中的哪一位一起走,就请帮我保管一下。"

"一言为定,先生。"老板娘道,"您这就走?这么早?"

"是呀。"我说。

我们朝大门口走去。科恩还在跟布蕾特说话。她道了声晚安就挽起了我的胳膊。"晚安,科恩。"我说。来到外面的大街上,我们要找辆出租车。

"你那五十法郎是有去无回了。"布蕾特说。

"哦,不错。"

"没有出租车。"

"我们可以走到先贤祠,在那儿打车。"

"我们到隔壁的酒吧喝一杯,叫他们帮我们叫辆车。"

"你连过马路的这几步路都不肯走。"

"只要能不走我就不走。"

我们走进隔壁的酒吧,我打发一个服务生去叫车。

"好了。"我说,"我们终于摆脱他们了。"

我们靠着高高的镀锌吧台站着,默默地望着对方。服务生进来说出租车已经等在外头了。布蕾特使劲捏着我的手。我给了服务生一法郎,我们就出去了。"我叫司机往哪儿开?"我问。

"哦,就说随便兜兜吧。"

我就跟司机说去蒙特苏里公园,然后上车,"砰"地把车门关上。布蕾特缩在角落里,眼睛闭着。我坐在她身边。出租车颠了一下就启动了。

"哦,亲爱的,我过得实在是太惨了。"布蕾特说。

第四章

出租车爬上山头,经过灯火辉煌的广场,又进入黑暗当中,继续攀行,然后在平地里驶入圣爱蒂安迪蒙教堂①后面的一条暗街,平稳地沿着沥青路往下开,经过一片树林和停在护墙广场上的公共汽车,再转入穆孚塔路上的鹅卵石路面。街道两旁是灯光明亮的一间间酒吧和一直营业至深夜的商店。我们本来分开坐着,车子在古老的街道上一路颠簸,使我们紧紧地靠在了一起。布蕾特把帽子摘了,头朝上仰着。借着还在营业的商店里的灯光,我能看到她的脸,然后又暗了,在我们开上高柏林大街的时候,我又能清楚地看到她的脸。这条街的路面给挖开了,工人在电石灯照耀下在电车轨道上施工。在明亮的光照下,布蕾特的脸一片惨败,长长的脖颈也一览无余。街道再次沉入黑暗,我吻了她。我们的嘴唇紧紧地纠缠在一起,突然她把头扭开,紧紧地缩在车座的一角,跟我拉开最大的距离。深深把头埋下。

"别碰我。"她说,"求你别碰我。"

"怎么了?"

"我实在受不了。"

"哦,布蕾特。"

---

① 圣爱蒂安迪蒙教堂是先贤祠东北方向山顶上的一个教堂,在拉丁区。

"不能这样。你应该知道。我受不了，就这么回事。哦，亲爱的，请你理解！"

"你不爱我吗？"

"不爱你？你只要一碰我，我全身就都化了。"

"对此咱们就一点办法都没有？"

她坐起身来。我伸出胳膊搂住她，她紧紧靠在我身上，我们都平静下来。她又用那种眼神看着我，直看进我的眼睛，她的眼神会让你禁不住怀疑，她是否真在用自己的眼睛看你。她让你觉得，在世界上每个人的眼睛都停止观看以后，她的眼睛仍旧会一直看下去。她看你的方式就仿佛她会用这种眼神看尽世上的一切，世间万物无一例外，可事实上她害怕很多东西。

"咱们真他妈的一点办法都没有。"我说。

"我不知道。"她说，"我可不想再经受一遍地狱的折磨了。"

"咱们相互间最好离得远远的。"

"可亲爱的，我必须得看到你。你还不明白？"

"我是不明白，可结果总是这样。"

"这是我的错。可咱们难道不是已经为这一切付出代价了吗？"

她一直看到我的眼睛里去。她的眼睛有不同的深度，有时看起来像块平板，可现在你能一直看进去。

"我把很多人都拖进了我的地狱，现在我在为这一切付出代价。"

"别说傻话了。"我说，"而且，我的遭遇就该当个笑话来看。我从来都不去想它。"

"哦，是呀。这个我可以打包票。"

"好了，这个话题到此打住。"

"我自己就嘲笑过它，有那么一次。"她不再看我，"我哥哥的一个朋友从蒙斯的战场上回家来，就是那个样子。这真像个该死的笑话。小伙子们什么都不明白，是不是？"

"是呀。"我说,"谁不是这样,什么都不明白。"

我相当圆满地通过了这个话题的考验。我曾反反复复,从各个可能的角度考虑过这个问题,也包括某些创伤或是残疾会成为大家寻开心的对象这样的角度,可是对于那个承担这份创伤和残疾的人来说,这仍然是开不得玩笑的。

"是好玩。"我说,"很好玩。还有,爱上某个人也很好玩。"

"你这样想?"她的眼睛再次成了平板一块。

"我说的不是这个方面的好玩,不过它总归是种让人觉得享受的情感。"

"不。"她说,"我觉得它就是人间地狱。"

"能相互见面总是好的。"

"不。我不觉得有什么好。"

"你不想跟我见面?"

"我没办法。"

此刻,我们就像坐在一起的两个陌生人。右面就是蒙特苏里公园。那家饭店有个水池养着活的鲑鱼,坐在饭店里就能眺望公园的景色,可现在已经关门了,里面一片漆黑。司机扭过头来。

"你想去哪儿?"我问。布蕾特把头扭开了。

"哦,去雅士吧。"

"雅士咖啡馆[①]。"我吩咐司机,"在蒙帕纳斯大街[②]。"我们径直开下去,绕过守卫着开往蒙鲁日的电车的贝尔福的石狮子。布蕾特目不斜视,直望着前头。开到拉斯佩尔大街[③]的时候,蒙帕纳斯的灯光已经在望,布蕾特说:"我想请你做件事,不知道你会不会见怪。"

"别说傻话了。"

---

① 雅士咖啡馆(Café Select)位于蒙帕纳斯区,拉丁区西南,塞纳河左岸。
② 蒙帕纳斯大街(Boulevard Montparnasse)是蒙帕纳斯区的主干道。
③ 拉斯佩尔大街(Boulevard Raspail)连接圣日耳曼大街和蒙帕纳斯大街,在塞纳河左岸。

"到那儿之前，再吻我一回。"

出租车停下来，我下车付了车钱。布蕾特下车的时候把帽子戴上了。她跨出车门的时候把手伸给我，她的手在哆嗦。"我说，我看起来是不是狼狈不堪？"她把那顶男式风格的帽子拉下来半挡着脸，朝咖啡馆走去。咖啡馆里面，靠着吧台、围坐在几张桌子旁边的，又是刚才参加舞会的那大部分人。

"嗨，伙计们。"布蕾特说，"我要喝上一杯。"

"噢，布蕾特！布蕾特！"那个小个子的希腊肖像画家赶紧挤到她跟前。此人自称公爵，大家都叫他齐齐。"我有好事要告诉你。"

"嗨，齐齐。"布蕾特说。

"我想让你见个朋友。"齐齐说。一个胖子走上前来。

"米皮波普洛斯伯爵，来见见我的朋友阿什利夫人。"

"你好。"布蕾特说。

"哦，不知道夫人您在巴黎过得是否开心？"米皮波普洛斯伯爵问道，此人在他的表链上拴了颗麋鹿的牙齿。

"挺好的。"布蕾特说。

"巴黎是个不错的城市。"伯爵道，"不过我猜您在伦敦肯定有非常精彩而又隆重的社交活动。"

"哦，没错。"布蕾特道，"应接不暇。"

布拉多克斯从一张桌子后面叫我。"巴恩斯。"他说，"来喝一杯。你带来的那位姑娘刚才吵得可凶了。"

"吵什么？"

"是为了老板娘的女儿说了句什么话①，吵得沸反盈天。她可真厉害，你知道。她把黄卡②都亮出来了，要求老板娘的女儿也亮出来看看。我得说吵得可真够劲儿。"

---

① 显然是针对她所从事的职业的侮辱性的话。
② 在警察局正式登记的性从业人员持有的"工作证"。

"最后怎么收场的?"

"哦,有人把她送回家去了。真是个长得不错的姑娘。满嘴她们那一行的行话。坐下来喝一杯吧。"

"不了。"我说,"我得闪了。看见科恩了吗?"

"他跟弗朗西丝回家去了。"布拉多克斯太太插了一句。

"可怜的家伙,他看起来情绪低落极了。"布拉多克斯说。

"这话一点不假。"布拉多克斯太太说。

"我必须得闪了。"我说,"晚安。"

我到吧台边跟布蕾特道了晚安。伯爵正在叫香槟。"肯赏光跟我们一道喝一杯吗,先生?"他问。

"不了,非常感谢。我得走了。"

"真的要走?"布蕾特问。

"是的。"我说,"头痛得厉害。"

"明天能见吗?"

"来我办公室吧。"

"恐怕不成。"

"好吧,那在哪儿见?"

"五点钟左右哪儿都成。"

"那就在对岸找个地方吧。"

"好的。五点钟我在克里龙①。"

"一言为定,可别失约。"我说

"放心吧。"布蕾特说,"我什么时候哄过你?"

"迈克有信来吗?"

"今天有一封。"

"晚安,先生。"伯爵道。

---

① 克里龙饭店(Hôtel du Crillon)就在协和广场的美国大使馆对面,是欧洲最豪华的饭店之一。

我走到外面的人行道，朝圣米歇尔大街走去，经过圆亭①的咖啡座，这时候还挤得满满的，又朝对过的圆顶看了一眼，这家的咖啡座把人行道都占满了。有人在某个咖啡座上朝我招手，我也没看清是谁，继续朝前走。我想早点回家，蒙帕纳斯大街上渺无人迹。拉维涅餐馆大门紧闭，丁香园外面的桌子都摞了起来。我经过内伊②的雕像，雕像在弧光灯的照耀下耸立在刚吐出新叶的栗树丛中。基座上倚着一个已经枯萎的紫色花环。我停下脚步，读着基座上的铭文：波拿巴主义者组织敬献，某年月日；日期我已经忘了。他看起来很不错，这位内伊元帅脚踏长筒靴，在七叶树绿油油的新叶当中挥舞着宝剑。我的寓所就在街道对过，沿圣米歇尔大街几步就到。

门房里还亮着灯，我敲了敲门，门房太太把我的邮件递给了我。我道了声晚安就上楼去了。有两封信和几份报纸，我在饭厅的煤气灯下浏览了一下。信是从美国寄来的。一封是银行的结单，说我的账户还结余 2432.60 美元。我拿出自己的支票本，扣除本月一号以来开出的四张支票的金额，发现我还结余 1832.60 美元。我把这个数额记在结单背面。另一封信是份婚礼喜帖。阿洛伊修斯·柯比先生和太太宣布，他们的千金凯瑟琳即将喜结良缘——我是既不认识这位小姐，也不认识她要嫁的那位官人。同样的喜帖想必已经发遍了全城。这名字很有趣，要是我真认识一个叫阿洛伊修斯的人，我肯定会记得的。这是个典型的天主教徒的名字。喜帖上还印了个纹章。就像那位希腊公爵齐齐，还有那位伯爵。那位伯爵真逗。布蕾特也有个头衔呢，阿什利夫人。去他娘的。阿什利夫人，去他娘的吧。

我扭亮床边的灯，把煤气关掉，把宽大的窗户打开。床距离窗户很远。外面有辆夜车，沿着有轨电车的轨道在往市场上运蔬菜。

---

① 圆亭咖啡馆（Rotonde）就在蒙帕纳斯大街上，至今还有。
② 米歇尔·内伊（Michel Ney, 1768—1815），法国元帅，以骁勇善战著称，曾参加拿破仑的数次战争，包括百日王朝时期的滑铁卢战役，波旁王朝第二次复辟后被判处极刑。

你睡不着的时候会觉得夜间非常吵。脱掉衣服，我望着床边大衣橱镜子里的自己。这个房间的装饰风格是典型的法国式。我觉得也还挺实用的。哪里受伤不好啊，偏偏伤到那里。想来也是挺好笑的。我把睡衣穿上，上了床。我把那两份斗牛报带了过来，这时把封皮扯掉。一份是橙色，另一份是黄色。两份肯定都有同样的新闻，所以读了一份另一份也就基本报废了。《牛栏报》比较出色些，我就先看它。我把它从头到尾看了个遍，连读者来信栏和斗牛节目单都没放过。我把灯熄了，也许能睡得着了。

　　我脑子开始活动起来。多年的旧疮疤又开始隐隐作痛。唉，在意大利那已经成为笑柄的前线上受伤而且逃跑，是够倒霉的。在意大利的医院里，我们这批人都可以形成一个团体了。这在意大利语有个很滑稽的名字。不知道另外那些人后来怎么样了，那些意大利人。那是在米兰总医院①的庞蒂病房。隔壁的那幢楼就是宗达病房。有一尊庞蒂的雕像，也许是宗达的。有一位上校联络官就是到这里来看望我的。那可真叫滑稽，那可算是天字第一号滑稽事了。我全身都绑着绷带。不过他们已经把我负伤的情况告诉了他。然后他就做了那番妙不可言的演说："你，一个外国人，一个英国人（他们管所有外国人都叫英国人），为我们奉献了比生命更重要的东西。"讲得多妙啊！我真想把它裱起来挂在我办公室的墙上。他一点逗趣的想法都没有，我猜他是在设身处地为我着想呢。"Che mala fortuna! Che mala fortuna!②"

　　我想，我过去从来没有真切地意识到这一点。我尽量保持平常心，但求不给别人添麻烦。如果我被他们运到英国后没有碰到布蕾特，也可能真就会相安无事，没什么烦恼了。依我看，她只想要她

---

① 米兰总医院是米兰市中心规模最大也是最早建设的大众医院，始建于15世纪中期，是当地最早的文艺复兴典范建筑之一。海明威另一部小说《永别了，武器》的部分场景就设置在此。

② 意大利语：太倒霉了！太倒霉了！

得不到的东西。唉，大家还不都是这样。让大家见鬼去吧。天主教会倒是有处置这一切的绝妙法子，不管怎么说也都是良言相劝，别再去想这个了。哦，还真是金玉良言。那改天就从善如流吧，努力地从善如流吧。

我躺在床上睡不着，满脑子胡思乱想。然后我就控制不住，开始只想着布蕾特，其余的一切都不重要了。我开始想念布蕾特后，满脑子的胡思乱想也都没了，思绪就像柔滑的水波，缓缓向前。然后，突然之间我失声痛哭。又过了一会儿，我觉得好些了。我就躺在床上，静听外面街上沉重的电车驶过，顺着街道走远了，然后我沉入梦中。

我醒了过来，门外有人在吵吵。我听了听，觉得有个声音很耳熟。我披上件晨衣，来到门口。门房太太在楼底下嚷嚷，听起来火气很大。我听到提起了我的名字，就朝楼下喊了一声。

"是您吗，巴恩斯先生？"门房太太喊道。

"是，是我。"

"我们这里来了个什么女人，好家伙，把全大街的人都吵吵醒了。深更半夜的，这算什么玩意儿！她说她一定要见您。我已经跟她说过您在睡觉了。"

然后，我听到了布蕾特的声音。半梦半醒间，我还料定是若尔热特呢。真不知道为什么会这么想，她不可能知道我的住址。

"请您让她上来好吗？"

布蕾特走上楼来。看得出来，她已经醉得不轻了。"真够蠢的。"她说，"竟然大吵了一架。我说，你还没睡，对不对？"

"那你以为我在干吗？"

"不知道。几点了？"

我看了看钟。四点半了。"弄不清楚什么时间了。"布蕾特说，"我说，能不能让人家坐下呀？别生气，亲爱的。刚离开伯爵，他把我送这儿来的。"

"他这人怎么样?"我拿出白兰地、苏打水和杯子。

"只要一点。"布蕾特说,"别把我给灌醉了。你说伯爵?哦,挺不错。他算是我辈中人①。"

"他真是个伯爵?"

"干杯。我想是吧,你知道。不管怎么说,也没什么不配。真他妈的懂人情世故啊,也不知都是打哪儿学的。他在美国拥有很多家连锁糖果店。"

她从杯子里啜了口酒。

"我想他是把它们叫连锁店,反正是类似的称呼,把一家家都串起来。跟我说说是怎么回事,真他妈有趣②。不过,他确实是我辈中人。哦,真的。毫无疑问,这个你一眼就看得出来。"

她又喝了一口。

"我干吗替他吹嘘这个呢?你不介意的,对吧?他在资助齐齐呢,你知道。"

"齐齐也当真是个公爵?"

"我不该怀疑。是希腊的公爵,你知道的,是个末流画家。我更喜欢那位伯爵。"

"你跟他去了哪儿?"

"哦,到处走走。刚刚才把我送到这里。他提出给我一万美元,要我跟他到比亚里茨③去。这折合多少英镑?"

"两千左右。"

"真不少嘛。我跟他说我不能跟他去,对此他倒是颇有雅量。我告诉他,我比亚里茨的熟人太多了。"

---

① 指伯爵也有过战争经历。杰克是退伍兵,布蕾特也做过看护。
② 想来在当时的欧洲,这种连锁经营方式还不太多见。
③ 比亚里茨(Biarritz)是法国西南端避暑胜地,濒比斯开湾。

布蕾特笑出了声。

"我说，你这人反应真够迟钝的①。"她说。我刚才只呷了几小口白兰地加苏打，这才喝了一大口。

"这就对了。非常滑稽。"布蕾特说，"然后他就想让我跟他去戛纳②，我又跟他说我戛纳的熟人也太多。蒙特卡洛③，我蒙特卡洛的熟人也太多了。我告诉他我任何一个地方的熟人都太多了，倒也是实话。所以我就叫他把我送这儿来了。"

她看着我，手放在桌子上，把酒杯举起。"别这么看着我。"她说，"跟他说我爱的人是你也是实话，别这么看着我。他可真他妈的有雅量，还想明天晚上开车接咱们出去吃饭呢。想不想去？"

"有何不可？"

"我该走了。"

"干吗？"

"只是想来看看你，真他妈的蠢念头。想穿上衣服一起下去吗？他的车就停在底下。"

"那位伯爵？"

"他，还有一位穿号衣的司机。还要带我四处兜兜风，然后到Bois④里去用早点。有几篮子酒食，都是从泽利饭店弄的。成打的玛姆香槟。有诱惑力吧？"

"我早上得工作。"我说，"现如今我们差距太大，追也追不上了，而且也不会有什么趣儿。"

"别傻了。"

---

① 原文"you are slow on the up-take"应是一语双关，明是说杰克酒喝得太慢，也是在讽他榆木脑袋，不懂女人心。
② 戛纳（Cannes）为法国东南部度假胜地，濒地中海。
③ 蒙特卡洛（Monte Carlo）是摩纳哥公国著名赌城兼度假胜地。
④ 法语：森林，林苑。此处指布洛涅森林（Boisde Boulogne），巴黎西郊一处占地庞大的森林公园。

"恕不奉陪。"

"好吧。给他捎句好话?"

"随你怎么说。怎么都行。"

"晚安,亲爱的。"

"别太伤感。"

"都是你给招的。"

我们吻别,布蕾特哆嗦了一下。"我得走了。"她说,"晚安,亲爱的。"

"你不一定得走啊。"

"我得走。"

我们在楼梯上又吻了一下,我叫门房太太开门,听到她在门后嘟囔。我上楼回到房间,从打开的窗口望着布蕾特,她朝停在弧光灯下路牙边上的大轿车走去。她上了车,车子开动了。我转过身来。桌子上放着那两个杯子,一个是空的,另一个还有半杯白兰地加苏打。我把两个杯子都拿到厨房里,把那半杯残酒倒进水槽。我关掉餐室的煤气灯,坐在床上把拖鞋踢掉,上床睡觉。这就是布蕾特,我想为之而大哭一场的女人。然后我又想起她走在街上、跨进汽车的样子,我最后一眼看到的情形,接下来的一小段时间里我自然又觉得生不如死。大白天里,对所有的一切你都很容易做到铁石心肠,但是到了晚上,可就不一样了。

第五章

　　第二天早上,我沿圣米歇尔大街走到索弗洛路①去喝咖啡、吃奶油蛋卷。这真是个天清气爽的早晨。卢森堡公园②里的七叶树正在开花,空气中弥漫着一种晴朗的热天清晨特有的怡人气息。我喝着咖啡,看看报纸,然后点了根烟抽。卖花女们从市场上批了一天的花来,正在街头上归置。学生来来往往,有的去巴黎大学的法学院,有的去文理学院。大街上挤满了电车和去上班的人流。我登上一辆驶往玛德琳教堂③的公共汽车,站在车后面的平台上。从玛德琳再沿嘉布遣会修女大街④走到歌剧院⑤,我的办公室就快到了。我经过一个售卖跳蛙和拳击手玩具的小贩。他的女助手正在操纵控制拳击手的牵线,我特意绕开,以免撞到线上。那姑娘站在当地,双手交握捏着线头,眼睛却望着别处。小贩在怂恿两位游客买他的玩具,另有三个游客也停下来观瞧。我跟在一个拿涂料棍正在人行道上印出CINZANO⑥字样的人后头。一路上都是赶着去上班的行人。赶着去

---

① 索弗洛路是从卢森堡公园通往先贤祠的一条马路。
② 卢森堡公园原是卢森堡宫的后花园,在拉丁区西面。
③ 玛德琳教堂位于协和广场对面、王家大街路端,在塞纳河右岸。
④ 嘉布遣会修女大街是连接玛德琳大街和歌剧院广场的一条大街,在塞纳河右岸。
⑤ 巴黎歌剧院是新巴洛克风格的代表建筑,成为第二帝国文化的象征,由学院派建筑师夏尔·加尼埃设计,1875年落成。
⑥ 沁扎诺牌苦艾酒。

上班让人感觉生机勃勃。我穿过大街，拐进我的办公室。

上楼来到办公室，我读了几家法语晨报，抽了几根烟，然后坐在打字机前开始工作，一干就是一上午。十一点钟打车前往凯道赛①，进去后跟十来个记者坐在一块儿。这次的外交部发言人是个年轻的"新法兰西评论"派外交官，戴一副角质框眼镜，连发言带回答问题大约用去半小时时间。参议院议长正在里昂发表演讲，或者不如说，他正在回巴黎的路上。有几个人的提问纯粹是想听到自己的声音，有几位通讯社的记者提的问题是真想了解真相的。没什么新闻。回来的时候我跟伍尔西和克鲁姆同搭了一辆出租车。

"你晚上都干吗呢，杰克？"克鲁姆说，"我从没见过你出来玩。"

"哦，我一般就在拉丁区转悠。"

"哪天晚上我也过来。丁戈咖啡馆听说是个很棒的地方，是不是？"

"没错。这家，或者新开张的雅士咖啡馆。"

"我是真想过来。"克鲁姆说，"可有了老婆孩子，你也知道是怎么回事。"

"打网球吗？"伍尔西问。

"唉，不打。"克鲁姆说，"今年都还没打过呢。我是想溜出来玩玩，可星期天总是下雨，球场上又总是人满为患。"

"英国人星期六都休息。"伍尔西说。

"这帮幸运的乞儿。"克鲁姆说，"好吧，告诉二位，有朝一日，我再也不给通讯社卖命了。到时候我就有了大把的时间，到乡间去好好逛逛。"

"是该这么着。住到乡间去，再弄辆小汽车。"

"我正盘算着明年去弄辆车呢。"

---

① 凯道赛是塞纳河畔一码头名（意译应为"奥赛码头"），法国外交部大楼在其对面，由此成为法国外交部的代称。

我敲敲车窗，司机把车停下。

"我到了。"我说，"上去喝一杯吧。"

"不了，多谢了，老兄。"克鲁姆说。伍尔西摇了摇头，"我得把他上午讲的东西发出去。"

我把两法郎的硬币塞到克鲁姆手里。

"你发神经啊，杰克。"他说，"这趟算我的。"

"反正都是报社的钱。"

"不成。还是我来付。"

我挥手道别。克鲁姆把头伸出来。"星期三午饭时见。"

"一言为定。"

我乘电梯来到办公室。罗伯特·科恩正等着我。"嗨，杰克。"他说，"出去吃饭？"

"好呀。我先看看有没有什么新到的消息。"

"我们去哪儿吃？"

"随便。"

我检查了一下办公桌。"你想去哪儿吃？"

"韦策尔怎么样？他们的冷盘① 很不错。"

来到餐馆，我们点了冷盘和啤酒。酒务总管拿来了啤酒，高高的啤酒杯外头结满水珠，很冰。冷盘足有十好几样。

"昨晚开心吗？"我问。

"没觉得有什么开心。"

"书写得怎么样了？"

"糟透了。第二本书怎么也写不下去。"

"谁都会碰到这种情况。"

"哦，这我也知道。不过我还是很担心。"

---

① 冷盘是用作开胃的小份美味食品，传统的开胃食品是鱼子酱、贝类、肉糜或野味肉糜、盐渍的或酱汁泡的蔬菜、小果馅饼等。除了有开始进餐的作用外，亦是下酒菜。

"还惦记着去南美吗?"

"我是真心想去。"

"那干吗不动身?"

"弗朗西丝。"

"那就把她带上呗。"我说。

"她不会乐意的。她可不喜欢这等事。她喜欢有很多人围着她转。"

"那就跟她说,让她见鬼去。"

"这怎么行。我对她还是要尽些义务的。"

他把一碟黄瓜片推开,拿了碟腌青鱼。

"你对布蕾特·阿什利夫人有什么了解吗,杰克?"

"应该叫她阿什利夫人,布蕾特是她的闺名,她是个好姑娘。"我说,"她正在闹离婚,同时准备嫁给迈克·坎贝尔,此人目前在苏格兰。干吗要打听这个?"

"她可真是个迷死人的女人。"

"是吗?"

"她身上有种特别的气质,独有种优雅的风度。她看起来绝对优雅又异常坦率。"

"她是很不错。"

"我不知道该怎么描述那种气质。"科恩说,"我想这就是教养使然吧。"

"听你的口气你很喜欢她嘛。"

"我是很喜欢她。我就是爱上了她也没什么奇怪的。"

"她是个酒鬼。"我说,"她爱的是迈克·坎贝尔,而且她就要嫁给他了,而这个迈克迟早会发大财的。"

"我不信她会嫁给他。"

"何出此言?"

"不知道。我就是不信。你认识她很长时间了?"

"是的。"我说,"我大战期间住院的时候,她是英国志愿救护队的成员。"

"她当时一定还是个孩子吧。"

"她现在三十四了。"

"她什么时候嫁的阿什利?"

"在大战期间,她的真爱刚刚因为痢疾死翘翘了。"

"你说话够损的。"

"抱歉,不是有意的。我只不过尽量把事实告诉你。"

"我不信她会嫁给不爱的人,不管那人是谁。"

"瞧你说的。"我说,"她已经这么干过两回了。"

"我就是不信。"

"那好。"我说,"既然不喜欢这样的回答,就别问我这么一大堆蠢问题了。"

"我没问你这个。"

"是你向我打听布蕾特·阿什利的情况。"

"可我并没叫你侮辱她。"

"嚯,见你的鬼去。"

他面孔煞白,一下子站了起来,气得面孔煞白地站在摆满小碟开胃菜的桌子后头。

"坐下。"我说,"别当傻瓜。"

"你必须收回你的话。"

"哦,少给我来这套预科学校的把戏。"

"收回你的话。"

"好好,我收回。我对布蕾特·阿什利一无所知,行了吧?"

"不,不是这个。是叫我见鬼的那话。"

"哦,那就别见你的鬼去了。"我说,"就在这儿待着。我们才刚开始吃饭。"

科恩再次绽露笑容,坐了下来。看来他很高兴能坐下来。否则他又能怎么样呢?"没想到你说话竟然这么恶毒,杰克。"

"抱歉,我就是有条毒舌。可我是刀子嘴豆腐心嘛。"

"我知道。"科恩说,"你真算得上是我最好的朋友了,杰克。"

上帝保佑你吧,我心下暗想。"就全当我没说。"我大声道,"对不起。"

"没关系,没什么。我也就一时上火。"

"这就好。我们再叫点别的吃吧。"

吃完午饭后,我们溜达到和平咖啡馆喝咖啡。我觉得科恩还想捡起布蕾特的话头,可我故意把话岔开了。我们这个那个地闲扯一通,我就告辞回办公室了。

第六章

　　五点钟,我来到克里龙饭店等布蕾特。她不在饭店,我就坐下来写了几封信。信写得不怎么样,不过我希望写在克里龙的专用信笺上会有所补救。布蕾特还是没有出现,等到大约五点三刻的时候我就下楼来到酒吧间,跟酒保乔治一起喝了杯杰克玫瑰①。布蕾特也没在酒吧间待过,所以离开前我又上楼找了一圈,然后就打了辆车前往雅士咖啡馆。横过塞纳河时,我看见一溜空驳船被拖曳着顺流而下,神气十足,驶近大桥时,船夫们伸出长橹控制船行的方向。塞纳河看起来风光旖旎,在巴黎穿桥过河的时候总让人感觉心情舒畅。

　　出租车绕过那座正在打着旗语姿势的旗语发明者的雕像,转到拉斯佩尔大街,我朝后一靠,等车子驶过这段以后再说。行驶在拉斯佩尔大街上总让人倍感乏味。这就像是巴黎-里昂-马赛铁路线上枫丹白露②和蒙特罗③之间的那段行程,总让我倍感乏味、呆滞和无聊,直到过去以后才得解脱。我想,旅途中这些让人感觉呆滞无趣的地方,应该是由某种观念的联想所致。巴黎跟拉斯佩尔一样

---

① 杰克玫瑰是流行于20世纪二三十年代的一款经典鸡尾酒,由苹果白兰地加石榴汁糖浆和柠檬或酸橙汁调和而成。
② 枫丹白露为法国北部城镇,在巴黎东南,以历代法国国王的官殿建筑闻名。
③ 蒙特罗是法国北部城镇,在巴黎东南塞纳河畔。

丑陋的街道还有的是。我丝毫不介意从这条街上溜达过去，可是乘车驶过就让我无法忍受。也许我在哪儿读到过对这条街的描述，罗伯特·科恩对巴黎的一切看法都是这么得来的。不知道科恩具体是受了哪本书的影响，导致他无法欣赏巴黎的。也许是从门肯①那儿学的。门肯痛恨巴黎，我相信。有那么多年轻人的好恶都是从门肯那儿贩来的。

出租车在圆亭前停下。不管你在塞纳河右岸叫司机把你送到蒙帕纳斯的哪家咖啡馆，他们总是会把你送到圆亭。再过去十年，取圆亭而代之的可能就是圆顶了。反正雅士也没几步路了。我走过圆亭那些让人觉得惨兮兮的桌子，来到雅士。里面的酒吧间里有几个人，外面孤零零地就坐着哈维·斯通一个。他面前有一摞小碟子②，而且他需要刮刮脸了。

"坐下。"哈维说，"我正找你呢。"

"什么事？"

"没事儿。就找你来着。"

"又去看赛马了？"

"没。星期天以来就没去过。"

"美国有信来吗？"

"没有。音信全无。"

"怎么了？"

"不知道。我跟他们完了，我跟他们彻底玩完了。"

他俯身向前，直望进我的眼睛。

"想知道点情况吗，杰克？"

"想。"

---

① 亨利·路易·门肯（Henry Louise Mencken，1880—1956），美国著名作家、编辑和评论家，彼时正是他的影响如日中天之际。

② 一个小碟子表示服务生上的一杯酒，这么说来，他已经喝了不少了。

"我已经有五天粒米未进了。"

我迅速在脑子里回放了一下。那是三天前,哈维在纽约酒吧里掷扑克骰子①,赢了我两百法郎。

"怎么回事?"

"没钱。没钱进账。"他顿了顿。"跟你说,杰克,这也奇了怪了,我一没了钱就只想一个人待着。我就想待在自己的房间里不动弹,就跟只猫一样。"

我摸了摸自己的口袋。

"一百法郎能有点帮助吧,哈维?"

"够了。"

"走吧,咱们吃点东西去。"

"不忙。喝一杯再说。"

"最好先吃点。"

"不用了。到了这个地步,吃与不吃都一样。"

我们一起喝了一杯。哈维又把我面前的小碟子撂到他那一堆上头去了。

"认识门肯吗,哈维?"

"认识。怎么了?"

"他是个什么样的人?"

"他人不错。他常有些非常好玩的说辞。我上次跟他一起吃饭时,我们谈起了霍芬海默。'问题就在于,'他说,'他解女人家的吊袜带倒是个行家。'这话说得不错。"

"确实不错。"

"如今他也玩完了。"哈维继续道,"他知道的一切已经全都写尽了,现如今他写的一切都是他不甚了了的。"

"我想他应该不错。"我说,"可他写的东西我就是看不下去。"

---

① 骰子上刻有扑克牌中六张最大牌图形的一种赌具。

"哦，如今已经没人再看他的东西了。"哈维说，"除了那帮在亚历山大·汉密尔顿学院念过书的家伙。"

"哦。"我说，"这倒也是件好事。"

"那是当然。"哈维说。我们就一起坐着沉思了一会儿。

"再来杯波尔图①？"

"好吧。"哈维道。

"科恩来了。"我说。罗伯特·科恩正穿过大街。

"那个白痴。"哈维说。科恩走到我们桌前。

"嗨，你们这两个懒汉。"他说。

"嗨，罗伯特。"哈维说，"我才跟杰克说，你就是个白痴。"

"你什么意思？"

"脱口而出，不假思索。要是你无所不能，你想干吗？"

科恩考虑起来。

"不要想。要脱口而出。"

"不知道。"科恩说，"可这是要干吗呢？"

"我想知道你愿意干吗，你脑子里的第一个念头是什么。且不管这念头有多傻。"

"不知道。"科恩说，"我想到的是，我想以我如今控制自己的技术再打一场橄榄球。"

"我倒是错看了你嘛。"哈维说，"你还不是个白痴。你只是个发育不良的病例。"

"你可真逗，哈维。"科恩道，"总有一天人家会把你的脸给揍扁的。"

哈维·斯通嘿嘿一笑。"你想得美，才不会呢。因为对我来说全都一样。我又不是什么好勇斗狠之辈。"

"要是真有人臭揍你一顿，对你来说就不一样了。"

---

① 波尔图（port）是一种原产于葡萄牙的高酒精度甜味葡萄酒，常用作餐后酒。

"不，才不会。这就是你铸成大错的症结所在。因为你不够聪明。"

"别再往我身上扯了。"

"没问题。"哈维道，"对我来说全都一样，你对我来说什么都不是。"

"行了，哈维。"我说，"再来杯波尔图。"

"不了。"他说，"我要到街那头去吃点东西了。回见，杰克。"

他迈步出去沿街走了。我看着他穿过来往的出租车到对面去，在车流中他那个小个头拖着沉重的脚步，走得很慢又很有自信。

"他总是让我气不打一处来。"科恩说，"我真受不了他。"

"我喜欢他。"我说，"真喜欢他。你不会想到跟他置气的。"

"这个我知道。"科恩说，"可他总让我心神不安。"

"今下午写东西了？"

"没有。真是没办法推进了。比我写第一本书时难缠多了。处理起来真苦恼死了。"

今年初春刚从美国回来时，他身上那种意气风发的自负劲儿已经不见了。当时他对自己的写作信心十足，只不过一心想跑到南美去历险。现在，这种自信已经踪影全无。不知怎的，我总觉得我没把罗伯特·科恩清楚地传达出来。原因在于，在他爱上布蕾特之前，我就从来没听他讲过任何一句与众不同的话，统统都是随大流。在网球场上看起来，他相当不赖，体格很棒，体型保持得不错；打桥牌的时候，他有很好的控牌能力，身上有那么一种大学生的风趣。在大庭广众当中，他从没说过一句与众不同的话。他穿的是过去在学校里叫作马球衫的那类衣服，现如今可能仍这么叫，可他已经不像职业运动员那么年轻了。我觉得他并不怎么讲究衣装。他的外表是在普林斯顿形成的，他的内心则是由两个有心培养他的女人塑造成型的。不过他与生俱来还有一种讨喜的孩子气的高兴劲头，这可是培养不出来的，也许我没把这一点表达出来。他打网球时好胜心很强,可能跟朗格伦①一样渴望赢球。另一方面呢,他就是输了球也不气恼。自打他爱上布蕾特以来,他在网球场上的表现可说是一塌糊涂。从前根本没法跟他一较高下的人都把他给打败了。他对此倒是颇有雅量,丝毫没往心里去。

话说回来,我们俩当时正坐在雅士咖啡馆的露台上,哈维·斯通刚刚穿过马路。

"咱们到丁香园去吧。"我说。

"我有个约。"

"几点?"

"弗朗西丝七点一刻来这儿。"

"她这不是来了。"

弗朗西丝·克莱恩正从街对面朝我们走过来。她是个个头很高的姑娘,走起路来动作很大。她挥挥手,微微一笑。我们眼看着她穿过马路。

"嗨。"她说,"真高兴你也在,杰克。我一直想跟你谈谈。"

"嗨,弗朗西丝。"科恩说。他微笑着。

"怎么,嗨,罗伯特。原来你也在?"她继续下去,话讲得飞快,"今天过得可真是倒霉透顶。这一位。"她把头往科恩那边一摆,"没有回家吃午饭。"

"我又不是非回家吃饭不可。"

"哦,我明白了。可你跟厨子说呀。然后我自己还有一个约会,而保拉又不在她办公室里待着。我就去了里茨饭店②在那儿等她,她又一直没有出现,当然了,我又没有那么多钱在里茨吃午饭——"

---

① 朗格伦(Suzanne Lenglen, 1899—1938),法国著名女网球运动员,是女子网坛上最伟大的运动员之一。

② 里茨饭店(Ritz)是巴黎著名的豪华酒店,由瑞士酒店业主里茨(Cesar Ritz, 1850—1918)开设。

"那你怎么办了？"

"哦，当然就出来了。"她以一种假装的愉快语气说道，"我跟人家约好了，是从不失约的。可现如今谁都不肯守约了，我真该学点乖了。说起来了，你现在怎么样，杰克？"

"不错。"

"你带了来参加舞会的那个姑娘很不错嘛，然后你又跟那个叫布蕾特的走了。"

"你不喜欢她？"科恩问。

"我觉得她迷人极了。你说呢？"

科恩没吱声。

"听我说，杰克。我想跟你谈谈。你跟我一起去圆顶好不好？你就待在这儿，行吗，罗伯特？咱们走，杰克。"

我们穿过蒙帕纳斯大街，在一个咖啡座上坐下。一个报童拿着《巴黎时报》走上来，我买了一份，打开。

"怎么了，弗朗西丝？"

"哦，没什么。"她说，"就是他想甩了我。"

"你这话什么意思？"

"哦，他原来逢人就嚷嚷着说我们要结婚，我也就跟着逢人便讲，还告诉了我母亲，可现如今他又不想结了。"

"出了什么事？"

"他突然决定，他还没享受够生活的乐趣。当初他去纽约的时候我就知道他会有这么一手。"

她抬起头来看着我，两只眼睛异常明亮，装出没什么了不起的语气。

"他要是不想结婚，我决不勉强。我当然不会勉强他。现在我说什么也不会嫁给他了。可磨蹭到现在，对我来说确实是晚点，我们都等了三年了，而且我又刚刚办好了离婚手续。"

我一声没吭。

"我们本来想庆祝一下的,结果却刚刚大吵了一架,这太幼稚了。我们吵得昏天黑地,他哭哭啼啼地求我要通情达理,可他却说就是不能跟我结婚。"

"倒霉透了。"

"这话该由我说。到现在为止,我已经在他身上浪费了两年半光阴。我都不知道,现在还有谁愿意娶我。两年前在戛纳的时候,我想嫁给谁就能嫁给谁。所有那帮想娶个时髦女人好好过日子的老家伙,都拜倒在我的石榴裙下。可事到如今我一个都找不到了。"

"瞧你说的,就算是现在你也能想嫁谁就嫁谁。"

"别哄我了,我才不信呢。再说,我还是很喜欢他。我还想生几个孩子,我一直都想着我们会有孩子的。"

她目光灼灼地看着我。"我从来都不是特别喜欢孩子,可我从来都不认为我会一辈子没有个孩子。我总是想我会有自己的孩子,然后我会喜欢他们。"

"他已经有孩子了。"

"哦,是呀。他有了孩子,他有钱,他还有个有钱的母亲,他还写了本书,可从来就没有人愿意出版我写的东西,从来没有。我写得也不赖呀。而且我还身无分文。我本来能弄到一笔赡养费的,可我又用最快的方式把婚给离了。"

她再次目光灼灼地看着我。

"这不公道。这是我自己的错,可也不尽然。我早该学点乖的。我跟他说起这些的时候,他就只知道哭鼻子,说他不能结婚。他怎么就不能结婚了?我会做个好妻子。我很容易相处的。我决不会去干涉他。可一点用都没有。"

"真丢人。"

"没错，真丢死人了。可说这些又有什么用？走吧，我们还是回雅士吧。"

"我真是一点忙都帮不上。"

"这是自然。只是别让他知道我跟你说过这事就成，我知道他想干吗。"直到现在，她才第一次把她那硬端出来的不但是开心，而且是兴高采烈的做派给撇下了，"他想一个人回纽约，就待在那儿等他的书印出来，然后就会有一大帮小母鸡喜欢他的书，围着他转了。他就想要这个。"

"也许她们不喜欢他的书呢。我想他还不是那样的人，真的。"

"你不如我了解他，杰克。那就是他梦寐以求的。我就知道。我知道得真的。这就是他为什么不肯娶我，他想在今年秋天单枪匹马地大获全胜。"

"想回雅士吗？"

"好，走吧。"

我们从咖啡座上站起来——他们连杯喝的都没给我们上——穿过街道朝雅士走去，科恩坐在大理石面的桌子后面冲我们微笑。

"嚯，你笑什么？"弗朗西丝问他，"觉得心满意足了是吧？"

"我在笑你和杰克，还有你们的小秘密。"

"哦，我告诉杰克的可不是什么秘密。要不了多久，大家也就都知道了。我只不过想告诉杰克一个正当的版本。"

"是什么？是说你要去英国吗？"

"是呀，是说我要去英国。哦，杰克！我忘了告诉你了。我要去英国了。"

"那敢情好！"

"是呀，人家这些名门望族就是这么解决问题的。是罗伯特把我给打发去的。他打算给我两百镑，然后我就去会朋友。美得很，不是吗？可我的朋友们还一点都不知道呢。"

她扭头冲科恩微微一笑。他已经不笑了。

"你本来只打算给我一百镑的,对吧,罗伯特?是我硬要他给我两百。他可真是慷慨得很呢。对吧,罗伯特?"

我不知道怎么竟能当着罗伯特·科恩的面把话说得这么狠。有些人你是不能对他当面无礼的,他们给你这么种感觉:你要是口不择言,这整个世界就会在你眼皮子底下塌掉,真真切切地在你眼前塌掉。可是科恩竟然乖乖地听着。在我眼皮子底下就这么进行着,而我竟然也没有丝毫想设法加以阻拦的想法。其实这些话跟后面的比起来,那才真是小巫见大巫,简直就是善意的玩笑了。

"你怎么能说出这种话来,弗朗西丝?"科恩打断她的话头。

"听听,还有脸问我呢。我就要去英国了。我就要去会朋友了。有过到并不欢迎你的朋友家里做客的体会吗?哦,他们不得不接待我,这没问题。'你好吗,亲爱的?这么长时间没见了。你亲爱的母亲怎么样了?'是呀,我亲爱的母亲怎么样了?她把所有的钱都投到法国战争公债上了。是的,她正是这么干的。恐怕她是全世界唯一这么干的人了。'罗伯特呢,他怎么样了?'要么就小心翼翼、转弯抹角地说到罗伯特,'你可千万要小心,别提起他,我亲爱的。可怜的弗朗西丝这段经历可是太不幸了。'这挺好玩的吧,罗伯特?你不觉得这挺好玩吗,杰克?"

她又转向我,展露出她那可怕的灿烂微笑。她非常满意这种时候旁边有我这么个听众。

"而你又会到什么地方去呢,罗伯特?这是我的错,都是我的错。我真是咎由自取啊。当初我叫你甩掉杂志社的那个小秘书时,就该知道你也会以同样的方式把我给甩了。杰克还不知道这件事呢。我是不是该讲给他听听?"

"闭嘴,弗朗西丝,看在上帝的分上。"

"是呀,我应该讲给他听听。罗伯特的杂志社里曾经有个小秘书。真是世界上最甜蜜的小东西,他也觉得她很妙,后来我出现了,他又认为我也很妙。于是我就叫他把她给甩了,当初杂志社迁址的时候他可是特意把她从卡梅尔一路带到普罗文斯敦的,而他把小妞给打发回西海岸的时候连旅费都没给。这都是为了讨我的好。当时他认为我是绝代佳人。是不是,罗伯特?

"你可千万不要误会,杰克,他跟那个小秘书倒是百分百的精神恋爱。连精神恋爱也说不上,事实上根本就没什么。只不过就是她生得千娇百媚罢了。而他之所以这么干,纯粹是为了讨我的好。好了,老话是怎么说的来着,'凡动刀的,必死在刀下。'① 嘿,这还是文学典故呢,对吧?你好好记着,等你写第二本书的时候兴许还能用得上呢,罗伯特。

"你也知道罗伯特正打算为他的新书搜集资料呢。是不是,罗伯特?这就是他要离开我的原因。他认定了我不上镜。你看,我们俩住在一起的时候,他一天到头都忙得不可开交,忙着写他的书,结果我们之间什么事他都不记得了。所以现在他就得跑到外头去搜集什么新材料了。好呀,我希望他能搜集到点什么一鸣惊人的有趣玩意儿。

"听我说,罗伯特,亲爱的。听我一句忠告,你不会介意的,对吧?千万别跟那些年轻的女士吵架,尽量避免。因为你一吵就忍不住哭鼻子,然后就只顾心疼、可怜你自己,至于别人说了什么是一概不记得。你在那种情况下从来都记不住任何谈话的内容。一定要努力,要保持冷静。我知道这很难,可是别忘了,这都是为了文学啊。我们都该为了文学做出点牺牲,你看看我,我这就毫无怨言地打算前往英国了。这都是为了文学。我们大家都该助年轻作家一臂之力。你说是不是,杰克?可你也算不得什么年轻作家了,是

---

① 引自《圣经·新约·马太福音》第26章52节:"耶稣对他说,收刀入鞘吧!凡动刀的,必死在刀下。"文字略有出入。

吧,罗伯特?你已经三十四了。不过,我觉得对于一位伟大作家而言,这年龄还算得上年轻。瞧瞧哈代①,瞧瞧阿纳托尔·法朗士②。他前不久才刚去世。虽说罗伯特认为他没有任何可取之处,这是他几位法国朋友跟他这么说的。他念起法文来不怎么灵光。他这个作家还没你写得好呢,对吧,罗伯特?你觉得他也非得跑到外头去找什么素材吗?你觉得他不愿意娶他的情妇时,该对她说些什么话?不知道他是不是也哭哭啼啼的。哦,我刚又想起一件事。"她把戴着手套的手捂在嘴上,"我知道罗伯特不肯娶我的真正原因了,杰克。我是刚刚才想到。我在雅士咖啡馆看到过一次幻象,挺神秘的,哈?有朝一日他们没准儿也会在那儿挂上一块铜牌。就像是在卢尔德③。你想听吗,罗伯特?我来告诉你。非常简单。真奇怪我原来怎么就没想到。嘻,你看,罗伯特总是想有个情妇,要是他不娶我,他就有了个情妇。'她已经当了他两年多情妇了。'看出是怎么回事了吧?而要是他娶了我,将他嘴边上整天挂着的诺言兑了现,那他所有的浪漫史也就玩完了。我能想清楚这一点,还算聪明吧?事实也的确如此。你看看他那副样子,看是不是这么回事。你要去哪儿,杰克?"

"我得进去看看哈维·斯通怎么样了。"

我朝里走的时候科恩抬了一下头。他脸色煞白。他干吗还坐在那儿?他干吗继续在那儿乖乖地听她发飙?

我靠着吧台站住,透过窗户还能看到他们俩。弗朗西丝还在跟他讲话,带着灿烂的微笑,每次问他"是不是这样,罗伯特"时,

---

① 托马斯·哈代(Thomas Hardy,1840—1928),英国大师级小说家和诗人。
② 阿纳托尔·法朗士(Anatole France,1944—1924)是法国著名小说家和文学批评家,诺贝尔文学奖得主。他与哈代都既是文坛领袖,又得享高龄,本书的故事发生在1925年间,当时哈代还健在,法朗士刚刚逝世,可是文坛风水的流变已经使法朗士的盛名受到极大的挑战
③ 卢尔德(Lourdes)是法国西南部一处著名的朝圣小城。

眼睛都紧盯住他的脸。不过也许她现在不这么问了。也许她在说别的事了。我跟酒保说我什么也不想要,从边门走出了酒吧间。出去以后,透过两层厚厚的玻璃窗,仍能看到他们俩坐在那儿。她还在跟他说着什么。我沿一条边街来到拉斯佩尔大街。一辆出租车刚好开过来,我上了车,把我的住址告诉了司机。

第七章

　　我正要上楼，门房太太敲了敲她房门的玻璃，我停步，她走出来，拿着几封信和一份电报。
　　"您的邮件。还有，有位夫人来看过您。"
　　"有没有留下名片？"
　　"没。她是跟一位先生一起来的。就是昨晚那位。到头来我发现她人非常好。"
　　"她是跟我的朋友来的？"
　　"我不认识。那位先生从没来过。他块头很大，非常非常大。女士人很好，非常非常好。昨儿晚上，她也许是有点——"她把头架在一只手上，上下摇晃了一下，"我说话直来直去，巴恩斯先生。昨儿晚上我可没发现她人有这么 gentille①。昨儿晚上我对她的看法可不一样。可是您听我说呀。她实在是 très, très gentille②。她肯定出身高贵。这个你一打眼就看得出来。"
　　"他们有没有留话？"
　　"有，他们说过一个钟头再来。"
　　"他们一来就请他们上来。"

---

① 法语：优雅。
② 法语：非常，非常优雅。

"是，巴恩斯先生。说起那位夫人来，那位夫人可真是不同一般。也许是有点古怪，可真是 quelqu'une, quelqu'une!①"

我这位门房太太在做门房之前，曾在巴黎的赛马场开过一家特许经营的小酒店。她的营生靠的是赛马场中央的草坪，可一只眼睛老盯着骑师过磅处②周围那些上流人士，她对我的客人自有一套判断标准，怀着极大的自豪告诉我谁的教养良好，谁系出名门，谁又是运动家，他说"运动家"这个词儿时，照法语的念法把重音放在最后的"家"上。唯一的麻烦就在于，如果有位客人在这三类人物里都挂不上号，他就极有可能吃门房太太的闭门羹，跟人家说巴恩斯家里现在没人。我有个朋友是位看起来营养不良的画家，显然他在杜兹奈尔夫人眼里既非教养良好，又非出身名门，更算不得什么运动家。他给我写了封信，问我能否给他弄到张通行证，好混过门房太太的审查，这样他才能在傍晚偶尔上来看看我。

我一面上楼，一面琢磨布蕾特到底对这位门房太太施展了什么手段。电报是比尔·戈顿打来的，说他将乘"法兰西号"③抵达。我把邮件往桌子上一放，走进卧室，把衣服脱掉，冲了个澡。我擦洗身子的时候，听到门铃响。我披上浴衣，趿拉着拖鞋去应门。是布蕾特，她身后站着那位伯爵。伯爵拿着一束庞大无比的玫瑰花。

"嗨，亲爱的。"布蕾特说，"不想放我们进来吗？"

"请进。我刚刚在洗澡。"

"你可真是够走运的。还洗澡。"

"只是冲个淋浴。请坐，米皮波普洛斯伯爵。想喝点什么？"

"不知道你是不是喜欢鲜花，先生。"伯爵道，"不过我已经自作

---
① 法语：非同寻常，了不起的人物。
② 参加赛马的骑师在赛前得一一过磅，绅士淑女常喜欢到那边观看，评头论足，作为一种时髦的社交活动。
③ 当时的一班豪华越洋油轮。

主张给你带了束玫瑰。"

"来,把花给我。"布蕾特把花接过来,"给我在这里面灌点水,杰克。"我把大陶罐拿到厨房里接满水,布蕾特把玫瑰插进去,摆在餐桌的中央。

"我说,我们玩了整整一天。"

"你不记得跟我约好在克里龙见面的事了?"

"我们约过吗?不记得了。我一准是喝糊涂了。"

"你是醉得不轻,我亲爱的。"伯爵说。

"可不是吗?伯爵可真是个好心人,真是没得说。"

"你可算是赢得了那位看门女人的欢心了。"

"这还用说。给了她两百法郎呢。"

"别老这么干傻事。"

"是他的。"她说着朝伯爵点了点头。

"我觉得我们是该因为昨晚的叨扰给她点补偿。昨晚实在是够晚的了。"

"他可真了不起。"布蕾特说,"发生过的事他一概记得一清二楚。"

"你也一样,我亲爱的。"

"想想看。"布蕾特说,"谁乐意费那个脑筋?我说,杰克,我们就不能喝上一杯吗?"

"我进去换衣服,你自己来好了。你知道酒放在什么地方。"

"那是。"

我穿衣服的时候,听见布蕾特摆下酒杯,然后是苏打水瓶,再就听见他们说着话。我穿得很慢,坐在床上。我觉得很累,而且心情很糟。布蕾特走进卧室,端着一杯酒,在床上坐下来。

"怎么了,亲爱的?觉得头晕?"

她态度超然地在我额头上亲了一下。

"哦,布蕾特,我多爱你。"

"亲爱的。"她说,"想让我把他打发走吗?"

"不必。他人挺好。"

"我这就把他打发走。"

"别,别这么做。"

"就这么办,我这就把他给打发了。"

"你不能就这么干。"

"不能吗?你待在这儿。他对我是神魂颠倒呢,告诉你。"

她走了出去。我脸朝下趴在床上,难受得很。我听见他们在说话,可并没留神细听。布蕾特又进来,在床上坐下。

"亲爱的,可怜的老人儿。"她抚摸着我的脑袋。

"你跟他怎么说的?"我背朝她趴着,不想看到她。

"打发他弄香槟去了,他高兴去买香槟。"接着又说,"觉得好些了吗,亲爱的?头晕得好些了吗?"

"好些了。"

"安静躺着。他过河去了。"

"我们就不能住在一起吗,布蕾特?仅仅在一起住而已嘛。"

"我看不成。我会tromper①你,跟随便什么人都搞的。你可受不了。"

"现在我受得了了。"

"这又另当别论了。这是我的错,杰克。我就这个德性。"

"我们就不能到乡下去待段时间吗?"

"这不会有任何好处。要是你喜欢,我就跟你去。可我没办法在乡下安安静静地待着。就算跟我真爱的人在一起也是白搭。"

"我明白。"

"这不是糟糕透顶吗?就算我告诉你我爱你也丝毫无济于事。"

"你知道我爱你。"

---

① 法语:欺骗,不忠。

"别说了。都是废话。我要离得你远远的,而且迈克也快回来了。"

"为什么要离开我?"

"对你对我都只有更好。"

"什么时候走?"

"尽快吧。"

"去哪儿?"

"圣塞瓦斯蒂安①。"

"我们不能一起去?"

"不成。咱们话都挑明了,怎么能又开始自欺欺人。"

"咱们从来都不能意见一致。"

"哦,你跟我知道得一样清楚。别犟了,亲爱的。"

"哦,当然。"我说,"我知道你是对的。我刚刚是意气消沉,我意气消沉的时候说起话来就像个傻瓜。"

我坐起来,俯下身,在床边找到鞋子穿上站起来。

"别这副样子,亲爱的。"

"你希望我什么样?"

"哦,别傻了。我明天就走了。"

"明天?"

"是呀。我不是说过了吗?明天就走。"

"那我们一起喝一杯吧。伯爵就要回来了。"

"是呀。他也该回来了。你知道,他特别热衷于买香槟。这对他来说比什么都重要。"

我们走进餐室。我拿起白兰地瓶子,给布蕾特和我自己各倒了一杯。这时门铃响了。我去应门,是伯爵回来了。他身后站着他的司机,拎着一篮子香槟。

---

① 圣塞瓦斯蒂安是西班牙北部巴斯克地区一港口城市。

"我应该叫他放在哪儿,先生?"伯爵问道。

"放厨房吧。"布蕾特说。

"放那儿去,亨利。"伯爵指了指,"再下去弄点冰来。"他站在厨房里照看着把篮子放好。"我想你会发现这是很好的酒。"他说,"我知道如今在美国,我们是不大有机会来赏鉴好酒的[①],不过这酒是我从一位做酿酒生意的朋友那儿弄来的。"

"哦,你在哪一行都有朋友。"布蕾特说。

"这家伙种葡萄。他有好几千英亩的葡萄园。"

"他叫什么?"布蕾特问,"弗夫·克利科[②]?"

"非也。"伯爵说,"是玛姆[③]。他是位男爵。"

"多奇妙呀。"布蕾特说,"我们还都有个头衔。你怎么就没有个头衔呢,杰克?"

"我向你保证,先生。"伯爵伸手按在我的胳膊上。"这个头衔不会给你带来任何好处,大多数时候只会多花你的钱。"

"哦,我不知道。有时候还真他妈挺有用。"布蕾特说。

"就我所知,它从来没给我带来任何好处。"

"是你使用得不够恰当。它就给我带来了数不尽的信誉[④]。"

"请坐,伯爵。"我说,"把你的手杖给我。"

伯爵正在煤气灯下望着桌对面的布蕾特。她在抽烟,把烟灰直接往地毯上弹。她见我注意到了,就说:"我说,杰克,我可不想糟蹋了你的地毯。你就不能给老朋友拿个烟灰缸吗?"

---

① 美国于1919年正式通过全国禁酒令,至1933年方始撤销。
② 弗夫·克利科是法国一著名高档香槟酒牌子,最初于1772由Philippe Clicquot-Muiron在兰斯创立,既是香槟酒庄名,又是品牌名。弗夫·克利科香槟在香槟酒风靡欧洲上流社会的过程中起过极大的推动作用。
③ 玛姆位于法国兰斯,是全球最大的香槟酒生产商之一。由来自莱茵河谷的德国酿酒商三兄弟创建,于1827年3月1日正式成立名。伯爵的这位男爵朋友应该是玛姆家族的后人。
④ 好四处赊账。

我找出几个烟灰缸，四处摆好。司机拎了一个加盐的冰桶上来。"拿两瓶放进去冰着，亨利。"伯爵吩咐他。

"还有什么事吗，先生？"

"没什么了，坐到车里等着吧。"他转身对布蕾特和我说，"咱们开到布洛涅森林去吃饭好不好？"

"随你的便。"布蕾特说，"我什么也吃不下。"

"我一直都喜欢美食。"伯爵道。

"要把酒拿进来吗，先生？"司机问。

"好的。拿进来，亨利。"伯爵说着取出一个沉重的猪皮烟盒，递给我，"想不想来一支真正的美国雪茄？"

"多谢。"我说，"我先把这支烟抽完。"

他用拴在表链一头上的金切刀把雪茄的头切掉。

"我喜欢真正通气的雪茄。"伯爵道，"你抽的雪茄里有一半都不通气。"

他把雪茄点着，噗噗抽了几口，瞧着桌对面的布蕾特。"等你离成了婚，阿什利夫人，你这个头衔可就没了。"

"是呀。真遗憾。"

"不然。"伯爵说，"你根本用不着什么头衔，你浑身上下都洋溢着高贵气质。"

"多谢。你可真会说话。"

"不是开你的玩笑。"伯爵吐出一大口烟雾，"我阅人也不少了，可谁都没有你这样的高雅风度。你就是有。就这么回事。"

"你真好。"布蕾特说，"妈咪听了肯定会很高兴。你能把这话写下来吗，我把它塞到信里寄给她。"

"跟她我也会这么说。"伯爵说，"我不是开你的玩笑。我从不开人家的玩笑，开人家玩笑就等于是给自己树敌。我一直都这么说。"

"说得对。"布蕾特说,"说得太对了。我一直都开人家的玩笑,结果我在这个世界上一个朋友都没有。杰克除外。"

"你不开他的玩笑。"

"说得是。"

"现在呢?"伯爵问,"现在想开他玩笑吗?"

布蕾特眯起眼睛看了看我,眼角皱了起来。

"不。"她说,"我不会开他的玩笑。"

"明白了。"伯爵说,"你确实不开他的玩笑。"

"谈这个真他妈无聊。"布蕾特说,"来点你那种香槟怎么样?"

伯爵低头看了看,把那两瓶酒在亮闪闪的冰桶里转了转。"还不够冰。你总是喝个没完,我亲爱的。干吗不光说说话呢?"

"我话说得太多了。我把自己的一切都跟杰克说清楚了。"

"我真想听你好好说说话,我亲爱的。你跟我说话时,每次连整句话都不说完。"

"留给你去接嘛,谁乐意谁就接着说完好了。"

"这办法倒是有趣得紧。"伯爵低头又把酒瓶子转了转,"不过有时候我还是希望能听你说说话。"

"你看他傻不傻?"布蕾特问。

"好了。"伯爵从冰桶里拿出一瓶酒,"我想这瓶够冰的了。"

我拿来一块毛巾,他把瓶身擦干,举起来。"我喜欢喝大瓶装的香槟。大瓶装①的酒更佳,可是冰起来太费事。"他拿着酒瓶端详着。我把玻璃杯摆好。

"我说,你可以开瓶了吧。"布蕾特建议道。

"好,我亲爱的。我这就把它打开。"

真是绝好的香槟。

"我说这才叫酒呢。"布蕾特举起酒杯,"我们该祝个酒。'为王

---

① 大瓶能装大约1.5升,差不多是普通瓶装的两倍。

室干杯'。"

"这酒用来祝酒未免太好了些,我亲爱的。喝这样的酒不该掺杂上感情。这就失了味儿了。"

布蕾特的杯子已经空了。

"你真该写本谈酒的书,伯爵。"我说。

"巴恩斯先生。"伯爵回答道,"我从酒中得到的唯一乐趣就是品酒。"

"那我们就多品一点。"布蕾特把空杯子往前一推,伯爵倒得非常小心,"来,我亲爱的。现在慢慢地品味,然后再一醉方休。"

"醉?要我喝醉?"

"我亲爱的,你醉了的时候非常迷人。"

"你听他的。"

"巴恩斯先生。"伯爵把我的杯子斟满,"我认识的女士当中,还没有第二位像她这样醉了也跟醒时一样迷人呢。"

"这么说来你也没见过多大世面。"

"此言差矣。我见得多了,见得实在是太多了。"

"喝你的酒吧。"布蕾特说,"我们都见过世面。我敢说杰克见过的世面也不比你少。"

"我亲爱的,我敢肯定巴恩斯先生一定是经多见广的。别以为我不会这么想,只不过我也一样见过些世面。"

"这还用说,我亲爱的。"布蕾特说,"我逗你玩儿呢。"

"我亲历过七次战争和四场革命。"伯爵说。

"当过兵?"布蕾特问。

"有那么几回,我亲爱的。我身上还有箭伤呢。你们见过箭伤吗?"

"让我们见识见识。"

伯爵站起身,解开背心的扣子,敞开衬衣。把贴身内衣往上拉到胸口,露出黑黝黝的前胸,巨大的腹部肌肉在灯光下向上突起。

"看见了吧?"

在最末一根肋骨底下,有两处隆起的伤疤。"看看后面箭头是从哪儿出来的。"在背后近腰的位置也有同样两个隆起的伤疤,有指头肚粗细。

"我说,这还真够神的。"

"完全穿透了。"

伯爵把衬衣塞回裤带。

"这是在哪儿受的伤?"我问。

"在阿比西尼亚①。当时我二十一岁。"

"当时你在干吗?"布蕾特说,"在军队里?"

"我是做生意去的,我亲爱的。"

"我就跟你说他是我道中人嘛。是不是?"布蕾特转身对我说,"我爱你,伯爵。你可真是个宝贝儿。"

"你这么说我真是开心死了,我亲爱的。不过这是言不由衷。"

"别蠢了。"

"你瞧,巴恩斯先生,就因为我什么都经过了,现在我才能尽情享受我周围的一切。你是不是也这样看呢?"

"没错,绝对是这样。"

"我知道。"伯爵道,"这就是奥秘之所在。你必须得形成自己的价值观。"

"你的价值观就没有动摇过?"布蕾特问。

"没有,再也不会有了。"

"从未坠入过情网?"

"经常的事。"伯爵说,"我一直都在情网里打滚。"

"这对你的价值观有什么影响吗?"

"在我的价值观中,爱情本来就有它的一席之地。"

---

① 即今埃塞俄比亚。

"你根本就没有任何价值观。你是个死人，就这么回事。"

"不，我亲爱的。你这么说可不对。我生龙活虎得很呢。"

我们一共喝掉了三瓶香槟，伯爵就把篮子里剩下的酒留在我厨房里了。我们在布洛涅森林的一家餐馆吃的饭，吃得很好，美食在伯爵的价值观里也占有绝对重要的位置，还有美酒。吃饭中间，伯爵风度翩翩，布蕾特仪态万方。真是场愉快的聚会。

"想上哪儿去？"吃完饭后伯爵问，餐馆里就剩我们仨了。两个服务生靠门站着，他们想早点回家。

"咱们可以到蒙马特尔山上去。"布蕾特说，"咱们这场聚会多棒啊。"

伯爵眼下是眉飞色舞。他开心极了。

"你们俩都非常棒。"他说着又点了根雪茄，"干吗不结婚呢，你们俩？"

"我们想各过各的生活。"我说。

"我们的经历也不一样。"布蕾特说，"走吧。咱们出去吧。"

"再喝点白兰地。"伯爵说。

"到山上喝吧。"

"不。在这儿喝，这儿安静。"

"少来了，你还有你那个安静。"布蕾特说，"男人对安静到底怎么看？"

"我们喜欢安静。"伯爵道，"就像你们喜欢喧闹，我亲爱的。"

"随你怎么说。"布蕾特说，"那我们就喝一杯吧。"

"酒务总管！"伯爵叫道。

"来了，先生。"

"你们最陈的白兰地是哪年的？"

"1811年，先生。"

"给我们来一瓶。"

"我说,你摆什么阔呀。叫他取消掉,杰克。"

"听我说,我亲爱的。把钱花在陈年白兰地上,比拿来买别的什么古董都强。"

"你有很多古董?"

"满满一屋子。"

最后,我们终于登上了蒙马特尔山。"泽利"里面拥挤不堪,烟雾腾腾,喧闹不已。一进门就乐声震耳,布蕾特和我一起跳舞。实在太挤了,我们几乎都挪不动步子。黑人鼓手朝布蕾特挥手致意。我们被挤在人群中动弹不得,只能在他面前原地跳着。

"你耗(好)吗?"

"棒极了。"

"拉(那)就好。"

黑暗中只见到他雪白的牙齿和厚厚的嘴唇。

"他是我一个很棒的朋友。"布蕾特说,"了不起的鼓手。"

音乐停下来,我们开始朝伯爵就座的桌子走去。此时音乐又起,我们又上场接着跳。我看了一眼伯爵,他坐在桌边抽雪茄。音乐再次停歇。

"咱们过去吧。"

布蕾特朝桌子走去。音乐又起,我们又接着跳,紧紧地裹挟在人流中。

"你舞跳得真够糟的,杰克。迈克是我见过舞跳得最棒的。"

"他是很棒。"

"他能踩在点子上。"

"我喜欢他。"我说,"我还真挺喜欢他。"

"我就要嫁给他了。"布蕾特说,"真滑稽。可我整整一个礼拜都没想起过他。"

"你不给他写信?"

"不。我从不写信。"

"我打赌他肯定给你写。"

"那是。而且写得好极了。"

"你们打算什么时候结婚?"

"我怎么知道?等我办好离婚就结。迈克在做工作,想让他母亲拿点钱出来。"

"需要我帮忙吗?"

"别傻了,迈克家有的是钱。"

音乐停了。我们走到桌边,伯爵站了起来。

"非常好。"他说,"你们俩看起来非常,非常好。"

"你不跳舞吗,伯爵?"我问。

"我嘛,年纪太大了。"

"哦,少来了。"布蕾特说。

"我亲爱的,要是喜欢我会跳的。我喜欢看你们俩跳。"

"好极了。"布蕾特说,"哪天我再跳给你看。说起来了,你那位小朋友齐齐现在怎么样了?"

"跟你这么说吧,我资助那个男孩,可我不想他老在我眼前转悠。"

"他真挺不容易的。"

"你也知道,我认为那个男孩是有前途的。不过就我个人而言,我不想跟他有太多交往。"

"杰克也跟你有同样的看法。"

"他总让我觉得精神紧张。"

"这么说吧。"伯爵耸了耸肩,"关于他的前途,谁也说不准。可不管怎么说,他父亲跟家父是至交。"

"来,咱们跳舞去。"布蕾特说。

我们又跳了起来,舞池里又挤又闷。

"哦,亲爱的。"布蕾特说,"我难受极了。"

我有一种正在经历的一切从前全都发生过的感觉。"你一分钟前还很快乐。"

鼓手喊道:"你不能两次——"

"都过去了。"

"出什么事了?"

"不知道。我就是觉得难过。"

"……"鼓手唱道,然后抓起鼓槌。

"想走吗?"

我有种感觉,就像是置身噩梦当中,所有的一切都在不断重复,我已经熬过来了,如今又得重新经受一次。

"……"鼓手柔声唱道。

"咱们走吧。"布蕾特说,"你别见怪。"

"……"鼓手大叫,同时朝布蕾特咧嘴一笑。

"没关系。"我说。我们从人群中挤出来。布蕾特去了卫生间。

"布蕾特想走了。"我跟伯爵说。

他点了点头说:"是吗?好呀。你们用我的车子吧。我还要在这儿待一会儿,巴恩斯先生。"

我们握了握手。

"今晚过得真开心。"我说,"希望你允许我这么做。"我从口袋里拿出一张钞票。

"巴恩斯先生,这太荒唐了。"伯爵说。

布蕾特过来时围巾都围好了。她吻了吻伯爵,把手按在他肩膀上不让他站起来。我们出门后,我回头看了一眼,但见伯爵的桌子边已经坐了三个姑娘。我们跨进那辆大轿车。布蕾特告诉了司机她旅馆的地址。

"不,你别上去了。"车到旅馆后她说。她打了下门铃,门已经开了。

"真的?"

"是。请回吧。"

"晚安,布蕾特。"我说,"你心情不好,我很难过。"

"晚安,杰克。晚安,亲爱的。我再也见不到你了。"我们站在门口亲吻。她把我推开。我们再一次亲吻。"哦,别这样!"布蕾特说。

她赶紧转身,走进旅馆。司机把我送到寓所,我给了他二十法郎,他碰了下帽檐说:"晚安,先生。"然后就把车开走了。

我打铃叫人开门。门开了,我上楼睡下。

The Sun Also Rises

Ernest Hemingway

第二部

第八章

　　直到布蕾特从圣塞瓦斯蒂安回来，我才再次见到她。她从那儿给我寄了张明信片。上面印着康查①的风景，她写道："亲爱的。很安静，很健康。爱你们大家。布蕾特。"

　　这阵子也没再见到罗伯特·科恩。我听说弗朗西丝已经动身去了英国，收到过科恩一封短笺，说他要到乡下去住上一两个礼拜，具体去向尚未确定，不过他希望我能践行去年冬天我们讨论过的计划：去西班牙钓鱼。他还写道，我随时都可以通过他的银行经纪人联系到他。

　　布蕾特走了，科恩也不再拿他的麻烦来打扰我，我相当享受这段时光。不必一定要去打网球，有大量的工作要做，我经常去看赛马，跟朋友们一起吃饭，而且还主动在办公室加班，预先把一些工作做好，到时候可以交代给秘书，我好跟比尔·戈顿一道在六月底前往西班牙。比尔·戈顿到了巴黎，在我的寓所住了两天就去了维也纳。他兴头十足，说美国棒极了，纽约棒极了。纽约的戏剧演出季规模宏大，还有一大票了不起的优秀青年轻量级拳击手。每一位的前景都未可限量，假以时日，增加体重后都有

---

① 康查（Concha）即圣塞瓦斯蒂安的海滩名。

击败登姆普西①的希望。比尔开心极了。他最近出版的一本书给他赚了一大笔钱,而且还能继续赚到一大笔。他在巴黎那两天我们过得很开心,然后他就去了维也纳。他三个礼拜后回来,然后我们就要一起去西班牙钓鱼,然后去潘普洛纳参加他们的狂欢节②。他写信说维也纳棒极了。然后又从布达佩斯写来一张明信片:"杰克,布达佩斯棒极了。"然后我就收到他一封电报:"周一归。"

星期一傍晚,他到了我的寓所。我听到他的出租车停车的声音,就跑到窗边喊他;他朝我挥挥手,提着几个旅行包走上楼来。我到楼梯上去接他,接过一个包。

"怎么。"我说,"我听说你这趟旅行棒极了。"

"棒极了。"他说,"布达佩斯绝对是一顶一地棒。"

"维也纳呢?"

"不怎么样,杰克。不怎么样。看起来比过去要强些。"

"这话什么意思?"我拿来酒杯和苏打水瓶。

"醉了,杰克。我在那儿喝醉了。"

"这倒怪了。最好喝一杯。"

比尔擦了擦前额。"真不寻常。"他说,"不知道是怎么发生的。突然就那么发生了。"

"持续时间长吗?"

"四天,杰克。刚好持续了四天。"

"你都到过些什么地方?"

"记不得了。给你寄了张明信片。这事儿记得很清楚。"

"别的还干了些什么?"

---

① 杰克·登姆普西(Jack Dempsey,1895—1983),美国职业拳击运动员,1919 至 1926 年度最重量级世界冠军。

② 潘普洛纳以纪念其第一位主教圣费尔明的圣费尔明节闻名于世,整个节日自每年的 7 月 6 日始,至 7 月 14 日结束,每天斗牛前都要在清晨举行著名的"圈牛"(或称"奔牛")活动。详情见后文描述,潘普洛纳的其他情况亦见后文注释。

"这就没把握了。应该是干了些吧。"

"说下去。说说是怎么回事。"

"记不清了,我把能记得的全都告诉你。"①

"说下去。喝了这杯,好好想想。"

"可能想起点什么来。"比尔说,"记得有一场职业拳击赛。有个黑人拳手,那黑人我记得很清楚。"

"继续说。"

"棒极了的黑人。看着就像是'老虎'弗劳尔斯②,只不过有他四个那么大。可是突然之间大家都开始扔东西,我没扔,那黑人刚把一个当地的小伙子给击倒了。黑人举起一只戴手套的手,是想说点什么。真是个相貌高贵的黑人。他开始发表讲话。这时当地那个白人小伙子打了他一拳,他接着一拳就把那白人小伙子给打晕过去了。然后大家就都开始扔椅子。那黑人搭我们的车回的家,都没能把衣服拿回来,就穿了我的外套。现在整个过程我都想起来了。那晚上可真够险的。"

"还有呢?"

"借给那黑人几件衣服,跟他一起设法拿到拳击赛的奖金。可他们说场子都给砸了,那黑人还倒欠他们钱呢。到底是谁居中翻译的呢?是我吗?"

"可能不是你。"

"你说得没错。根本就不是我,是另一个家伙。我们把他叫作本地哈佛生。现在把他给想起来了,是学音乐的。"

"结果怎么样?"

"不太好,杰克。到处都有不公啊。拳击赛的组织者声称那黑人

---

① 比尔现在就正醉着。
② 弗劳尔斯(Theodore "Tiger" Flowers, 1895—1927),美国著名黑人拳击运动员,1926年成为第一个中量级世界冠军。

原来承诺要让当地那小伙子赢的,声称是黑人违反了合同。你不能在维也纳把维也纳小伙子给击倒。'我的上帝,戈顿先生,'黑人说,'我足足有四十分钟在场子里什么都没干,只是想办法让他赢。那白人小伙子准是在朝我挥拳的时候发了疝气。我根本就没出拳打他。'"

"要到钱了?"

"没有钱,杰克。我们只把黑人的衣服讨回来了,有人还把他的表给拿走了。了不得的黑人,跑到维也纳是大错特错了。不怎么样,杰克。真不怎么样。"

"那黑人后来呢?"

"回科隆①去了。他住那儿,结了婚,有个家。他要给我写信,还要把我借给他的钱还给我,他是个棒极了的黑人。希望我没给错他地址。"

"应该不会。"

"管它呢,咱们吃饭去吧。"比尔说,"除非你还想听我讲我的旅途故事。"

"继续讲。"

"先吃饭吧。"

我们下楼,踏上圣米歇尔大街,真是个暖和的六月傍晚。

"我们去哪儿?"

"想到岛上②去吃吗?"

"好呀。"

我们沿大街朝前走。在大街与当费尔-罗歇罗路交叉的路口立着尊塑像,塑的是两个衣带飘飘的人物。

"我知道他们是谁。"比尔看着那纪念碑说,"是首创药剂学的两

---

① 科隆(Cologne)为德国北莱茵河威斯特伐利亚州大城市,在莱茵河上。
② 巴黎城始建于斯德岛,岛上有12世纪建的巴黎圣母院,另有一面积小得多的岛叫圣路易岛,有桥与斯德岛相连。从后文看,他们要去的是圣路易岛。

位先生。甭想拿巴黎的玩意儿来糊弄我。"

我们继续朝前走。

"这儿有家动物标本店。"比尔说,"想买点什么吗?买只漂亮的狗标本?"

"行了。"我说,"你这个醉鬼。"

"这些狗标本可真够漂亮的。"比尔说,"肯定会让你的公寓大放异彩。"

"行了。"

"就买一只。我是可买可不买。不过听我说,杰克,就买一只狗标本。"

"行了。"

"买了以后,它就成了你在这世界上最大的安慰。不过是简单的价值交换。你给他们钱,他们给你一只剥制的狗标本。"

"等我们回来再买吧。"

"好吧,随你的便。通往地狱的路上就铺满了你没买下来的狗标本。这可不能怪我。"

我们继续朝前走。

"你怎么突然间对狗有了这么大兴趣?"

"我对狗一直都兴趣浓厚。一直都是个动物标本的热爱者。"

我们停下来,喝了一杯。

"真喜欢喝上一杯。"比尔说,"你偶尔不妨也喝上一杯,杰克。"

"你领先了我足足有一百四十四杯了。"

"那你也不该气馁呀,永远不要气馁。这就是我成功的秘诀,从没有气馁过,从没当着别人的面气馁过。"

"你这是在哪儿喝的?"

"在克里龙驻了驻脚,乔治给我调了两杯杰克玫瑰。乔治真是了不起,知道他成功的秘诀吗?从不气馁。"

"再有三杯佩尔诺下肚,我看你气不气馁。"

"不能当着别人的面,我要是觉得挺不住了就赶快一个人躲起来。我这么做就像只猫。"

"你什么时候见的哈维·斯通?"

"在克里龙。哈维就有那么点气馁了,他三天没吃东西了,什么也不吃了。就像只猫一样躲起来。挺惨的。"

"他还行。"

"太好了。希望他别再像只猫一样躲起来了,弄得我挺焦心的。"

"咱们今晚干点什么?"

"都一样,只要别气馁就成。他们这儿应该有煮老了的鸡蛋吧?要是有煮老了的鸡蛋,咱们就用不着大老远跑到岛上去吃饭了。"

"不行。"我说,"我们得正经八百地吃顿晚饭。"

"只是个建议。"比尔说,"这就动身吗?"

"咱们走。"

我们又开始沿着大街朝前走。一辆马车超过了我们,比尔看了它一眼。

"看到那辆马车了?我这就把它做成标本送给你当圣诞礼物。我要给我所有的朋友都送动物标本。我是个自然作家。"

有辆出租车经过,车里有个人在挥手,然后敲敲车窗叫司机停车。出租车倒到路牙子边上,里面是布蕾特。

"美丽的夫人。"比尔说,"要劫持我们。"

"嘿!"布蕾特说,"嘿!"

"这位是比尔·戈顿,这位是阿什利夫人。"

布蕾特朝比尔微微一笑。"我刚刚回来,还没洗过澡呢。迈克今晚到。"

"很好。跟我们一起吃饭去吧,然后我们一起去接他。"

"先得洗洗干净。"

"哦,胡说!走吧。"

"先得洗个澡。他要到九点才到呢。"

"那就先跟我们一起喝一杯,然后再洗不迟。"

"也行。这话还不算是胡说八道。"

我们坐上出租车,司机回头看了我们一眼。

"在最近的酒吧停一下。"我说。

"那咱们还不如去丁香园。"布蕾特说,"我可受不了那些劣等白兰地。"

"丁香园。"

布蕾特转向比尔。

"你在这个有毒的城市待很久了吗?"

"今天才从布达佩斯过来。"

"布达佩斯怎么样?"

"棒极了,布达佩斯真是棒极了。"

"问问他维也纳怎么样。"

"维也纳——"比尔说,"是个奇怪的城市。"

"跟巴黎很像。"布蕾特冲着他微笑,眼角皱了起来。

"一点没错。"比尔说,"很像眼下的巴黎。"

"你起点真不错。"

我们在丁香园外面的露台上坐下,布蕾特叫了杯威士忌加苏打,我也要了一杯,比尔又叫了杯佩尔诺。

"你怎么样,杰克?"

"好极了。"我说,"我过得很开心。"

布蕾特看着我。"我离开这儿真够傻的。"她说,"只有白痴才会离开巴黎。"

"过得开心吗?"

"哦,还好。挺有趣的,不过并不特别好玩。"

"见什么人了?"

"没。几乎什么人都没见。我从不出去。"

"也没游泳?"

"没,什么都没干。"

"听起来很像维也纳。"比尔说。

布蕾特又冲他皱了一下眼角。

"原来维也纳就是这个样子。"

"这就跟维也纳一模一样。"

布蕾特又冲他微微一笑。

"你这朋友不赖,杰克。"

"他还行。"我说,"他是个剥制动物标本的。"

"那是在另一个国家的事儿。"比尔说,"而且都是已经死了的动物。"

"再喝一杯。"布蕾特说,"我就得赶紧走了。拜托让服务生去叫辆车。"

"等了有一溜呢。就在门口等着。"

"这就好。"

我们把酒喝掉,送布蕾特上车。

"记着十点左右到雅士去。叫他也去,迈克会在那儿。"

"我们一定去。"比尔说。出租车启动,布蕾特挥了挥手。

"不得了。"比尔说,"她可真不错。迈克是谁?"

"她要嫁的人。"

"唉,唉。"比尔说,"我但凡认识的女人,都要嫁人了。我送他们什么呢?觉得送一对赛马标本怎么样?"

"咱们还是吃饭去吧。"

"她真是位夫人,还是怎么着?"比尔在前往圣路易岛的出租车上问我。

"当然是真的,良种马登记簿这类名录①上都有记载呢。"

"乖乖。"

我们去小岛边上的勒孔特夫人的餐馆吃饭,里面挤满了美国人,我们不得不站着等座。有人将其作为塞纳河畔尚未有美国人光顾的古雅饭店,列入了美国妇女俱乐部的导游册,于是乎,我们就得等上四十五分钟才有座了。比尔1918年在这儿吃过饭,那还是刚刚停战后,勒孔特夫人一见到他,难免有一番大惊小怪的热闹好看。

"有什么用,还是没办法给我们腾出张桌子来。"比尔说,"不过她确实是位了不起的女人。"

我们吃了顿丰盛的晚餐,有烤鸡、新鲜青豆、土豆泥、一份沙拉,还有苹果派和奶酪。

"你把全世界的人都招到这儿来了。"比尔对勒孔特夫人说着举手向天,"哦,我的上帝!"

"你要发大财了。"

"借您吉言。"

喝完咖啡和白兰地,我们叫了结账,账单还是跟原来一样,是用粉笔写在石板上送上来的,这无疑又是本店的"古雅"特色之一。付了账,握过手后,我们向外走去。

"您是再也不会到这儿来了,巴恩斯先生。"勒孔特夫人道。

"美国来的同胞太多了。"

"午饭时间来吧,那时候不挤。"

"好,我一准儿来。"

我们在树底下朝前溜达,奥尔良码头这边的树木枝叶披拂,一直都伸到河上去了。对岸是正在拆除的一些老房子留下来的断

---

① 这当然是取笑。记载英国贵族名录的是《德布雷特氏贵族名鉴》,全称《德布雷特氏贵族和男爵及陛下授权证书持有者名鉴》,最初由出版家约翰·德布雷特于1802年出版,故名。

垣残壁。

"他们要打通一条大街。"

"是要这么干。"比尔说。

我们继续溜达，绕着小岛转了一圈。河水黑森森的，一艘客轮驶过，通体灯火辉煌，朝上游飞快而又安静地驶去，消失在桥洞底下。河下游就是巴黎圣母院，蹲伏在夜空之下。我们从贝蒂纳码头，经人行木桥穿过塞纳河到左岸去，在木桥上驻足，眺望下游的圣母院。站在桥上，但见岛上暗淡无光，高高的屋宇衬着夜空，翁翁郁郁的树木黑压压一片。

"真够壮观的。"比尔说，"上帝，回来真好。"

我们倚在桥上的木头栏杆上，朝河上游望着那几座大桥上的灯火。底下的河水平静、漆黑，流过桥墩时寂然无声。一个男人和一个姑娘从我们身边走过，一边走一边相互紧紧地相拥在一起。

我们穿过木桥，沿勒穆瓦恩主教路朝前走。路很陡，我们一路向上走到护墙广场。弧光灯透过树木扶疏的枝叶照射下来，树下有一辆正要开动的公共汽车。快乐黑人酒吧的门内传出阵阵音乐声。透过业余爱好者咖啡馆的窗户，我看到里面长长的镀锌吧台。外面的露台上有些个工人在喝酒。业余爱好者的开放式厨房里，有个姑娘正在油锅里炸土豆片，还有一个铁锅正炖着菜。有个老头手拿一瓶红酒等在当地，那姑娘舀了些放在盘子里递给他。

"想喝一杯吗？"

"不。"比尔说，"还不需要。"

我们右转离开护墙广场，沿平坦的小巷子走去，两边耸立着高高的老房子。有些朝街面上突出一块，另一些则缩回去一块。我们走上铁锅路，沿路前行，一直到南北向笔直的圣雅克路，然后朝南走，经过铁栏杆围着、前面有个大院子的圣恩谷教堂，来到王家港大街。

"想干吗?"我问,"想去咖啡馆见见布蕾特和迈克吗?"

"干吗不呢?"

王家港大街再向前走一段就改称蒙帕纳斯大街了,沿蒙帕纳斯过丁香园、拉维涅餐馆和那一大堆小型咖啡馆,过达莫伊,横过大街到圆亭,经过它门前的灯火和咖啡座,就到了雅士。

迈克从桌边站起来迎向我们。他晒得黑黑的,气色好极了。

"嗨,嘿!杰克!"他说,"嗨,嘿!你好吗,老伙计?"

"你看起来可真够健美的,迈克。"

"哦,是呀。我真是健美得很呢,我除了散步就不干别的了,成天就是散步。也就每天下午茶的时候跟我母亲一起喝一杯。"

比尔已经到酒吧间去了。他站着跟布蕾特说话,布蕾特则坐在一个高脚凳上,架着二郎腿,没穿丝袜。

"见到你真高兴,杰克。"迈克说,"我有点醉了,你知道。想不到吧,是不是?看到我的鼻子了?"

他鼻梁上有一小块干了的血迹。

"是位老夫人的包碰伤的。"迈克说,"我抬手想帮她把几个包拿下来,结果却砸到了我鼻子上。"

布蕾特从吧台那儿拿她的烟嘴朝他示意,又把眼角挤出了皱纹。

"是位老夫人。"迈克说,"她的包砸在我鼻子上了①。咱们进去看看布蕾特吧。我说,她可真是个尤物。你真是位可爱的女士,布蕾特。你从哪儿弄的这顶帽子?"

"一位朋友给我买的。你不喜欢?"

"太可怕了,还是买顶好的去吧。"

"哦,咱们现在可有钱了。"布蕾特说,"我说,你还没见过比尔吧?你真是位可爱的主人,杰克。"

她朝迈克转过身。"这位是比尔·戈顿,这位醉鬼是迈克·坎贝

---

① 显然,迈克的是伤要么是跌倒摔的,要么是跟人打架挂的彩,因为他是个酒鬼。

尔，坎贝尔先生是位还没还清债务的破产户。"

"可不是吗？你知道昨天我在伦敦碰到了我过去的合伙人，就是这位老兄把我弄到这步田地的。"

"他怎么说？"

"请我喝了一杯，我想未尝不可以接受。我说，布蕾特，你可真是个可爱的尤物。你们不觉得她很美吗？"

"美。就这么个鼻子？"

"这鼻子很可爱。来，拿鼻子冲着我。她不是个可爱的尤物吗？"

"咱们就不能把那个家伙留在苏格兰吗？"

"我说，布蕾特，咱们还是早点上床去吧。"

"说话别这么不检点，迈克。别忘了这酒吧间里还有女士们呢。"

"她不是个可爱的尤物吗？你不觉得吗，杰克？"

"今晚上有拳赛。"比尔说，"想去看吗？"

"打拳。"迈克说，"谁打？"

"勒杜① 跟某某人打。"

"他很棒，这个勒杜。"迈克说，"我想去看看，挺想看看。"——他竭力想打起精神，"可我去不了。我跟这个尤物有约在先。我说，布蕾特，一定要去买顶新帽子。"

布蕾特把毡帽往下一拉，遮住一只眼睛，在帽子下露出笑容："你们两位看拳赛去吧。我得把这位坎贝尔先生直接送回家了。"

"我没醉。"迈克说，"也许有那么一丁点儿醉。我说，布蕾特，你可真是个可爱的尤物。"

"看拳赛去吧。"布蕾特说，"坎贝尔先生越来越难缠了。你这些情感泛滥又是怎么回事，迈克？"

"我说，你可真是个可爱的尤物。"

我们道了晚安。"很抱歉我去不了。"迈克说。布蕾特咯咯一笑。

---

① 勒杜是法国最轻量级职业拳击运动员。

我从门口回头张望了一下。迈克一只手扶着吧台,探身朝布蕾特说着什么。布蕾特态度相当超然地看着他,不过她的眼角蕴含着笑意。

走到外面的人行道上,我说:"想去看拳赛吗?"

"当然想看。"比尔说,"如果不需要走着去的话。"

"迈克对他的女朋友倒是上劲得很嘛。"我在出租车上说。

"这个嘛。"比尔说,"你也用不着这么跟他过不去啊。"

第九章

　　勒杜跟弗朗西斯小子①的拳赛在6月20日夜里举行,非常精彩。拳赛的第二天早晨,我收到罗伯特·科恩的一封信,信是从昂代②写来的。信中写道这段日子他过得非常宁静:洗洗海水浴,偶尔打打高尔夫,桥牌打得很多。昂代的海滩非常出色,不过他仍一心想开始他的钓鱼之旅。我什么时候正式启程?要是我能给他买一副双锥形钓线的话,我们碰头后他一定把钱还给我。

　　当天上午,我在办公室写信告诉科恩,我和比尔计划在25日离开巴黎,如有变更另行电告,我们计划跟他在巴约讷③碰头,我们可以从那里搭乘公共汽车翻过比利牛斯山到潘普洛纳。当天傍晚大约七点的时候,我在雅士驻了驻脚,想见见迈克和布蕾特。他们不在,我又去了"丁戈"。他们在里面的吧台前坐着。

　　"嗨,亲爱的。"布蕾特把手伸出来。

　　"嗨,杰克。"迈克说,"我知道昨晚我是醉了。"

　　"谁说不是。"布蕾特说,"真够丢人的。"

---

① 弗朗西斯小子(Kid Francis, 1907—1943),意大利职业拳击手,1940年纳粹德国入侵法国时被捕,关入奥斯维辛集中营,在集中营与其他犹太和吉卜赛拳击手打拳为纳粹军官取乐,据说赢过三百多场,三年后被处决。
② 昂代(Hendaye),法国西南部海滨城市,濒比斯开湾。
③ 巴约讷(Bayonne),法国西南部城镇,距昂代不远。

"嘿。"迈克说,"你什么时候去西班牙?要是我们俩也跟你一起去,你会介意吗?"

"那真是太棒了。"

"你真的不会介意?我在潘普洛纳待过一段时间。布蕾特一心想去看看,你肯定我们不会成为倒霉的累赘吗?"

"别像个傻子一样胡咧咧。"

"我有点醉了,你知道,要是不醉也就不会这么问了。你肯定不会介意吗?"

"哦,闭嘴,迈克。"布蕾特说,"你这么问,谁还能说他介意呢?事后我再问他。"

"可你不会介意,对吧?"

"别再问这个问题了,除非你是故意让我难堪。我跟比尔打算25号早上动身。"

"说起来了,比尔哪儿去了?"布蕾特问。

"他跑到尚蒂伊① 跟什么人一起吃饭去了。"

"他是个好伙计。"

"顶呱呱的好伙计。"迈克说,"他绝对是,你知道。"

"你都不记得他是谁了。"布蕾特说。

"我当然记得,清清楚楚地记得。听我说,杰克,那我们就25号晚上动身。布蕾特早上可起不来。"

"的确如此!"

"前提是我们的钱汇到了,而且你确信你不介意。"

"钱会汇来的,不会有问题。我负责这件事。"

"告诉我得订购些什么装备。"

"弄两三副带线轴的钓竿,还有钓线和几个蝇形钓钩。"

"我不钓鱼。"布蕾特插嘴道。

---

① 尚蒂伊(Chantilly),法国瓦兹省居住城镇和度假胜地,位于巴黎以北42公里处。

"那就两副钓竿，比尔就用不着买了。"

"那好。"迈克说，"我给猎场看守人发份电报。"

"这该有多棒啊。"布蕾特说，"西班牙哎！我们得玩个痛快。"

"25号。礼拜几？"

"礼拜六。"

"我们这就得准备起来了。"

"我说，"迈克说，"我要去理个发。"

"我得洗个澡。"布蕾特说，"陪我走回旅馆吧，杰克。做个好人。"

"我们那家旅馆可真是太妙了。"迈克说，"我觉着就是家妓院。"

"我们进去的时候行李先寄丁戈这儿了，他们就问我们是不是只开一个'半天房'。听说我们要在那儿过夜，他们简直乐坏了。"

"我相信那就是家妓院。"迈克说，"我眼睛里可不糅沙子。"

"快闭嘴去你的理发店吧。"

迈克出去了。布蕾特跟我坐在吧台边。

"再来一杯？"

"也行。"

"我需要喝点。"布蕾特说。

我们走在德兰波路上。

"自打我回来就一直没见到你。"布蕾特说。

"是呀。"

"你好吗，杰克？"

"很好。"

布蕾特望着我。"我说，"她道，"这次罗伯特·科恩也一道去西班牙吗？"

"是。怎么了？"

"你不觉得这对他来说有些难堪吗？"

"此话怎讲？"

"你以为我是跟谁去的圣塞瓦斯蒂安?"

"恭喜,恭喜。"我说。

我们继续朝前走。

"你这话是什么意思?"

"不知道。你乐意听我说什么?"

我们继续朝前走,转了个弯。

"他表现得相当不错,不过后来有点乏味。"

"是吗?"

"我还以为这对他会有所帮助。"

"你大可以做点公益服务了。"

"别这么恶意。"

"不敢。"

"你是真不知道?"

"真的。"我说,"我想是没往这上头想。"

"你觉得这么一来对他是不是有点太难堪了?"

"这就得看他的了。"我说,"告诉他你也要一起去。他随时可以决定退出。"

"我这就给他写信,让他有机会退步抽身。"

一直到 6 月 24 日晚上,我才又见到布蕾特。

"科恩回信了?"

"当然。他对这次旅行热心得很呢。"

"我的上帝!"

"我自己都觉得怪怪的。"

"他说他急不可待地要见到我。"

"他以为你是一个人去?"

"不会,我跟他说了我们都要一起去的。迈克跟我们大家伙儿。"

"他可真是不同凡响。"

"谁说不是?"

他们预期钱第二天会汇到,我们约定在潘普洛纳碰头。他们预备直接前往圣塞瓦斯蒂安,然后从那儿搭乘火车到潘普洛纳。我们全体在潘普洛纳的蒙托亚旅馆聚齐。要是他们礼拜一还到不了,我们就径自前往比利牛斯山间的布尔格特去钓鱼,有公共汽车通布尔格特。我把行程计划写下来,这样他们总归找得到我们。

我跟比尔搭早班车从道赛车站①出发。天气晴朗怡人,并不太热,从一开始就是一片漂亮的乡间景色。我们朝后走到餐车去吃早饭。离开餐车时,我向列车长索要第一批就餐券。

"最早就是第五批了。"

"这是怎么回事?"

一直以来,这趟车上最多只供应两批客人的午饭,而且两批都有充足的空座儿。

"都预定完了。"餐车的列车长说,"三点五十供应第五批。"

"这可麻烦了。"我跟比尔说。

"给他十法郎。"

"给。"我说,"我们想在第一批用餐。"

"谢谢您。"他说,"我奉劝两位先生还是买点三明治吧。头四批的所有座位在铁道办事处就已经全部订光了。"

"你前途无量啊,老兄。"比尔用英语对他说,"我估摸着我们要是只给你五法郎的话,你就该建议我们直接跳车了。"

"Comment? ②"

"见你的鬼!"比尔说,"那就给我们做几个三明治,再来一瓶葡萄酒。你跟他说,杰克。"

---

① 道赛车站(Gared'Orsay)原是巴黎市内一座新古典主义风格的火车站,跟卢浮宫和杜伊勒利花园隔塞纳河相望,现在已成为一家展示19世纪和20早期艺术品的博物馆。

② 法语:您说什么?

"还有请送到隔壁车厢里。"我向他描述了一下我们在哪里。

我们的卧铺包房里还有一对夫妻和他们的小儿子。

"我想你们两位是美国人,对吧?"那男人问,"旅途愉快吗?"

"棒极了。"比尔说。

"你们算是心想事成了,旅行就得趁早。我跟孩子他妈一直就想出来逛逛,可总是耽搁下来。"

"你要是真下了决心,十年前就能出来了。"妻子说,"你一直叨叨什么'先看看美国再说'!要我说的话,这里那里的,咱们见过的地方也不算少了。"

"我说,这趟车上有好多美国人呢。"丈夫说,"都来自俄亥俄州的达顿。他们已经去罗马朝过了圣,如今这是要去比亚里茨和卢尔德。"

"原来是这么回事。朝圣的信徒,该死的清教徒。"比尔说。

"你们两位年轻人是美国什么地方人哪?"

"我来自堪萨斯城。"我说,"他是芝加哥人。"

"你们俩都要去比亚里茨?"

"不是。我们这是要去西班牙钓鱼。"

"哦,我自己从来就没喜欢过钓鱼,不过在我的家乡却有好多人玩这个。我们蒙大拿州有好几处绝佳的钓鱼场所。我跟几个男孩子去过,不过我从来都不感兴趣。"

"你那几次鱼也没少钓啊。"他妻子说。

丈夫朝我们使了个眼色。

"你知道这些女士们都是怎么回事儿。只要见到有个酒壶或是一箱啤酒,她们就觉得是罪不可赦,该下地狱了。"

"男人才这副德行呢。"他妻子对我们俩说。她将了将舒舒服服的衣服的下摆。"我投票反对禁酒就是为了讨他的好,因为我喜欢在家里喝一点啤酒,可他现在说话又是这副德行。这种人竟然能讨到老婆,也真是奇了怪了。"

"我说,"比尔说,"你们知不知道,那帮清教徒已经把餐车整个给包圆了,我们至少得到下午三点半才能吃上饭。"

"此话当真?他们不能这么做啊。"

"你们去试试看能不能搞到座。"

"哎,妈妈,看样子咱们还是回去再吃顿早饭吧。"

她站起身,整整衣裙。

"你们两位年轻人帮我们照看下东西好吗?咱们走,休伯特。"

他们仨都去了餐车。他们走了不一会儿,一位乘务员一路走来,吆喝着第一批用餐的乘客前往用餐,那些朝圣者跟他们的几位教士开始列队穿过走廊。我们的朋友一家三口没有回来。一个服务生拿着我们的三明治和一瓶夏布利白葡萄酒,经过我们这个车厢的走廊,我们把他叫了进来。

"今天你们可有的忙了。"我说。

他点了点头。"他们已经开始了,才十点半。"

"我们什么时候能吃上?"

"哼!那我什么时候能吃上?"

他为那瓶酒放下两个玻璃杯,我们付了他三明治的钱,给了他小费。

"一会儿我来拿盘子。"他说,"要么你们顺路捎给我。"

我们嚼着三明治,喝着夏布利,欣赏着车窗外的乡间风景。庄稼刚开始成熟,田里满是罂粟花。牧场一片青葱,树木优美挺拔,时见大河奔流和林木掩映中的城堡。

我们在图尔[①]下车,又买了瓶葡萄酒,等我们回到车上的包房,发现蒙大拿的那位绅士和他妻子,还有他的儿子休伯特正舒舒服服地坐着。

[①] 图尔(Tours)为法国西部城市,铁路枢纽。

"比亚里茨有好的游泳去处吗？"休伯特问。

"这孩子就跟个小疯子一样，一直要下了水才算完。"他母亲说，"带着这种半大孩子旅行可真够瞧的。"

"有游泳的好地方。"我说，"不过起了风浪也挺危险的。"

"你们吃到饭了？"比尔问。

"那是当然。他们开始进来的时候我们已经坐好了，他们肯定以为我们也是他们那一拨的。有个服务生跟我们讲了几句法语，然后他们就把另外三个人打发回去了。"

"他们以为我们是磕头虫呢，这也没什么。"男人说道，"由此可见天主教会的权势不容小觑。可惜你们两个年轻人不是天主教徒，不然你们也就吃上饭了。"

"我是天主教徒。"我说，"正因为这个我才火大呢。"

一直等到四点一刻，我们才吃上午饭。比尔到最后已经火冒三丈了。他强拦住一位领着一队朝圣者往回走的教士。

"什么时候才能轮得上我们这些新教徒吃饭呢，神父？"

"我对此一无所知，你们没拿到餐券吗？"

"这种行径足以逼迫一个人去投奔三K党①了。"比尔说。那位教士回头看了他一眼。

餐车里面的服务生正在供应第五批套餐，给我们上菜的那位服务生浑身都湿透了，他白色制服的腋窝处都变成紫的了。

"他一定喝了不少葡萄酒。"

"要么就是穿了件紫色的贴身内衣。"

"咱们问问他吧。"

---

① 美国历史的不同时期有两个"三K党"，当然都是恐怖主义的秘密组织，其一成立于南北战争后不久，主要是迫害黑人，到19世纪70年代消亡；另一个始于1915年，延续至今，新三K党不但像老三K党一样对黑人怀有敌意，而且对天主教徒、犹太人、外国人和有组织的劳工均持有偏见。这里比尔要"投奔"的显然是新三K党，这当然是他激愤之下的气话。

"别，他都累死了。"

列车在波尔多①停车半小时，我们出来在车站上溜达了一会儿。进城是来不及了。后来经过朗德地区②时，我们欣赏到了日落。松林当中辟出了一条条宽阔的防火带，望去就像一条条林荫道，远远的尽头则是密林覆盖的山头。大约七点半的时候我们吃了晚饭，在餐车里从敞开的车窗望着外面的乡野。目光所及，都是长着松树的沙质土地，低处长满了石楠。有几处很小的空地，坐落着几幢房屋，间或经过一家锯木厂。天黑了下来，不过我们仍能感觉得到窗外那片炎热、多沙和黑暗的乡野。九点前后，我们进入巴约讷。那对夫妇和他们的儿子休伯特——跟我们握手道别。他们要继续前进，到拉尼格里斯再转车前往比亚里茨。

"好了，祝你们一路顺风。"他说。

"看斗牛时可要多加小心。"

"在比亚里茨我们也许还能再见面。"休伯特说。

我们背着行囊和钓竿下了车，穿过昏暗的车站，来到站外的灯光下，但见有一排出租马车和旅馆接客的大巴。罗伯特·科恩跟一帮给旅馆拉客的伙计站在一起，起先他还没看到我们，然后他朝我们迎上来。

"嗨，杰克。旅途愉快吧？"

"很好。"我说，"这位是比尔·戈顿。"

"你好吗？"

"来吧。"罗伯特说，"我雇了辆马车。"他原来有点近视，此前我倒从没注意到。他在看比尔，想认个清楚，他还挺腼腆。

"咱们这就去我住的旅馆。那儿还行，实际上挺不错的。"

---

① 波尔多（Bordeaux）为法国西南部港口城市，是葡萄酒的酿制中心。
② 朗德地区（Landes）为法国西南部阿基坦盆地的森林地区，过去曾是一片广阔的沼泽和荒野，现在是法国面积最大的森林。

我们上了马车，车夫把我们的行囊放到他旁边的座位上，爬上驭座，抽了个响鞭，我们就驶过黑暗的桥面，进了城。

"见到你太高兴了。"罗伯特对比尔说，"常听杰克说起你，我还读过你好几本书。你把我的钓线带来了吗，杰克？"

马车在旅馆门前停下，我们都下车走进旅馆。这是个挺不错的旅馆，柜台上的接待人员很诚心诚意地欢迎我们，我们每人都住进了一个不错的小房间。

第十章

第二天早晨，天气晴朗，有人在城里的大街上洒水，我们一起在一家咖啡馆吃了早饭。巴约讷是个很漂亮的小城，就像一座非常干净的西班牙小城，一条大河穿城而过。一大早，横跨大河的桥上已经很热了。我们走上大桥，然后横穿小城走走看看。

迈克的钓竿是否能及时从苏格兰送来，我一点把握都没有，于是我们就想找到家渔具店铺，最后在一家成衣店楼上给比尔买到了一根钓竿。卖渔具的人还不在，我们只得等他回来。最后他终于出现了，我们就很便宜地买到了一根相当不错的钓竿，外带两张抄网。

我们再次走上街头，去观光当地的大教堂。据科恩说，它是某某建筑式样的典范之作，我忘记到底是什么式样了①。看起来像座很漂亮的大教堂，既漂亮又阴沉沉的，就跟西班牙的教堂一样。然后我们又路经旧城堡，出城来到当地旅游事业联合会的办事处，公共汽车应该就是从这儿启程的。可办事处的人告诉我们，公共汽车要

---

① 巴约讷的圣母大教堂建于13—16世纪（带两座19世纪建的64公尺高塔楼），是典型的哥特式建筑。巴约讷是法国西南部大西洋－比利牛斯省的一个城镇，在尼沃和阿杜尔河汇合处，距河口8公里，与大西洋海滨胜地比亚里茨形成城市集中区。大巴约讷位于尼沃河西岸，古迹除圣母大教堂外，还有下文提到的旧城堡。河东岸小巴约讷有新城堡、兵工厂和巴斯克博物馆等名胜。

到7月1日才开始运营。我们在办事处打听雇辆车前往潘普洛纳要什么价钱，然后在市立剧院拐角处的一个大型车库花四百法郎雇了一辆汽车。讲定四十分钟后到旅馆去接我们，我们就又回到广场上我们吃早饭的那家咖啡馆，喝了杯啤酒。天气炎热，可是城里自有一种凉爽、清新的清晨气息，在咖啡馆里坐坐实在是惬意极了。微风吹起，你能感觉得出空气是从海上来的。广场上有鸽子起落，房屋都是一种黄黄的、被阳光炙烤出来的颜色，我真舍不得离开这家咖啡馆。不过我们必须得回旅馆收拾行装，把房费付清。我们付酒账的时候扔硬币小赌了一把，我记得是科恩付的钱，然后就走回旅馆。我跟比尔每人只付了十六法郎房钱，再加百分之十的服务费，我们叫人把我们的行囊送到楼下，等罗伯特·科恩过来。等的当口，我看见镶木地板上有只蟑螂，至少得有三英寸长。我把它指给比尔看，然后把它踩在了脚下。我们一致同意，这蟑螂肯定是刚从花园里爬进来的。因为这家旅馆真正是干净得纤尘不染。

  科恩终于下来了，我们一起出去预备上车。那是辆很大的、带顶篷的汽车，司机穿一件蓝领蓝袖的白色防尘外衣，我们要他把后车篷放下来。他把我们的行李都堆到车里去，我们就正式出发，沿大街出了城。沿途经过好几处可爱的花园，又在心里把城里的风光一一回顾一遍，然后就进入了青葱而又起伏不平的乡野，路总是在爬坡。一路上经过很多赶着牛群和牲口、推着大车的巴斯克人①，还有很漂亮的农舍，房顶很低，抹的全是一色的白灰泥。巴斯克地区的土地看着都特别肥沃，绿油油一片，房子和村庄也都很优裕、干净。每个村子里都有一个回力球场，有些球场上，孩子们在大太阳

---

① 巴斯克人是居住在西班牙和法国的比斯开湾边界地区以及比利牛斯山脉西麓的民族。在西班牙，他们居住的地区称为"自治社区"，包括阿拉瓦、吉普斯夸及比斯开等省，还有纳瓦拉省。在法国，巴斯克人是大西洋岸比利牛斯省的主要居民，其居住地泛称巴斯克地区。巴斯克人体格与其他西欧人并无显著区别，语言则不属印欧语系。

底下玩耍。教堂的墙上都有标志,上面写着严禁把回力球朝墙上打,村子里的房子都有红瓦的屋顶,然后道路转了个弯,开始爬坡,我们沿着个山坡的地势一路往山上走,底下是个山谷,几座小山朝后面一直延伸到海边。这里还看不到海,距离还太远。放眼望去,但见重重叠叠的山峦,可是能感觉到大海就在后面。

我们跨进了西班牙的边境线。那里有条小溪,有座桥,边境线一边有西班牙的马枪骑兵驻防,头戴黑漆皮拿破仑式三角帽,背挎短枪;另一边则是肥胖的法国兵,戴平顶军帽,留着小胡子。他们只打开了一个旅行包,把几本护照拿进去看了看。边境线的两边各有一家百货店和小酒馆。司机要到哨所里填写几份汽车登记表,我们就下车走到小溪边上去看里面有没有鲑鱼。比尔想跟一位马枪骑兵操练几句西班牙语,可交流得并不顺畅。罗伯特·科恩指着溪流问里面有没有鲑鱼,那位马枪骑兵说有,不过不多。

我问他有没有钓过鱼,他说没钓过,对钓鱼没兴趣。

正在这时,有个老头大踏步来到桥头,他头发胡子都很长,都被太阳晒褪了色,身上的衣服活像是用麻袋片缝的。他手拿一根长拐棍,背着一头小山羊,四条腿都捆着,脑袋朝下耷拉着。

马枪骑兵挥了挥刺刀示意他回去。老头二话没说,扭头沿白色的大路又退回西班牙那边了。

"这老头怎么回事?"我问。

"他没有护照。"

我敬了卫兵一根烟。他接过去,道了声谢。

"那他会怎么办?"我问。

卫兵朝尘土吐了口唾沫。

"哦,他会直接从溪水里蹚过去。"

"这里走私的多吗?"

"哦。"他说,"越境的不少。"

司机走出来，把几份表格折起来放到外衣里面的口袋。我们都上了车，车沿着尘土飞扬的大路驶进西班牙。一开始，周遭的景物还没什么变化；然后我们就一路开始爬坡，从一个隘口上穿过，道路百折千回，这才是到了真正的西班牙。褐色峰峦绵延不绝，山坡上长了些松树，更远处则是山毛榉林。道路一直升到隘口的绝顶处，然后开始下降，司机为了不至于撞上两头在路当间睡觉的驴，不得不按响喇叭，放慢车速。我们从山上下来，经过一片橡树林，森林里有白色的牛群在吃草。再往下就是绿草茵茵的平原和清澈见底的溪流，然后我们穿越了一条溪流，经过一个阴沉沉的小村庄，又开始爬坡。我们爬呀爬呀，又翻过一个高高的隘口，然后顺着山势转向，道路朝右边下坡；我们由此得见南面另一道山脉的全景，一色全是棕褐，像是被烤焦了，而且沟壑纵横，状貌千奇百怪。

不一会儿，我们驶出群山的怀抱，道路两旁遍植树木，有条小溪流过；再就是一片熟透的庄稼地，道路笔直地朝前伸展，白得耀眼；然后是个缓坡，左侧有座小山突起；山上有个古堡，周围有一圈建筑簇拥，一片庄稼地一直抵到城墙边上，随风摇曳。我坐前面司机旁边的座位，这时转身往后看了看。罗伯特·科恩在打瞌睡，不过比尔也在观赏车外的景色，并频频点头。然后我们穿过一片开阔的平原，右边有条大河①，辉映着太阳，波光粼粼地在树林间奔流，潘普洛纳高地在地平线上升起，可以看到老城墙和壮观的棕色大教堂，还有刺破了地平线的其他教堂的轮廓。高地背后又是群山环绕，白色的道路一直伸展开去，穿过平原直达潘普洛纳城。

我们驶入位于高地另一侧的城区，灰尘扑面的道路陡然向上爬升，路两旁是遮阴蔽日的行道树，然后水平向前，穿过古城墙外正在建设当中的新城区。又途经斗牛场，是幢高高的白色建筑，在阳

---

① 阿杜尔河。

光照射下真是庞然大物,然后经由一条边街进入大广场,在蒙托亚旅馆前停下。

司机帮我们卸下行装。有一群孩子围着我们的汽车看新鲜,广场上很热,树木绿意盎然,旗杆上挂着各色旗帜。避开太阳的照射,躲到绕广场整整一周的拱廊底下享受阴凉,很是舒服。蒙托亚先生见到我们很高兴,跟我们一一握手,给我们安排的是朝向广场的好房间。我们洗漱更衣后下楼到餐厅吃午饭。司机也留下来用饭,饭毕,我们付了他钱,他就打道回巴约讷而去。

蒙托亚旅馆有两个餐厅。一个在二楼,俯瞰着广场,另一个比广场的地面还要低一层,有道门通后街,牛群一大早穿街过街巷朝斗牛场奔去时就经过这条后街。楼下的餐厅里一直很阴凉,我们美美地饱餐了一顿。在西班牙的第一顿大餐往往会吓你一跳,有冷盘,有一道蛋品菜式、两道肉菜,还有蔬菜、沙拉、甜点和水果。你得喝不少葡萄酒,才能把这么多道菜统统咽下去。罗伯特·科恩本想说他不需要第二道肉菜了,不过我们都没给他翻译,结果女招待给他另换了一道菜,我想是道冷肉。自打我们在巴约讷见面以来,科恩就一直心神不安。他弄不清我们是不是已经知道布蕾特跟他去过一趟圣塞瓦斯蒂安的事,这搞得他相当难堪。

"喂。"我说,"布蕾特和迈克今天晚上该到了。"

"我看他们不一定来得了。"科恩说。

"怎么就不一定来?"比尔说,"他们当然会来。"

"他们总是迟到。"我说。

"我觉得他们不大会来了。"罗伯特·科恩说。

他说这话的时候带了一种了解内情的优越感,把我们俩都惹火了。

"我跟你赌五十比塞塔①,赌他们今天晚上肯定到。"比尔说。他

---

① 比塞塔(peseta),西班牙的基本货币单位。

一上火总喜欢跟人家打赌,所以通常都赌得很蠢。

"我跟你赌,"科恩说,"好。你来做个见证,杰克。五十比塞塔。"

"放心,我自己记着呢。"比尔说。我见他动了真气,就想帮他消消气。

"他们来是肯定的,"我说,"不过今晚未必来得了。"

"想反悔吗?"科恩问。

"不,为什么要反悔?你如果愿意就把赌注提到一百。"

"没问题。我奉陪到底。"

"够了,"我说,"再这样下去你们就得立个委托书,我要从中抽头了。"

"我没意见。"科恩微微一笑,"你总归可以在打桥牌的时候再赢回去。"

"你还没赢到手呢。"比尔说。

我们出去,在拱廊底下绕着走,来到伊鲁涅咖啡馆。科恩说他要去刮刮脸。

"你说。"比尔对我说,"我打的那个赌有赢的希望吗?"

"希望渺茫。他们不论到哪儿,就从来没有准时过。要是他们的钱没汇到,那今天晚上他们是笃定来不了了。"

"我一开口就已经后悔了。不过我必须得跟他叫板。他人不坏,我猜,可他又是从哪儿得到这些内情的?迈克和布蕾特跟我们说定了要到这儿来的呀。"

我看见科恩穿过广场走了过来。

"他来了。"

"我说,得让他改改这种自高自大的犹太人的臭脾气了。"

"理发店关了。"科恩说,"要到四点才开门。"

我们在伊鲁涅喝了咖啡,坐在舒服的柳条椅上,从凉爽的拱廊之下望着面前的大广场。过了一会儿,比尔回去要写几封信,科恩又去了那家理发店。理发店还没开门，他就决定回旅馆的房间洗个澡，我又在咖啡馆门前闲坐了一会儿，然后起身在城里溜达了一圈。天气很热，不过我一直都走在街道背阴的一边，穿过市场，再次颇为愉快地观光了一遍市容。我来到市政厅，找到了每年都为我预订斗牛票子的那位老先生，他已经收到了我从巴黎汇给他的钱，又把票子给我订上了，所以斗牛这方面都安排妥了。这位老先生是档案管理员，城里所有的档案都堆在他办公室里。这当然跟我们的故事无干，不过说说也无妨。他的办公室有一道用绿色台面呢包裹的门，还有一道很大的木头门，我出去以后，就剩他一个人坐在四墙都堆满档案柜的孤城里了，我把两道门都给他关上。我走出市政厅来到街上的时候，门房叫住了我，要给我刷一下外衣。

"您一准是坐汽车来的。"他说。

领子后头和肩头部位都蒙了层灰扑扑的尘土。

"从巴约讷来。"

"我说呢。"他说，"一见您身上落尘的部位，我就知道您是坐汽车来的。"我给了他两个铜币。

走到街尽头，我看到了那座大教堂①，于是走上前去。我第一次见到它时，觉得它的外表很丑陋，不过现在我很是喜欢。我走进教堂，里面阴沉而又幽暗，立柱高高耸起，有人在祈祷，一股子香火味儿，有几扇美妙绝伦的巨型花玻璃窗。我跪下来开始祈祷，为我想到的所有人都祈祷了一遍：布蕾特、迈克、比尔、罗伯特·科恩，还有我自己，还有所有的斗牛士，又单独为我喜欢的几个一一祈祷，其余的就一锅煮了；然后再次为我自己祈祷，可在为自己祈祷的时

---

① 潘普洛纳是西班牙纳瓦拉省省会，曾是历史上那瓦尔王国的首都。其大教堂俯视中古时期纳瓦雷里亚城中心区，教堂大部为14—15世纪的法国哥特式结构，但有罗马式残余和新古典式立面。

候，我发现我都快睡着了；于是我就祈祷将要举行的斗牛场场精彩，狂欢节搞得有声有色，还有就是钓鱼能有所斩获。我琢磨着还有别的什么可以祈祷的，想到我希望能有点钱，于是我就祈祷自己能赚到一大笔钱，然后我又想到钱该怎么赚，想到该怎么赚钱又联想到了伯爵，于是我又开始琢磨伯爵现在在哪儿，想到自从那晚蒙马特尔一别就再未谋面，觉得挺遗憾的；还想起布蕾特跟我说的他干下的一些滑稽事儿，又因为我一直跪在这里把头搁在前排的木椅子靠背上，想到自己在这儿祈祷，觉得有点惭愧，惭愧自己竟是这么糟糕的一个天主教徒；不过我也明白我对此也毫无办法，至少目前，也许永远都无能为力，可不管怎么说，这还是一种伟大的信仰，我只能寄希望于自己能生出信仰的热忱，也许下次能水到渠成。随后我就走出教堂，来到灼热的阳光下，站在台阶上；我右手的食指和大拇指还是湿漉漉的[①]，感觉到它们在太阳的照射下慢慢收干。阳光热辣，我借着旁边建筑物的荫蔽穿过广场，沿边街走回旅馆。

当晚吃饭的时候，我们发现罗伯特·科恩已经洗了澡、刮了脸、理了发，而且为了使头发平顺有型还搽了点什么发蜡之类的东西。他心神不宁，而我丝毫不想帮他宽解。从圣塞瓦斯蒂安开来的火车预计九点到，要是布蕾特和迈克来的话，就该乘这班车。八点四十的时候，我们的饭还没吃到一半。罗伯特·科恩从桌边站起来，说他要去火车站。我说我愿意跟他一起去，纯粹是为了戏弄他。比尔说，要是他这时候离开饭桌就真是该死了。我说我们马上就回来。

我们步行前往火车站。我很为科恩的心神难安而幸灾乐祸。我希望布蕾特就在这趟车上。到了火车站才知道火车晚点了，我们就坐在一辆行李车上，等在外面的黑地里等。在文明社会里，我还从没见过有人紧张到——也急切到这种程度的。我就在一旁看热闹。我这么幸灾乐祸挺恶劣的，不过我也确实心绪恶劣。科恩就有这种

---

① 天主教徒祈祷完毕离开教堂时，往往在圣水池中蘸一点水，以求福至心灵。

了不起的禀赋，他有本事把所有人身上最恶劣的一面都给招出来。

过了一会儿，我们听到高地另一头的底下远远地传来火车的汽笛声，然后看到火车头上的前灯逐渐爬上山坡。我们走进车站，跟一群人挤在出站口，火车进站、停稳，旅客开始从出站口涌出来。

没有他俩。我们一直等到所有旅客都出了站，乘上公共汽车或是出租马车，要么跟他们的亲戚朋友一起穿过黑暗朝城里走去。

"我就知道他们是不会来的。"罗伯特说。我们正走回旅馆。

"我倒觉得他们可能会来的。"我说。

我们回到饭桌上的时候，比尔正在吃餐后水果，一瓶葡萄酒也快见底了。

"没来，呃？"

"是的。"

"明天早上再把那一百比塞塔给你，成吗，科恩？"比尔问，"我还没去兑钱呢。"

"哦，算了吧。"罗伯特·科恩说，"我们还是赌点别的吧。斗牛能赌吗？"

"能赌。"比尔说，"可你大可不必这么做。"

"这就跟拿战争来赌一样。"我说，"牵扯不到任何经济利益。"

"我急不可耐地想看斗牛。"罗伯特说。

蒙托亚走到我们桌旁。他手里拿了份电报。"是给您的。"他把电报递给我。

上写："夜宿圣塞瓦斯蒂安。"

"是他们发来的。"我说。顺手把电报往口袋里一塞。放在平时，我都是要给大家传看一下的。

"他们在圣塞瓦斯蒂安耽搁一下。"我说，"他们俩向你们问好。"

我不知道为什么会涌起一种戏弄他的冲动。其实怎么会不知道。我对他跟布蕾特的关系生出一股盲目而又决绝的嫉妒。就算我把这事儿视作理所应当,也丝毫不能改变我的心情。我真是恨他。我从没想到我会真的恨他,直到吃午饭的时候他摆出那点高高在上的小腔调——还有就是那套理发后,还把头发抹得油光水滑的小把戏。所以我就堂而皇之地把电报往口袋里一塞。反正电报是发给我的。

"好了。"我说,"我们应该乘午间的公共汽车到布尔格特去了。他们要是明晚到的话,可以随时跟过去。"

从圣塞瓦斯蒂安开来的火车只有两班,一班一大早到,再就是我们刚去接车的这班。

"听起来这主意不错。"科恩说。

"我们越早赶到溪边越好。"

"什么时候动身对我都一样。"比尔说,"就一条——越快越好。"

我们在伊鲁涅坐了一会儿,喝了杯咖啡,然后出去散了会儿步。先去斗牛场看了看,然后穿过一片田地,来到悬崖边上的树丛下,朝下看了看在黑暗中流淌的河流①,我早早就回去睡觉了。我想,比尔和科恩在咖啡馆一定待到挺晚,因为他们回旅馆的时候我已经睡着了。

早上,我出去买了三张去布尔格特的公共汽车票。车子两点开出。没有更早的班次了。我在伊鲁涅闲坐看报,见罗伯特·科恩从广场对面走来。他来到我的桌边,在一把柳条椅上坐下。

"真是家舒服的咖啡馆。"他说,"昨晚睡得好吗,杰克?"

"睡得就像根木头。"

"我睡得不怎么好。比尔和我在外头一直待到很晚。"

"你们都去哪儿了?"

"这儿关了门以后,我们又去了另外那家咖啡馆,那边的店主是个会讲德语和英语的老头儿。"

---

① 应该是阿尔加河,潘普洛纳在其西岸。

"是那家瑞士咖啡馆。"

"就是那家，那老头儿看起来挺不错。我觉得比这家咖啡馆还好。"

"在大白天就不怎么样了。"我说，"太热。哦，对了，我已经买好车票了。"

"我今天不去了。你跟比尔先去吧。"

"我已经给你买了票了。"

"把票给我。我去把它退掉。"

"五比塞塔。"

罗伯特·科恩掏出一枚五比塞塔的银币给我。

"我该留下。"他说，"你看，怕是出了点误会。"

"什么意思。"我说，"他们要是在圣塞瓦斯蒂安花天酒地起来，恐怕三四天时间都过不来。"

"正是如此。"罗伯特说，"我怕他们会指望在圣塞瓦斯蒂安见到我，正是为此他们才在那里耽搁下来。"

"你凭什么会这么想？"

"呃，我写信跟布蕾特这么建议过。"

"那你他妈干吗不留在那儿等他们呢？"我正想脱口而出，不过马上咽了回去。我以为他自己也该想到这一点的，可据我看他根本就没这个脑子。

这下子他倒是可以一吐衷肠了，因为他知道我对他跟布蕾特之间的关系是有所了解的，他倒是很高兴能跟我说说心里话了。

"好，我跟比尔吃过午饭就走。"我说。

"我巴不得也能去，我们整个冬天都盼着这次钓鱼呢。"他又开始情感泛滥了，"可我应该留下。真的应该。他们一到，我马上就带他们赶过去。"

"还是先找到比尔吧。"

"我想去一下理发店。"

"午饭时见。"

我发现比尔就在自己的房间。他在刮脸。

"哦,没错,他昨晚把一切都告诉我了。"比尔说,"他还真是个了不起的小知心姐姐呢。他说他跟布蕾特约好了,要在圣塞瓦斯蒂安相会。"

"这个满嘴嚼蛆的杂种!"

"哎,别介。"比尔说,"别上火,别在旅行的这个阶段上火。不过说起来了,你是怎么结识这家伙的?"

"别提了。"

比尔回头看了我一眼,他脸才刮了一半,然后他一边往脸上抹肥皂泡,一边对着镜子往下说。

"去年冬天你不是还写了封信让他带了来纽约找我吗?感谢上帝,幸亏我喜欢四处旅行,总在外头晃荡。你就没有别的犹太朋友可以做你的旅伴了?"他用大拇指摸了摸下巴,看了一下,然后又开始刮起来。

"你自己不是颇有几位不错的犹太朋友吗。"

"哦,没错。我是有几个呱呱叫的朋友。不过跟这位罗伯特·科恩可不是一路货色。滑稽的是此君也还挺不错的,我喜欢他,不过他真是让人受不了。"

"有时候他的表现得太好了。"

"这个我知道。可怕就可怕在这里。"

我哈哈大笑。

"是呀。笑你的吧。"比尔说,"昨儿晚上一直跟他混到两点钟的敢情不是你。"

"至于吗,他表现有那么糟?"

"简直可怕。说起来了,他跟布蕾特到底算是怎么回事呀?她当真跟他有过一腿？"

他仰起下巴，左右转动了一下。

"当然了。她跟他一起去的圣塞瓦斯蒂安呢。"

"这事儿做得可真他妈蠢。她干吗要这么做？"

"她想离开巴黎一段时间，可她一个人又哪儿都去不了。她说她本以为这对他会有好处。"

"一个人真是什么蠢事都干得出来。她干吗不跟自己人或者你老兄一起去呢？"他把"你老兄"这几个字含混带过，"或者跟我？为什么就不能跟我？"他在镜子里仔细看着自己的脸，在两侧颧骨部位涂上了一大堆肥皂泡，"这是张诚实的脸。这张脸任何女人都会信得过。"

"可她从没见过。"

"她真该见见。所有的女人都该见见。这张脸应该出现在这个国家的每一块银幕上。每位女性在离开婚礼圣坛的时候都该发给她一张这个脸的照片。每位母亲都该让她们的女儿认识这张脸。我的儿啊。"——他拿剃刀指着我——"带着这张脸到大西部去，跟祖国一起成长吧。①"

他把脸埋进脸盆，用冷水冲洗干净，洒上点酒精，然后仔细地看着镜子里的自己，把他长长的上嘴唇往下一扯。

"我的上帝！"他说，"这张脸是不是太可怕了？"

他对着镜子看个不停。

"而至于这位罗伯特·科恩嘛。"比尔说，"他真让我恶心，他可以滚他妈的蛋了，他留在这儿我真他妈开心死了，这样咱们钓鱼的时候就没有他在一边烦了。"

---

① 比尔套用了美国西部大开发时期一个著名的口号："到西部去，年轻人，跟祖国一起成长吧。"这句口号的首创者应是约翰·索尔克，最初是1851年《特雷霍特快报》一篇社论的标题，后被《纽约论坛报》创始人惠勒斯·格里利用在他1865年写的一篇社论中，随即传诵一时。

"你他妈说得太对了。"

"咱们这就去钓鲑鱼。咱们这就到伊拉蒂河钓鲑鱼去喽,咱们这就去吃饭,把西班牙的美酒喝个醉,然后就开开心心地上车开始美妙的旅程。"

"走吧。咱们先去伊鲁涅,然后就上路。"我说。

第十一章

我们吃过午饭,背着行囊和钓竿出来准备动身前往布尔格特的时候,广场上热得就像个烤箱。公共汽车顶上已经有人了,另有一些正顺着梯子往上爬。比尔爬上去,罗伯特坐在比尔旁边帮我占个地方,我再返回旅馆拿几瓶葡萄酒带着路上喝。等我出来,车上已经很挤了。顶层上所有的行李和箱子上都坐满了男男女女,而所有的女人全都在太阳底下把扇子扇个不停。天实在是热。罗伯特·科恩从车上爬下来,我正好塞进他留下的空当里,我们的座位就是一条横跨顶层的木头长椅。

罗伯特·科恩站在拱廊的阴凉下等我们启程。一个巴斯克人膝头上抱着个大皮酒袋,就横躺在我们座位面前,后背抵在我们腿上。他把皮酒袋递给比尔和我,请我们喝酒,我把酒袋斜过来正准备喝的时候,他模仿汽车的高音喇叭嘟嘟叫了一声,学得惟妙惟肖,而且来得特别突然。我一惊之下把酒泼掉了一些,逗得大家哈哈大笑。他道了个歉,再次请我喝他的酒。可不一会儿他又模仿了一次喇叭叫,我又上当了。他模仿能力可真强。这些巴斯克人都喜欢这套玩意儿。挨着比尔的那个人跟他讲起了西班牙语,比尔听不大明白,于是他就拿了我们的一瓶酒请他喝。那人摆了摆手,说天太热,而且他午饭的时候已经喝得太多了。可比尔又敬了一次,他也就接过来,喝了一大口,然后这瓶酒就在这部分人中间传了一圈。每个人都很有礼貌地喝了一小口,然后他们就叫我们把瓶塞塞好,收起来。大家都想请我们从皮酒袋里喝他们的酒。他们都是要到山区去的农民。

最后,又学了一两次喇叭叫以后,车子终于启动了,罗伯特·科恩朝我们挥手道别,车上所有的巴斯克人全都朝他挥手道别。我们的车一开出城,感觉就凉快了。高高地坐在车顶,贴着树下一路向前,感觉惬意极了。车开得挺快,带来阵阵凉风,我们沿着大路往下开,扬起的尘土扑打在树上,飘下山去,透过树间的空隙往回看,景色真是美极了,潘普洛纳城从河岸的峭壁上拔地而起,巍然耸立。靠在我膝盖上的那个巴斯克人用酒瓶的瓶颈指点着美景,朝我们直使眼色。他点头赞叹不已。

"很漂亮,呃?"

"这些巴斯克人可真不错。"比尔说。

靠着我大腿的那个巴斯克人皮肤晒得黝黑,就像是皮马鞍的颜色。他跟其他巴斯克人一样,穿了件黑色的罩衫。黝黑的脖子上满是皱纹。他转过身,把皮酒袋递给比尔请他喝。比尔则递给他一瓶我们带的酒。那巴斯克人伸出食指朝他摆了一摆,把酒瓶递还比尔,同时用手掌啪一声拍上瓶塞。他把皮酒袋举得老高。

"Arriba! Arriba![①]"他说,"把它举起来。"

比尔把酒袋举起,让酒喷射出来,射进自己的嘴巴,头仰得老高。喝罢以后,他把皮酒袋放直,有几滴酒液顺着下巴淌下来。

"不对!不对!"几个巴斯克人嚷嚷起来,"不是这样的。"酒袋的主人正想亲自做个示范,谁知有个人一把将酒袋抢了过去。他是个年轻的小伙子,他拿着酒袋,把手臂完全伸直,然后高高举起,用手挤压皮袋,一丝酒线就乖乖地滋进了他嘴里。然后他把酒袋往

---

① 西班牙语:举起来!举起来!

平里放,酒就沿着一条平直的轨迹猛烈地滋到他嘴里,而他则不紧不慢地照常把酒咽下去。

"嘿!"酒袋的主人叫道,"这到底是谁的酒啊?"

小伙子伸出小指来朝他摆了摆,眼睛则充满笑意地瞥着我们。然后他猛然间将酒线刹住,倏地将酒袋竖直,放低之后交还主人。他朝我们使了个眼色。主人痛心地晃了晃酒袋。

我们途经一个小镇,在一家酒馆前停下,司机搬上来几个包裹。然后继续赶路,开出小镇后道路开始爬升。前面是一片庄稼地,嶙峋的石头小山的山脊一直伸到田里。庄稼地沿山坡向上延伸。我们爬升到更高的位置后,但见一片风吹麦浪的胜景。白色的道路灰尘满布,车轮过后,灰尘扬起,散布在车后的空中。道路攀登上山,也把肥沃的庄稼地抛在了后边。现在,光秃秃的山坡和河道两侧只有小块的庄稼地零星散布。我们的车猛然间闪到路边,给一长列由六头骡子组成的运输队让路,骡子一头紧挨着一头,拉着一辆满载货物、车篷老高的货车。货车和骡子身上都积了层尘土。这辆车后面紧跟着另一个骡队和另一辆货车,这辆车装的是木材。骡夫把骡队往后一拉,把粗大的木闸扳上,让我们的车先过。这一带的土地相当贫瘠,山上到处是石头,雨水在被太阳烤得硬邦邦的土地上冲刷出一道道沟壑。

我们顺着一个弯道驶入一个小镇,两边陡然展现出一个青翠的山谷。一条小溪流过小镇的中心,房屋后面紧挨着一片片葡萄园。

汽车在一家酒馆前停下,很多乘客都下了车,原来蒙在巨幅油布底下的行李有很多也解开,从车顶上卸了下来。我和比尔下车,走进酒馆。酒馆是一间又矮又暗的屋子,里面放着马鞍、挽具和白杨做的干草叉,房梁上还挂下来一串串帆布面绳子底的鞋子、火腿、腌猪肉、白色的大蒜头和长长的香肠。屋里面凉爽、昏暗,我们站在一个长条木头柜台前,后面有两个女人给我们上酒。她们俩背后是塞满杂货的货架。

我们每人要了一杯土酿的白兰地,总共需要付四十生丁①。我给了那个女人五十生丁,多出来的算小费,可是她又把那个铜币还给了我,以为我把价钱听错了。

两位同车的巴斯克人也进来了,而且坚持要请我们喝酒。他们给我们每人买了一杯,然后我们就回请,然后他们拍了拍我们的后背,又买了一轮。然后我们再买,最后我们都回到外面的烈日和酷热衷,重新爬到车顶上去。现在有了足够的空座,大家都可以坐到座位上了,原来躺在铁皮车顶上的那个巴斯克人现在坐在了我们中间。刚才卖酒给我们喝的那个女人也走了出来,在围裙上擦着手,跟车上的什么人说着话。司机晃荡着两个扁平的皮邮袋走出酒馆,爬上车来,车子启动,大家都一起挥手。

没走几步就离开了这个青翠的山谷,我们重新开始走山路。比尔跟抱着酒袋的那个巴斯克人聊了起来。有个人从椅子背后探身过来,用英语问:"你们是美国人?"

"是呀。"

"我在那儿待过。"他说,"四十年前。"

那是个老头,跟别的人一样皮肤黝黑,脸上有白白的胡子楂儿。

"那里怎么样?"

"你说什么?"

"美国怎么样?"

"哦,我当时在加利福尼亚,那是个好地方。"

"干吗要离开呢?"

"你说什么?"

"干吗要回到这里来?"

"噢!我是回来结婚的。我本打算回去,可我老婆不乐意跑得那

---

① 西班牙货币单位。一比塞塔等于一百生丁。

么远。你是美国什么地方的?"

"堪萨斯城。"

"我到过那里。"他说,"我到过芝加哥、圣路易斯、堪萨斯城、丹佛、洛杉矶、盐湖城。"

他很仔细地一一念出这些地名。

"你在那儿待了多久?"

"十五年。然后我就回来结婚了。"

"喝一口?"

"好吧。"他说,"在美国可喝不到这玩意儿,呢?①"

"只要有钱,那里有的是。"

"你们到这儿来干吗呢?"

"我们到潘普洛纳过节。"

"你喜欢斗牛?"

"那是当然。你不喜欢?"

"喜欢。"他说,"我想我是喜欢的。"

过了一会儿,他又说:"你们这是要去哪儿?"

"去布尔格特钓鱼。"

"噢。"他说,"希望你们能钓到大鱼。"

他跟我握了握手就掉头回去坐好。别的巴斯克人对他可是刮目相看了。他舒舒服服地坐回去,每次我扭头观看乡野风光,他都朝我微微一笑。不过这番谈论美国的努力看来累得他不轻,他再没对我说什么话。

汽车一直往上爬。山地荒芜贫瘠,薄薄的泥土底下不断有山石露出头来。路边寸草不生,回头望去,底下是铺展开来的原野。原野后面远处的山坡上是一块块青葱与焦褐色相间的田地。构成天际的则是连绵不绝的褐色群山,山形突兀奇崛。随着我们越攀越高,

---

① 美国还处在禁酒期。

天际的群山也不断变换形状。慢慢再往上攀升之后，可以看到南面又一组群山突破地平线。随后道路就翻越了极顶，转而平坦下来，然后进入一片树林。这是片栓皮槠①林子，透过枝杈照进来的阳光斑驳陆离，林子后面有牛群在吃草。走出林子以后，道路沿着一处高地的地形弯转，前头则是一片青葱的平原，黛色的群山将它围拢起来。这山跟我们抛在身后的那些焦褐色的群山颇为不同。山上林木葱茏、云雾缭绕。青葱的平原铺展开去，被栅栏分割成一块块，两行笔直的行道树中间夹出一条白色的大道，朝北纵贯整个平原。我们来到高地的边缘时，看到布尔格特的红顶白屋就铺展在面前，远处第一重黛色山脉的山肩部位，闪现出龙塞斯瓦列斯的修道院那灰色的铁皮屋顶。

"那就是龙塞沃②。"我说。

"哪儿？"

"那边远处第一座山上就是。"

"这儿挺冷的。"比尔说。

"地势高，"我说，"该有一千两百公尺了③。"

"冷死了。"比尔说。

汽车驶下高地，进入通往布尔格特的那条笔直的大道。我们经过一个十字路口，越过一座架在小溪上的桥。道路两边就是布尔格特的房屋，一条支路都没有。我们经过教堂和学校的操场，车子停

---

① 栓皮槠（corkoak）是地中海地区的一种常绿橡树，树皮很厚，定期割下来作为商业上用的软木塞。
② 龙塞沃（Roncevaux）是龙塞斯瓦列斯（Roncesvalles）的法语写法，是潘普洛纳东北、比利牛斯山区的一个村庄。其之所以著名，乃是因为发生在778年8月15日的龙塞斯瓦列斯战役，查理曼的殿后部队在此地中了巴斯克人的埋伏，全军覆没。而史诗《罗兰之歌》和《龙塞斯瓦列斯》中关于英雄罗兰的传说即以此为依据演绎而成。其山口顶部有圣萨瓦尔多教堂遗迹和查理曼大帝纪念碑，村内有奥古斯丁会修道院，主要教堂为那瓦尔国王桑乔七世所建，内有桑乔七世及其妻子克莱门西娅的陵墓。每年降灵节前的星期三，朝圣者手持十字架，头裹黑巾，列队穿过该村。
③ 其实没那么高，龙塞斯瓦列斯村的海拔是981公尺，况且他们还应该低于这个村子。

了下来。我们下车，司机把我们的行囊和钓竿递下来。一位头戴三角帽，胸前交叉勒着黄皮带的马枪骑兵走上前来。

"这里面是什么？"他指着钓竿的套子。

我打开来给他看。他要我们出示钓鱼许可证，我也掏出来给他看。他看了看上面的日期，挥手让我们通过。

"这就行了？"我问。

"是呀，那还用说。"

我们沿街朝旅店走去，沿途都是刷得雪白的石头住宅，各户人家都坐在自家的门口盯着我们看新鲜。

旅店的胖老板娘从厨房里出来，跟我们握手表示欢迎。她把眼镜摘下来，擦一擦，然后再戴上。旅店里很冷，外面也起了风。老板娘打发一个侍女陪我们上楼去看房间。房间里有两张床，一个脸盆架，一个衣橱，还有一幅镶在镜框里的巨大的龙塞斯瓦列斯圣母的钢版画。风吹打着百叶窗。这个房间在旅店的北面。我们洗漱了一下，穿上毛衣，下楼来到餐厅。餐厅的地面是石头铺的，天花板很低，墙上镶了橡木嵌板。百叶窗都关着，屋里冷得都能看到呼出的白气。

"我的上帝！"比尔说，"明天可不能这么冷。我可不想在这种天气下下河蹚水。"

几张木头餐桌后面，屋头上有一架立式钢琴，比尔走过去弹起了钢琴。

"我得暖和暖和。"他说。

我出去找到老板娘，问她房费加膳费每天要多少钱。她把手揣到围裙底下，故意不看着我。

"十二比塞塔。"

"天哪，在潘普洛纳也不过花这么多钱。"

她什么也没说，只是把眼镜摘下来，在围裙上擦了擦。

"太贵了。"我说,"住大旅馆也不过花这么多。"

"我们把浴室也包括在内了。"

"那你们有没有便宜点的房间?"

"夏天没有。现在可是旺季。"

我们是这家小旅店里仅有的两个旅客。算了,我想,不过就几天嘛。

"酒也包括在内吗?"

"哦,包括在内。"

"好。"我说,"那就这么着吧。"

我回去找比尔。他朝我呵了口气,以示天有多冷,然后继续弹他的琴。我在一张桌子边坐下,打量起墙上挂的画来。有一幅画的是野兔,死的;有一幅是野鸡,也是死的;还有一幅是死鸭子。这些画看起来统统都黑糊糊、烟熏火燎的。食橱里摆满了一瓶瓶的酒。我一瓶瓶看了个遍。比尔还在弹琴。

"来杯热的朗姆甜酒①怎么样?"他说,"这么着可暖和不了多久。"

我出去告诉老板娘朗姆甜酒是怎么回事,怎么调配。几分钟后,一个侍女端着个热腾腾的粗陶罐子走了进来。比尔撇下钢琴跑过来,我们一边喝热甜酒,一边听外面的风声。

"这里面可没多少朗姆酒。"

我走到食橱跟前,拿出一瓶朗姆酒,往陶罐里倒了半杯的量。

"说到不如做到。"比尔说,"行动胜过空谈。"

侍女走进来,收拾桌子准备摆饭。

"这风刮得简直就像是在地狱里。"比尔说。

侍女先端进来一大碗热蔬菜汤,还有葡萄酒。喝完了汤以后我们吃了香煎鲑鱼和一道特色炖菜,餐后水果是满满一大碗野生草莓。

---

① 朗姆酒加糖、柠檬酸、香料等配制的饮料。

我们在酒钱上可没吃亏，那侍女虽说很腼腆，给我们拿起酒来却很痛快。老太太进来巡视了一次，数了数空酒瓶。

　　酒足饭饱后，我们上楼，为了暖和些，直接钻到被窝里抽烟、看报。夜里我醒过一次，听到外头呜呜的风响。更觉得躺在热被窝里舒服得很。

第十二章

早上我一醒过来,就跑到窗前往外看。天已经放晴,群山之间没有一丝云彩。外面的窗下有几辆大车和一辆老式驿车,木头车顶已经因风雨侵蚀四分五裂了。想必是汽车时代以前遗留下来的。一只山羊跳到大车上,然后又跃上驿车的车顶。它的脑袋冲着地下其他的山羊一伸一缩,我向他挥挥手,它马上跳了下去。

比尔还在睡,我于是穿上衣服,到外面走廊上穿上鞋,下了楼。楼下一个人都不见,于是我拉开门闩,走出旅店。一大早,外面很凉,太阳还没来得及把风歇以后凝成的露水晒干。我在旅店屋后的棚子里找了一圈,找到一把鹤嘴锄,我来到小溪边想挖些钓鱼用的虫饵。溪水又清又浅,不大像有鲑鱼的样子。在芳草萋萋的岸边拣一处特别湿润的地方下锄,锄松了一大块草皮。草皮底下有蚯蚓爬动。可是等我把草皮整个翻起来,蚯蚓都已经溜走了,我细心地继续挖下去,逮到不少蚯蚓。在潮地边缘的一番挖掘后,我逮到的蚯蚓整整填满了两个空的烟草罐,然后我又在上面撒了点土。那几头山羊就看着我挖。

回到旅店的时候,老板娘已经在厨房里了,我请他为我们煮点咖啡,并且帮我们准备好午饭。比尔已经醒了,正在床沿上坐着。

"我透过窗子看到你了。"他说,"只是不想打搅你。你在干吗?

把你的钱埋起来？"

"你个懒虫！"

"那就是为公共利益效力喽？太好了。希望你每天早上都能这么做。"

"快点。"我说，"起来吧。"

"什么？起来？我永远不起来了。"

他又爬回床里，把被子一直拉到下巴底下。

"试试看能不能说动我起来。"

我继续找出渔具，统统收拾到渔具包里。

"你没兴趣？"比尔问。

"我要下去吃饭了。"

"吃饭？你刚才为什么不说吃饭？我还以为你想让我起床纯粹是寻开心呢。吃饭？真不错。现在的你才通情达理呢。你再出去多挖点蚯蚓，我马上就下来。"

"呸，见你的鬼！"

"为所有人的利益而工作。"比尔穿上他的内衣裤。"表现出点俏皮和怜悯来吧。"

我收拾好渔具包、渔网和钓竿袋，抬脚走出房间。

"嘿，回来！"

我把头探进门里。

"你就不想表现出一点俏皮和怜悯来吗？"

我拿大拇指抵住鼻子，朝他扇动四根手指①。

"这可不是俏皮。"

我下楼的时候，听见比尔在唱："俏皮和怜悯。当你感到……哦，给他们点俏皮，给他们点怜悯。哦，给他们点俏皮。当你感到……就一丁点俏皮，就一丁点怜悯……"他一直从楼上唱到楼下，

---

① 表示蔑视或嘲弄。

用的是《婚礼的钟声正为我和我的姑娘敲响》①的曲调。我在看一份一星期前的西班牙报纸。

"这套俏皮和怜悯的玩意儿到底怎么回事?"

"什么?你竟然不知道俏皮和怜悯是怎么回事?"

"不知道。是谁兴起来的?"

"所有的人。整个纽约都为之而疯魔了。就跟曾经疯魔弗拉泰利尼家族②一样。"

那个侍女端来了咖啡和抹了黄油的吐司③。或者不如说是把面包烤了一下又抹了点黄油。

"问问她有没有果酱。"比尔说,"问得俏皮点。"

"有果酱吗?"

"这可不能算俏皮。真希望我也会讲西班牙语。"

咖啡不错,是盛在大碗里喝的。侍女拿来了一玻璃碟覆盆子果酱。

"谢谢。"

"嘿!不是这样的。"比尔说,"说点俏皮话。说句取笑德里维拉④的俏皮话。"

---

① 美国的一首流行歌曲。
② 弗拉泰利尼(Fratellini)是欧洲著名的马戏家族,以保尔(Paul)、弗朗索瓦(François)和阿尔贝(Albert)三兄弟扮演的丑角而闻名。他们的才智、魅力和高超的演技广受赞誉,并引起第一次世界大战后的巴黎对马戏的新兴趣。弗朗索瓦扮演漂亮、华丽的白脸小丑;阿尔贝扮演不幸的、衣衫褴褛的"奥古斯特",他采用一种怪异的新型化装:画得很高的黑眉、夸张的大嘴和鳞茎状的红鼻子(该形式对后来的小丑化装极有影响);保尔则扮演公证人,稍作化装,以一种滑稽的形式在两兄弟间斡旋。
③ 吐司(toast)有所谓法式吐司和一般吐司的区别,前者是面包片裹以鸡蛋和牛奶轻炸或煎制而成,而一般意义上的吐司就是"烤面包片"(这也是 toast 这个词的本义)。杰克长期生活在巴黎,所以在他看来,"吐司"和"烤面包片"是有区别的。
④ 德里维拉(Primo de Rivera,1870—1930),西班牙将军,独裁者。1923年通过政变上台,直到1930年因经济管理失败引起人民普遍不满而被迫辞职。小说中的这段对话进行的时候他刚上台没几年。

"我可以问她,他们觉得在里夫山①陷入了什么样的果酱②当中。"

"真差劲,"比尔说,"真差劲。这事你做不来。就这么回事。你根本不懂什么叫俏皮,也没有怜悯心。举个叫人怜悯的例子吧。"

"罗伯特·科恩。"

"还不赖。比刚才强了。现在说说科恩为什么叫人怜悯?说得俏皮点。"

他喝了一大口咖啡。

"噢,见鬼!"我说,"这么一大早就开始耍嘴皮子。"

"就得这样。而且你还号称要当个作家呢。你不过是个记者。一个侨居海外的新闻记者。你应该一起床就能满嘴俏皮话。你应该一睁眼就能悲天悯人。"

"说下去。"我说,"你这套玩意儿是从谁那儿贩来的呀?"

"所有的人。难道你就不看报?难道你不跟别人打交道?你是个侨民。你为什么不住在纽约?不然你就知道这些事儿了。你期望我能怎么样?每年都跑到这里跟你讲解最新资讯?"

"再喝点咖啡。"

"好。咖啡对你有好处。里面有咖啡因。咖啡因,我们来了。咖啡因使一个男人骑上她的马,又把一个女人送进他的坟墓。你知道你的问题所在吗?你是个侨民,一个流亡者,是最糟糕的一种类型。你没听说过?一个人只要离开了自己的祖国,就再也写不出任何值得出版的东西来了。哪怕是报纸上的新闻报道。"

他喝着咖啡。

"你是个流亡者。你已经失去了跟土地的联系。你已经变得矫揉造作,虚假的欧洲标准已经把你给毁了。你嗜酒如命,你沉溺于

---

① 里夫是摩洛哥北部山脉,其原住民族柏柏尔诸部落在阿卜杜勒·克里姆的领导下奋起抗击西班牙对当地的入侵,西班牙军队损失惨重,直到1926年才在法国的帮助下征服此地。当时正是双方激战方酣的时候。

② 杰克说了个双关语"jam",一意是果酱,另一意是困境、麻烦。

性事，不能自拔。你把所有的时间都浪费在夸夸其谈上，却不肯脚踏实地地工作。你是个流亡者，明白吗？你成天就在各家咖啡馆里泡着。"

"这种生活倒是很不错嘛。"我说，"那我的工作都是什么时候做的？"

"你不工作。有一帮人声称有女人在养着你，另一帮人又说你根本就不行。"

"不对。"我说，"我不过是出了场意外。"

"永远不要再提。"比尔说，"这种事压根就不该说起。你应该故弄玄虚，把它搞成一个谜。就像亨利的自行车。"

他一直都口若悬河，滔滔不绝，可突然住了嘴。他可能以为，刚才取笑我不行的俏皮话刺伤了我。我想让他继续说下去。

"不是什么自行车。"我说，"他当时骑在马背上呢。"

"我听说是辆三轮车。"

"就算是吧。"我说，"飞机跟三轮车也有相似之处。飞机的操纵杆的操作原理是一样的吧。"

"可是不用踩脚踏板。"

"是的。"我说，"我想是用不着踩。"

"咱们还是别提这事儿了。"比尔说。

"好吧。我不过是为三轮车辩护一下。"

"我觉得他还是个不错的作家。"比尔说，"而你呢，绝对是个大好人。有谁说过你是个大好人吗？"

"我不是什么好人。"

"听我说。你绝对是个大好人，我在这个世界上最喜欢的人就是你。在纽约我不能这么跟你说。别人还以为我搞同性恋呢。其实美国的南北战争就是因此而起的。亚伯拉罕·林肯是个同性恋，他爱上了格兰特将军[1],杰斐逊·戴维斯[2]也有同好。林肯仅仅是因为一次打赌才去解放黑奴的。德雷德·斯科特一案[3]就是反酒吧联盟[4]的设计陷害。性能解释所有这一切,上校太太和朱蒂·奥格雷蒂骨子里原是一对同性恋[5]。"

他顿住了。

"还想听下去?"

"继续开炮。"我说。

"再多我也就不知道了。吃午饭的时候再跟你讲。"

"你这个家伙。"我说。

"你这个二流子!"

我们把午饭和两瓶葡萄酒塞进帆布包,比尔背上肩头。我扛着渔竿袋,抄网挂在背后。我们正式上路,经过一片草地后发现了一条小路,穿越田野直达第一座山坡上的树林。我们就顺着这条小沙子路穿过了田野。田野起伏不平,遍地青草,因为羊群在这里放牧的缘故,草都不高。牛群是在山上放牧的。我们听得见树林里传来的牛铃声。

---

[1] 格兰特将军(U.S.Grant,1822—1885),内战时的联邦军(北军)总司令,后任美国第十八任总统。

[2] 杰斐逊·戴维斯(Jefferson Davis,1808—1889),美国内战时期南方联盟政府总统,1865年5月被俘,受监禁两年。

[3] 黑奴德雷德·斯科特为了争取自由身份,1846年在反奴隶制的律师的帮助下,向密苏里州法院起诉,要求获得自由。密苏里州最高法院撤销了一个下级法院已经宣布斯科特自由的初审裁决。此案后来提交美国最高法院处理,最高法院在1857年3月6日裁决,认为黑奴不具有同美国公民一样的要求权利的资格,包括向联邦法院提出控诉的权利在内。这一裁决激起北方反奴隶制人士的情绪,加强了共和党的力量,终于在1861年爆发为公开的内战。

[4] 反酒吧联盟于1893年成立于俄亥俄州,1895年成为全国性组织,其宗旨就是通过游说各级议会,达到在全国范围内禁止酒精饮料的目的。这个组织在促成美国全面禁酒法案的颁布中起到极为重要的作用。不过"反酒吧联盟"跟"德雷德·斯科特案件"风马牛不相及,这是喜欢喝酒的比尔顺手牵过来开涮的对象。

[5] 比尔这句话是对英国小说家、诗人吉卜林的诗《女士们》最后两行的化用,原句是"因为上校太太和朱蒂·奥格雷蒂骨子里原是亲姐妹"。

小路通过一条独木桥跨过一条小溪。原木的表面被刨平了，有棵小树被压弯了，从对面伸过来权充扶手。小溪旁边有个浅浅的水塘，蝌蚪在沙子的水底游来游去。我们走上陡峭的溪岸，穿过起伏不平的田野。往回看，可以看见布尔格特的白房和红顶，白色的路上驶过一辆卡车，尘土飞扬。

穿过田野后，我们又经过一条水流更加湍急的溪流。一条沙子路从浅滩开始，一直通到林中。我们走的小路在浅滩的下游经过另一座独木桥，然后与沙子路会合，我们也就走进了树林。

这是座山毛榉的林子，都是很老的树了。地上盘根错节，树上枝丫虬结。我们走在由老山毛榉粗大的树干夹成的小路上，阳光透过枝叶照进来，在青草上留下一块块光斑。树木高大、枝繁叶茂，可并不觉昏暗。大树下并不见矮树丛，只有平坦的草地，青翠欲滴，鲜嫩无比，参天的灰色树木间距井然，仿若一个公园。

"这才叫乡野。"比尔说

道路爬上一座山头，我们也进入密林，道路仍不断向上爬去。有时是下坡，不过马上又陡直上升。一路上都能听到牛群在林中放牧的牛铃。最后，道路跃上了峰顶，穿出密林。我们站到了这片田野的顶端，这是我们从布尔格特看到的那片林木繁茂的群山的最高峰。山脊向阳面的树林间有一小块空地，长满了野草莓。

道路穿出密林后，继续沿山脊向前延伸。前面的山地没有了树木，但见大片大片黄色的金雀花。再往远处看去就是陡峭的绝壁，林木幽深、灰岩兀立，表明底下就是伊拉蒂河的河道。

"我们得沿着山脊上的这条道越过这几座山，穿过远处山地上的几个树林，下到伊拉蒂河的河谷。"我指着前面的地势对比尔说。

"这一路可是够折腾的。"

"跑到这儿来钓鱼，路太远了，要想当天就打个来回可不轻松。"

"轻松，说起来好听。我们得拼了老命跑到那边再赶回来，还得钓鱼,轻松得了吗!"

这段路可真够长的,乡野的景色虽美不胜收,等我们从山林里跋涉出来,终于来到下通法布利卡河谷的陡路时,还是累得够呛。

道路走出密林的荫蔽,来到火热的阳光下。前头就是河谷,对岸又是陡峭的山坡,山上有一片荞麦地。可以看到山坡上的几棵树下,有一幢白房子。天气很热,我们在拦河坝旁边的几棵树下停下了脚步。

比尔把背包靠在一棵树上,我们把钓竿一节节接起来,装上线轴,系好接钩绳,这就准备钓鱼了。

"你肯定这里面有鲑鱼?"比尔问道。

"有的是。"

"我要用假蝇钓钩。有没有带迈克金蒂假蝇钓钩①?"

"这里面有几个。"

"你要用蚯蚓钓吗?"

"对。我打算就在这水坝上钓了。"

"好吧,那我就把'蝇钩书'②给带走了。"他系上一个蝇钩道,"我最好去哪儿钓?上游还是下游?"

"下游最好。不过上游的鱼也很多。"

比尔顺着河岸朝下游走去。

"带一罐蚯蚓吧。"

"不了,我不想用蚯蚓。要是不肯咬我的假蝇,我就多扑扇两下。"

比尔在水坝下面望着流水。

"我说,"他喊道,为的是压过水坝的水声,"咱们把酒放到路那边的泉水里冰一下如何?"

"好呀。"我也喊。比尔朝我挥挥手,开始朝河下游走去。我从

---

① 一款经典的假蝇钓钩。
② 所谓的"蝇钩书"就是装蝇钩的盒子,通常形状像一本书,故名。

背包里把那两瓶葡萄酒掏出来，拿到路边那个泉眼边上，泉水从一根铁管子里汩汩地往外冒。泉眼上盖了块木板，我把木板掀起来，把酒瓶的软木塞敲敲紧，将酒瓶放到水里。泉水冰凉刺骨，我从手到手腕整个都麻了。我又把木板放回去，希望没人发现这两瓶酒。

我扛起靠在树上的钓竿，带上蚯蚓罐和抄网，走到坝上。建这个拦河坝原是为了抬高水流的落差，用来水运原木。闸门现在关着，我于是坐在一根刨得方方的原木上，望着坝内尚未形成瀑布的那潭平静的池水。坝脚下白沫四溅的水流很深。我装鱼饵的当口，一条鲑鱼突然噗地从白沫四溅的水流中一跃而起，跃到瀑布之上，随即又被冲了下去。还没等我装好鱼饵，又一条鲑鱼朝瀑布跃起，划出一道同样美丽的弧线后，消失在轰隆隆奔泻而下的水流中。我拴上一个个头挺大的坠子，把它沉进水坝底下木材旁边冒着白沫的水流中。

第一条鲑鱼咬钩时我都没觉出来，我开始往上拽钓丝的时候才觉出已经钓到了一条，我把它从翻腾的瀑布底下拽出水面的时候，它拼命挣扎摆动，差点儿把钓竿弄折了。我摇摇晃晃地把它拽上来，放在水坝上。这是条不错的鲑鱼，我拿它的脑袋朝木头上撞了撞，它抽动了两下就不动弹了，我把它放进了我的袋子。

我钓到它的这段时间里，又有好几条鲑鱼朝瀑布跃去。我再装上鱼饵，刚把钓丝放回去，马上又钓到一条，我如法炮制，也把它收进渔袋。不一会儿工夫我就已经钓到了六条，都差不多大小。我把它们都摆出来，一条接一条放好，头全朝一个方向，看着它们。它们的颜色都很漂亮，由于生活在冷水中，身子紧绷结实。由于天很热，我把它们一一剖开，把内脏、鱼鳃等东西都剥掉，扔到河对岸去。我把这几条鲑鱼拿到河边，在水坝上面平静而且显得很厚重的冷水中洗净，然后捡了些蕨类植物，把鱼都收到渔袋里；先铺一层蕨类植物，放三条鲑鱼，再铺一层，再放三条，最后再盖一层。它们裹在蕨类植物当中看起来相当不错，现在渔袋也鼓了起来，我把它放在树荫下。

坝上面热得很,我就把蚯蚓罐和渔袋一起放在树荫底下,从背包里拿出本书,在树底下安顿下来,开始看书,等比尔回来吃午饭。

此时正午刚过,树荫很小,不过我背靠的是两棵长在一起的树,书还读得下去。这是 A.E.W. 梅森①的一本书,我读到的是个很精彩的故事,讲的是一个人在阿尔卑斯山上冻僵了,然后掉进了一个冰川里就此不见,他的新娘要整整等上二十四年,他的尸体才能在冰碛上显露出来,而她的真爱也同样在等待着她,比尔回来的时候他们都还在等呢。

"钓到了吗?"他问。他把钓竿、渔袋和鱼网都在一只手里抓着,弄得浑身是汗。因为水坝上隆隆的水声,我没听见他走过来。

"钓到六条。你怎么样?"

比尔坐下来,打开渔袋,把一条很大的鲑鱼放在草地上。接着又拿出三条,一条比一条大,把它们并排放在树荫下。他脸上汗水淋漓,不过非常高兴。

"你的大不大?"

"不如你的大。"

"拿出来看看嘛。"

"我都收起来了。"

"到底有多大?"

"跟你最小的差不多大。"

"你不是在糊弄我吧?"

"我巴不得呢。"

"都是用蚯蚓钓的?"

---

① 梅森(A.E.W.Mason,1865—1948),英国小说家、政治家,主要以侦探小说和浪漫小说著称,在系列侦探小说中塑造了法国侦探哈纳得的形象,非侦探小说以《四根羽毛》最为著名。

"是呀。"

"你个懒虫!"

比尔把鲑鱼收回袋里,朝河边走去,敞开的渔袋来回晃荡着。他腰部以下都是湿的,我知道他肯定是下了河。

我走到路边的泉眼旁,把冰着的两瓶酒拿出来。酒已经很凉了,回到树下的时候,瓶子外面都结满了水珠。我铺了张报纸,把午饭摆出来,拔出一瓶酒的瓶塞,把另一瓶靠在一棵树上。比尔走回来,一边把手擦干,他的渔袋里也塞满了蕨类植物。

"我们来尝尝这瓶酒。"说着他把瓶塞拔开,瓶底朝上喝了起来,"乖乖!杀得眼睛都疼。"

"我尝尝。"

酒液透心凉,微微带点铁锈味儿。

"这酒没那么差劲。"比尔说。

"是冰过的关系。"我说。

我们把那几小包吃食打开。

"是鸡。"

"还有煮鸡蛋。"

"有没有盐?"

"先是蛋。"比尔说,"然后是鸡。这道理就连布赖恩[①]都明白。"

"他死了。我昨天在报上看到的[②]。"

[①] 布赖恩(1860—1925),美国民主党和平民党领袖,是颇有吸引力的演说家,三次竞选总统均未果。尽管布赖恩的敌人把他看成是个野心勃勃、蛊惑人心的政客,他的支持者却认为他是毕生为自由事业奋斗的战士。比尔之所以拿他来开涮,是因为他一生中最后一桩公案:布赖恩坚决主张对《圣经》照字面意思来解释,因此前往田纳西州代顿城协助审理对一位教师的控诉案。这位教师被控讲授达尔文主义,讲人的进化起源,而不讲上帝造人。C. 达罗是首席辩护律师,于是这场基要派和现代派神学之间戏剧性决斗的审讯就吸引了全世界公众的注意,结果那位教师被判有罪并被罚款(后被驳回)。布赖恩在这场法庭论战中过分疲劳和激动,在审理后不久即病逝。

[②] 布赖恩于 1925 年 7 月 26 日去世,以此可以确定杰克和比尔到西班牙旅行的确切时间(似乎应该再加上一个礼拜,因为小说中提到杰克看到的报纸是一个礼拜前的)。

"不会吧,是真的?"

"真的。布赖恩已经死了。"

比尔放下手里正剥的鸡蛋。

"先生们,"说着他剥开报纸取出一根鸡腿,"为了布赖恩的缘故,我把次序颠倒一下。作为对这位伟大平民的致敬。先吃鸡,再吃蛋。"

"不知道这鸡是上帝在哪一天造的。"

"噢。"比尔吮着鸡腿说,"咱们怎么知道?咱们就不该有这种疑问。咱们在这世界上停留的时间并不长,咱们还是开开心心的好,笃信上帝,诚心感恩。"

"吃个蛋。"

比尔一手拿着鸡腿打手势,一手拿酒瓶。

"让咱们因为上帝的赐福而欢欣鼓舞吧。让咱们享用空中的飞禽。让咱们享用葡萄园的出产。你不享用一点吗,兄弟?"

"你先请,兄弟。"

比尔喝了一大口。

"享用一点,兄弟。"他把酒瓶递给我。"咱们可不能心生疑虑,兄弟。咱们可不能用类人猿的爪子伸进鸡窝去窥探神圣的奥秘。让咱们只凭信仰去接受,只说——我希望你跟我一起说——可咱们该怎么说,兄弟?"他用鸡腿指着我继续道,"让我来告诉你。咱们要说,而且就我而言是要自豪地说——我想要你跟我一起说,跪下来,兄弟。让大家再也不会为在这辽阔的原野上下跪而羞愧。不要忘记,丛林本就是上帝最早的神庙。让咱们跪下来,说:'不要吃它,女士——它就是门肯。'"

"请吧。"我说,"享用一点美酒吧。"

我们又打开了另一瓶酒。

"怎么回事?"我说,"你不喜欢布赖恩?"

"我热爱布赖恩。"比尔说,"我们就像是亲兄弟。"

"你在哪儿认识他的?"

"他、门肯还有我,我们上的都是圣十字①。"

"还有弗兰基·弗里奇②。"

"这是撒谎。弗兰基·弗里奇上的是福德姆③。"

"好吧。"我说,"我跟曼宁主教④一起上的罗耀拉⑤。"

"撒谎。"比尔说,"跟曼宁主教一起上罗耀拉的是我。"

"你醉了。"我说。

"喝醉了?"

"不然还是什么?"

"是湿度的关系。"比尔说,"他们应该把这该死的潮湿给弄了去。"

"再喝一口。"

"咱们就这点酒?"

"就带了两瓶。"

"你知道你是什么人吗?"比尔满怀深情地望着酒瓶子。

"不知道。"我说。

"你就是反酒吧联盟花钱雇的奸细。"

"我跟韦恩·B.惠勒⑥一起上的圣母大学⑦。"

"撒谎。"比尔说,"我跟韦恩·B.惠勒一起上的奥斯汀商业学院⑧,他还是班长呢。"

---

① 圣十字是马萨诸塞州伍斯特市的一所学院。
② 1920年代著名的大学橄榄球球星,绰号"福德姆闪电"。
③ 福德姆是纽约市布朗克斯区一所耶稣会大学。
④ 曼宁主教(1866—1949)是纽约圣公会主教,他上的是田纳西州塞沃尼市的南方大学。
⑤ 美国有多所学院和大学取名罗耀拉,都是为了纪念耶稣会的创立人、西班牙神学家罗耀拉的圣依纳爵。
⑥ 韦恩·B.惠勒(1869—1927),美国律师,禁酒主义者,曾任反酒吧联盟的领导人。他读的是俄亥俄的奥伯灵学院和西储大学的法学院。
⑦ 印第安纳州南本德市的一所天主教大学。
⑧ 得克萨斯州首府奥斯汀的商业学院。俩人这都是在信口开河。

"管它呢。"我说,"酒吧必须得被取缔。"

"这你倒说对了,老同学。"比尔道,"酒吧必须得被取缔,我要带了它一起走。"

"你醉了。"

"喝醉了?"

"喝醉了。"

"喔,大概是吧。"

"想打个盹儿?"

"好吧。"

我们把头枕在树荫下,抬头端详着这些树。

"睡着了?"

"没呢。"比尔说,"我在琢磨事儿。"

我闭上眼睛。躺在地上感觉很棒。

"我说,"比尔道,"布蕾特的事到底怎么样了?"

"什么事?"

"你爱过她?"

"是呀。"

"多长时间?"

"断断续续地好长时间。"

"哦,真见鬼!"比尔说,"抱歉,老兄。"

"没关系。"我说,"我再也不在乎了。"

"当真?"

"当真。只不过我很不喜欢谈起这事。"

"我问你,你不生气?"

"我他妈干吗要生气?"

"我要睡了。"比尔说。他拿张报纸盖在脸上。

"听我说,杰克。"他道,"你真是个天主教徒?"

"从技术上说,是。"

"这话什么意思?"

"我也不知道。"

"好吧,我真要睡了。"他说,"别再说个没完,让我睡不成觉了。"

我也睡着了。我醒过来的时候,比尔正在收拾帆布背包。已经接近黄昏时分,树荫拖得好长,一直盖过了水坝。在地上这么一觉,睡得浑身僵僵的。

"你干吗了?醒了?"比尔问,"你干吗不一气睡上一晚?"我伸了个懒腰,揉了揉眼睛。

"我做了个美梦。"比尔说,"不记得梦到的是什么了,但是个美梦。"

"我好像没做梦。"

"你应该做梦。"比尔说,"咱们所有的商业巨头都是梦想家。看看福特,看看柯立芝总统,看看洛克菲勒,看看乔·戴维森。①"

我把我和比尔的钓竿拆开,放进钓竿包里。把线轴放进渔具袋。比尔已经把帆布包收拾好了,我们把一个装鲑鱼的渔袋放进去,另一个我拎着。

"好了。"比尔说,"咱们的东西都带齐了?"

"还有蚯蚓。"

"那是你的蚯蚓。放到背包里去吧。"

他已经把包背上了肩,我就把两个蚯蚓罐塞到了背包外头一个

---

① 福特(1863—1947),美国汽车制造商,创办福特汽车公司,生产T型汽车,发明装配线生产法,使美国成为汽车大国。柯立芝总统(1872—1933),美国第三十任总统,对内实行不干涉工商业政策,一面减税,一面坚持高额保护关税,对外推行孤立主义,任内美国经济繁荣。洛克菲勒(1839—1937),美国洛克菲勒财团创始人,创办俄亥俄美孚石油公司,将其改组为第一个托拉斯,后任新泽西美孚石油公司董事长,捐款建立芝加哥大学及一些慈善机构。乔·戴维森(1883—1952),美国雕塑家,曾为甘地、爱因斯坦、罗斯福、铁托、萧伯纳等名人塑像。

带盖的小袋子里。

"现在你的东西都齐了？"

我又扫了一眼榆树底下的草地。

"没错。"

我们动身沿着来路走进树林。回布尔格特得走好长一段路，等我们穿过田野走上公路，再沿两侧都是住户的镇上的道路走回旅店时，已经是夜晚时分，万家灯火了。

我们在布尔格特一共待了五天，钓鱼那真叫是钓了个痛快。夜晚很冷，白天很热，就算是白天最热的时候也有清风拂面。这么热的天蹚进冰冷的河里去钓鱼，感觉也很不错，上岸坐一会儿，太阳就把衣服晒干了。我们发现了一条小溪，溪水中有个可以游泳的深潭。晚上我们跟一个叫哈里斯的英国人打三人桥牌，他从圣让-皮耶德波尔①徒步前来，在我们住的旅店停留几日，也是为了钓鱼。他人很友善，跟我们一道去了两次伊拉蒂河。不论是罗伯特，还是布蕾特和迈克，在此期间均杳无音信。

---

① 圣让-皮耶德波尔是比利牛斯山北麓的法国小城，曾是下纳瓦拉巴斯克省的首府，濒尼夫河，距西班牙边境仅8公里。

第十三章

一天早上,我下来吃早饭,那个叫哈里斯的英国人已经在桌边坐好了。他戴着眼镜在看报,抬头冲我笑了笑。

"早上好。"他说,"有你一封信。我去了趟邮局,他们把你的信连同我的一块儿给了我。"

信就在我的座位这边的桌子上放着,斜靠在一个咖啡杯上。哈里斯继续看他的报。我把信打开,是从潘普洛纳转过来的。上面写着:星期天,发自圣塞瓦斯蒂安。

亲爱的杰克:

我们周五来到此地,布蕾特在火车上醉得人事不省,所以带她来我的几位老朋友这里休息了三天。我们周二去蒙托亚旅馆,也不知道具体几点钟到。望你能写封短信通过公共汽车捎给我,告诉我们该怎么跟你们在周三会合。衷心问候,很抱歉迟到了,但布蕾特实在是累坏了,到周二应该就能恢复了,事实上现在已见好转。我很了解她,会设法照顾好她,不过实在不容易。向大伙儿问好。

迈克

"今天星期几了?"我问哈里斯。

"我想是星期三了吧。是的,没错。星期三。在这深山老林里过得连日子都搞不清了,真够神奇的。"

"是呀。我们到这儿来已经有将近一个礼拜了。"

"希望你们还不打算走吧?"

"是有这个意思。恐怕今天下午我们就得坐汽车回去了。"

"太糟糕了。我还希望咱们能再一起去一趟伊拉蒂河呢。"

"我们必须得赶回潘普洛纳了,跟朋友约好了在那儿碰头。"

"我的运气真是糟透了。咱们在布尔格特过得多开心啊。"

"来潘普洛纳吧。咱们可以在那儿继续打桥牌,而且那儿就要举行一场棒极了的狂欢节了。"

"我很想去。你肯邀请我实在是太好了。不过我最好还是待在这儿。我没多少时间可以钓鱼了。"

"你是想在伊拉蒂河钓到几条大鲑鱼。"

"我确实是这么想的,你知道。那里面真有巨型的鲑鱼呢。"

"我也很想再去钓一次。"

"那就去吧。再多待一天。行行好吧。"

"我们真的得回城了。"我说。

"太遗憾了。"

早饭后,我跟比尔坐在旅店门前的一条凳子上,晒着暖洋洋的太阳把这事儿商量了一下。我见一个姑娘从通往镇中心的路上走过来。她在我们面前停了一下,从裙子上挂的皮袋里拿出一封电报。

"Porustedes[①]?"

我看了一眼。地址栏写的是:"布尔格特,巴恩斯收"。

"是。是给我们的。"

她拿出一个本子让我签收,我给了她几个铜币。电文写是用西

---

① 西班牙语:给你们的?

班牙语写的："Vengo Jueves Cohn。①"

我把它递给了比尔。

"'Cohn'这个词什么意思？"他问。

"糟糕透顶的电报！"我说，"同样的价钱他满可以发十个词儿的。'我周四到'，好像这里面真有不少内幕消息可瞧的，是不是？"

"它把凡是科恩感兴趣的统统透露出来了。"

"反正我们是要回去了。"我说，"要想在狂欢节前把布蕾特和迈克弄到这儿来再弄回去，还不够折腾的。咱们要不要回电？"

"还是回一个吧。"比尔说，"咱们没必要显得太目中无人。"

我们走到邮局，要了张空白电文纸。

"咱们怎么说？"比尔问。

"'今晚到。'就行了。"

我们付了电报费，又走回旅店。哈里斯还在，我们仨就一起溜达到龙塞斯瓦列斯，参观了一遍修道院。

"是个了不起的地方。"哈里斯说，"不过你们也知道，我对这类地方不怎么有兴趣。"

"我也是。"比尔说。

"毕竟是个了不起的地方。"哈里斯说，"不来看看总不甘心。我每天都琢磨着要来看看。"

"可终归跟钓鱼不是一码子事，对吧？"比尔问道。他很喜欢哈里斯。

"绝对不是。"

我们正站在修道院那古老的礼拜堂前面。

"街对面是不是有家小酒馆？"哈里斯问，"还是我看错了？"

"看着像。"比尔说。

"我看着也像。"我说。

---

① 我周四到科恩。

"我说,"哈里斯说,"咱们去享用一下吧。""享用"这个词儿他就是从比尔那儿学的。

我们每人要了一瓶酒。哈里斯不让我们付账。

他的西班牙语讲得很不错,酒馆的老板不肯收我们的钱。

"我说,你们不知道,在这儿能有幸碰上你们两位对我的意义有多大。"

"咱们大家在一起开心极了,哈里斯。"

哈里斯有点醉了。

"我说,你们真不知道对我的意义有多大。大战结束以来我就没过过几天开心日子了。"

"下次我们约好了再一起去钓鱼。你可别忘了,哈里斯。"

"一言为定。咱们在一起过得可真开心。"

"再来一瓶怎么样?"

"好主意。"哈里斯说。

"这次算我的。"比尔说,"要不然我就不喝。"

"我希望还是让我来付。这真的让我很高兴,你知道。"

"这也会让我很高兴。"比尔说。

酒馆老板给我们拿来第四瓶酒。我们还用原来的酒杯。哈里斯举起手里的酒杯。

"我说,你知道这确实值得好好享用一番。"

比尔拍了拍他的背。

"好样的老哈里斯。"

"我说,其实我的姓氏不只是哈里斯,应该是威尔逊－哈里斯,是个双姓。中间有道连字符,你知道。"

"好样的老威尔逊－哈里斯。"比尔说,"我们只叫你哈里斯,就是因为我们太喜欢你了。"

"我说,巴恩斯。你不知道这对我意义有多大。"

"来，咱们再享用一杯。"我说。

"巴恩斯。真的，巴恩斯，你不会明白的。我就这么句话。"

"干，哈里斯。"

我们把哈里斯夹在中间，一路从龙塞斯瓦列斯走回旅店。我们在旅店吃了午饭，哈里斯送我们到汽车站。他把他的名片给了我们，上面有他在伦敦和他的俱乐部的地址，还有他的办公地址，我们上车以后，他又递给我们每人一个信封。我打开来一看，原来是一打假蝇钓钩。是哈里斯亲手扎的，他的钓钩都是自己扎的。

"我说，哈里斯——"我开口道。

"别，别！"说着他从汽车上往下爬，"根本算不上头等的假蝇钓钩。我只希望你们有朝一日拿它来钓鱼的时候，能想起咱们一起度过的这段快乐时光。"

汽车开动，哈里斯站在邮局门前朝我们挥手。等车子开上了公路，他才转身走回旅店。

"我说，这个哈里斯真是不错吧？"比尔说。

"我看他这段时间确实过得很开心。"

"哈里斯吗？这还用说。"

"他要是能来潘普洛纳就好了。"

"他一心想钓鱼。"

"是呀。反正你根本弄不清英国人相互之间是怎么相处的。"

"这话说得是。"

我们在邻近黄昏的时候进入潘普洛纳城，汽车在蒙托亚旅馆门前停下。广场上有人在架设狂欢节期间照亮广场的电灯线路。汽车停下来的时候，有几个孩子围拢上来，本城的一位海关官员让大家都从汽车上下来，在人行道上把行李都打开。我们走进旅馆，在楼梯上碰到了蒙托亚。他跟我们俩握了握手，跟往常一样挺不自在地微笑着。

"你们的朋友来了。"他说。

"坎贝尔先生?"

"对。科恩先生和坎贝尔先生,还有阿什利夫人。"

他微微一笑,仿佛表示我自会听到些风声似的。

"他们什么时候到的?"

"昨天。你们两位的房间我还给你们留着。"

"太好了。你给坎贝尔的房间是朝向广场的吗?"

"是。都是我们原来选定的房间。"

"我们这几位朋友现在在哪儿?"

"我想他们是看回力球赛去了。"

"今年的公牛有什么消息吗?"

蒙托亚微微一笑。"今晚。"他说,"就在今晚七点,他们会把维拉尔公牛放进牛栏,明天来的是米乌拉的公牛。你们都去看吗?"

"哦,是呀。他们都还没见识过公牛怎样从笼子里放出来呢。"

蒙托亚把手搭在我肩膀上。

"到时候咱们到那儿见吧。"

他再次微微一笑。他总是这么笑,仿佛斗牛是我们俩之间一个了不起的重大秘密一样,一个相当骇人听闻不过却只有我们两人知悉的秘密。他总是这么笑,仿佛这秘密当中有见不得人的丑事,对此我们却是心照不宣。而对于那些不明就里的外人,实在是不足道。

"你的这位朋友,他也是个 aficionado① 吗?"蒙托亚朝比尔笑了笑。

"可不是。他是专程从纽约赶来见识圣费尔明节的。"

"是吗?"蒙托亚客气地表示怀疑。"可他看起来不像你那么迷。"

---

① 西班牙语"aficion"的意思是"激情",是"热爱"。而所谓"aficionado"就是狂热喜欢斗牛的斗牛迷。

他再次挺忸怩地把手搭在我肩膀上。

"是真的。"我说,"他真是个斗牛迷。"

"可他还是不像你那么迷。"

所有优秀的斗牛士全都住在蒙托亚的旅馆,也就是说,所有热爱斗牛的都住这儿。以赚钱为目的的斗牛士或许会来这里住一次,不过不会做回头客。而优秀的斗牛士却年年来。蒙托亚的房间里有很多他们的照片。照片都是题献给华尼托·蒙托亚或是他妹妹的。蒙托亚真正信得过的斗牛士的照片都镶了框。而那些对斗牛并无真正激情的斗牛士的照片,他都收在了抽屉里。这些照片上倒经常都有过分奉承的题词,实际上却一钱不值。有一天,蒙托亚把这些照片都取出来,统统扔进了字纸篓。他根本就不想再看到它们。

我们经常一起谈谈公牛和斗牛士。我有好几年都在蒙托亚歇宿。我们每次的谈话都不长,不过以交流各自的感受为乐。有些人会从很远的城镇特意赶来过节,在离开潘普洛纳之前找到蒙托亚,跟他聊上几分钟的公牛。这些人都是斗牛迷。这些斗牛迷即便在他的旅馆客满的时候也总能弄到房间。蒙托亚还给我引见了几位。他们一开始总是很客气,知道我竟然是个美国人后,总是觉得特别好玩。不知怎么的,一个美国人总是理所当然地被认为不可能热爱斗牛。他的热爱要么出于假装,要么就是错把刺激当作了热爱。当他们发现我当真热爱斗牛以后——这种热爱没办法通过某种暗语或是一套问题就能测试出来,它毋宁是通过一系列总是稍稍有些自我保护意味,又遮遮掩掩的口头提问进行的一种精神测验——他们就会像蒙托亚一样忸怩地把手按在我肩上,或者赞我一声"Buen hombre[①]"。不过基本上总会有这种实际的触摸,就仿佛他们想通过实际的触摸来确认一下真假。

蒙托亚对真正怀有激情的斗牛士什么都肯原谅。他可以原谅突

---

① 西班牙语:好人,好样的。

然发作的紧张、恐慌，莫名其妙的恶劣举动，各种各样的失误。对一个真正怀有激情的人，他什么都肯原谅，同时也就原谅了我那些朋友的事儿。经他这么闭口不提，他们也就成了我们俩之间的一点糗事，就像在斗牛场上马儿被公牛挑出了肠子这等不光彩的意外，还是不提为妙。

我们聊天的时候比尔先上楼去了，我上楼后发现他正在自己的房间里梳洗更衣。

"好嘛。"他说，"又大讲特讲你的西班牙语了？"

"他是告诉我今晚公牛进栏的情况。"

"咱们找到他们几个，一起去看吧。"

"好呀。他们大概在咖啡馆里。"

"你拿到票了？"

"拿到了。公牛出笼的票子都拿到了。"

"到底是个什么情形？"他在镜子前扯着腮帮子，看下巴底下还有没有没刮干净的地方。

"可好看了。"我说，"他们一次从笼子里放出一头公牛，在牛栏里放进好几头犍牛①来截住它，不让这些公牛相互顶撞，公牛就朝这些犍牛冲过去，犍牛四散奔逃，就好比老保姆一样能让它们安静下来。"

"有犍牛被挑死过的情况吗？"

"当然有。有时候公牛紧追不放，就把犍牛给挑死了。"

"那犍牛就没有什么招架的余地吗？"

"哪里有。它们只想跟公牛交朋友呢。"

"把它们放进去到底是为了什么？"

"为了让公牛安静下来，别在石墙上撞断了角，或是相互挑伤了。"

"当头犍牛肯定挺了不起的。"

---

① 即阉了的小公牛，没有攻击性。

我们下楼,出了大门,穿过广场朝伊鲁涅咖啡馆走去。广场上有两座孤零零的售票亭。几个窗户上分别写着 SOL,SOL Y SOMBRA 和 SOMBRA① 的字样,不过都关着,要等到狂欢节前一天才开放。

广场对面,伊鲁涅的白色柳条桌椅都越出了拱廊的界限,一直摆到了街边。我在咖啡座上寻找布蕾特和迈克。他们果然在。布蕾特、迈克和罗伯特·科恩。布蕾特戴了顶巴斯克人的贝雷帽。迈克也戴了一顶。罗伯特·科恩光着头,戴着眼镜。布蕾特看到我们走过来,向我们招手。我们走到桌边的时候,她眼角又皱了起来。

"嗨,你们两个家伙!"她叫道。

布蕾特很高兴。迈克有个本事,能赋予握手一种强烈的情感。罗伯特·科恩跟我们握手,是因为我们赶回来了。

"你们到底跑哪儿去了?"我问。

"是我把他们带到这儿来的。"科恩说。

"胡说八道。"布蕾特说,"你要是不来的话,我们到的还能早些。"

"你们永远都到不了这儿。"

"胡说八道!你们两个家伙都晒黑了。瞧瞧比尔。"

"鱼钓得爽吗?"迈克问,"我们原想跟你们一起去钓的。"

"不赖。我们一直念叨你们呢。"

"我想来的。"科恩说,"不过我想还是应该带他们来这儿。"

"你带我们。真是胡说八道。"

"钓得真爽吗?"迈克问,"钓到很多?"

"有几天,我们每人都钓到一打。还在那儿认识了个英国人。"

"姓哈里斯。"比尔说,"有可能认识他吗,迈克?他也参加过大战。"

---

① 西班牙语,指斗牛场中三种不同档次的座位:向阳的、半向阳的和背阴的。

"幸运的家伙。"迈克说,"多么令人难忘的岁月。我多希望时光能倒流,再回到当初那些日子。"

"别傻了。"

"你参加过大战,迈克?"科恩问。

"那还用说。"

"他是个出类拔萃的战士。"布蕾特说,"跟大家说说那次你的马在皮卡迪利大街脱缰狂奔的事。"

"我不说。我都说过四回了。"

"你从没跟我说过。"罗伯特·科恩说。

"我才不讲这一段呢。这是让我丢脸的事。"

"那就说说你的勋章的事。"

"我不说。那事儿脸就更丢大发了。"

"到底是怎么回事呀?"

"布蕾特会讲给你们听的。凡是让我丢脸的事她都乐意讲。"

"说吧,告诉我们,布蕾特。"

"我该说吗?"

"还是我自己来吧。"

"你都得了些什么勋章,迈克?"

"我什么勋章都没得着。"

"你肯定得过几枚的。"

"我觉得通常的那几种勋章我还是能得到的。不过我从来就没有申请过。有一次举行一场非常盛大的晚宴,威尔士亲王也要参加,请柬上写着要佩带勋章。我自然是没有勋章的,于是我就跑到我的裁缝那儿,他对这份请柬可是肃然起敬,于是我就想,这倒是笔好买卖,就对他说:'你得给我弄几枚勋章来戴戴。'他说:'什么样的勋章,先生?'我说:'哦,什么都行。不管什么样的,给我弄几枚就成。'于是他就说:'那你们都有什么勋章呢,先生?'我说:'我怎么知道？'难道他认为我成天都在读那该死的政府公报吗？'你就多给我弄几枚好了。样子你自己挑。'于是他就给我弄了几枚，你知道，是缩样复制的勋章，连盒一起递给我，我往口袋里一揣，就把这事儿给忘了。到时候我就参加宴会去了，谁知那天晚上正赶上亨利·威尔逊①被人枪杀，所以威尔士亲王就没来，国王也没来，也就没人再戴什么勋章了，那帮家伙人人都忙着把勋章往下摘，而我的勋章就一直在我口袋里揣着。"

他停下来等着我们发笑。

"这就完了？"

"完了。可能我没把它讲好。"

"是没讲好。"布蕾特说，"不过没关系。"

我们都笑了。

"啊，是了。"迈克说，"我现在想起来了。那次晚宴无聊透顶，我待不下去，半路就开溜了。当天晚上的晚些时候，我在口袋里发现了那个盒子。这是什么？我说。勋章？沾满鲜血的军功章？我就把它们都从衬垫上扯了下来——你知道勋章都是别在一条带子上的——把勋章统统都散发掉了，每个姑娘一枚，留作纪念。她们还以为我是个多么了不起的勇士呢。在夜总会分发勋章。真牛逼。"

"继续讲底下的。"布蕾特说。

"不觉得这很滑稽？"迈克问。

我们都哈哈大笑。

"滑稽。不滑稽才怪。可是后来我的裁缝就写信要我把勋章还给他了。还派了个人四处找我。接连不断写了有好几个月的信催讨。看来是有个什么人把勋章放在他那儿要他清洗干净的。是个身经百

---

① 亨利·威尔逊（1864—1922），英国陆军元帅，英帝国总参谋长，战后获封从男爵。由于他不同意政府战后对爱尔兰的政策，劳合·乔治首相不再让他担任参谋长的职务，他因此离开军队，以保守党人的身份进入下院，后在住宅前的石阶上被两名爱尔兰共和军刺杀。

战的老军人吧，把它们当作了命根子。"迈克故意停顿了一下，"裁缝算是倒了血霉了。"

"你这就言不由衷了。"比尔说，"我觉得裁缝是撞了大运呢。"

"那可是个顶呱呱的好裁缝。决不相信我会落到这步田地。"迈克说，"当时我每年付给他一百镑安抚他一下，免得他给我送账单。我破产的消息对他可是个沉重打击。而且就紧跟在勋章事件之后。这使他的来信带上了非常沉痛的调调。"

"你是怎么破的产？"比尔问。

"两种途径。"迈克说，"一是逐渐累积，二是突然到来。"

"是什么原因引起呢？"

"朋友。"迈克说，"我交了很多朋友。狐朋狗友。后来又添了债主。在英国没准比任何人的债主都多。"

"跟大家说说法庭上的事。"布蕾特说。

"记不得了。"迈克说，"当时有点醉了。"

"醉！"布蕾特叫道，"你都人事不省了！"

"那是因为出了件很特别的事。"迈克说，"几天前碰上了我的前合伙人。他请我喝酒。"

"再说说你那位博学的辩护律师的事。"布蕾特说。

"我不说。"迈克说，"我那位博学的辩护律师也人事不省了。我说，这话题也太扫兴了。咱们到底还要不要去看公牛进栏的表演啦？"

"咱们去吧。"

我们叫来服务生，付了账，动身穿过小城。我一开始跟布蕾特走在一起，可罗伯特·科恩又凑上来，走在她另一边。我们仁就这么并排走着，途经阳台上挂满旗帜的市政厅，经过市场，又经过通往阿尔加河大桥的陡街。有很多人步行前去观看公牛，也有马车从山上下来，经过大桥，大街上车夫、马匹和马鞭都浮现在行人上头。

过桥后,就拐上了通往牛栏的那条路。路上又经过一家酒店,窗户上有个招牌:上好的葡萄酒,三十生丁一升。

"等咱们储备吃紧时,咱们就来这儿喝。"布蕾特说。

酒店门口站着的一个女人在我们经过时盯着我们看。她朝酒店里的什么人喊了一声,有三个姑娘跑到窗前注意地观瞧。她们注目的是布蕾特。

在牛栏门口,有两个男人负责把入场观众的票收去。我们走进大门。里面有几棵树和一幢低矮的石头房屋。尽头处是牛栏的一圈石墙,墙上开着些小孔,像枪眼一样遍布每个牛栏的墙面。有架梯子搭在墙头,大家都顺着梯子爬上去,分散站在分隔开两个牛栏的墙头。我们踩着树下的草地朝梯子走去的时候,经过几个巨大的灰漆笼子,公牛就关在里面。一个运牛笼子里装一头公牛。它们是用火车从卡斯蒂利亚①的一个公牛养殖场运过来的,在火车站从平板货车上卸下来,运到这里准备从笼子里往牛栏里放。每个笼子上都印着公牛饲养人的名字和商标。

我们爬上墙头,找了个俯视牛栏视野不错的地方安顿下来。石墙粉刷成白色,场地上铺了稻草,墙边还有木制的饲料槽饮水槽。

"看上面那儿。"我说。

河对岸耸立着城市所在的高冈。古城墙和城垒上全都站满了人。三道防御城墙形成了三道黑压压的人墙。高出城墙的各个窗户后头也都人头攒动。高冈尽头处的树上也都爬满了孩子。

"他们一定是觉得有什么热闹好看呢。"布蕾特说。

"他们想看的是公牛。"

迈克和比尔在牛栏对面的墙头上。他们朝我们挥挥手。来得晚的都站在我们后面,别人挤他们的时候就压在我们身上。

"他们怎么还不开始?"罗伯特·科恩问。

---

① 卡斯蒂利亚(Castile)为西班牙中北部一地区名。

一头骡子拉着一个笼子来到牛栏的门前。有几个人用撬棍又推又抬,让笼子紧靠在大门上。站在墙上的人做好准备,先拉起牛栏的大门,然后再拉起笼子门。牛栏的另一头有扇门开了,放进两头犍牛,摇晃着脑袋一溜小跑,瘦瘦的侧腹来回晃荡。两头犍牛并肩站在最里面,脑袋冲着公牛进场的那扇大门。

"它们俩看起来可不怎么开心。"布蕾特道。

墙上站着的人向后一仰,把牛栏的大门拉了起来。然后又把笼子的门拉开。

我朝墙底下微微探身,想看清楚笼子里的情形。可里面很暗,有人拿根铁棍敲打着笼子,里面像是有样什么东西突然炸开了。里面的公牛用犄角左右猛撞两边的木板,声响震天。接着我看到黑乎乎的牛头和犄角的影子,然后空笼子的木板"咔哒"一声,公牛旋风般冲进牛栏,站下来的时候前蹄在稻草上打了个滑;仰起头,脖颈上巨大的肌肉隆起一大块,它看着石墙上拥挤的人群,身上的肌肉一颤一颤。那两头犍牛一直退到墙根底下,头垂下来,眼睛望着公牛。

公牛看到它们后,朝它们猛冲过去。这时笼子后面有个人大喊一声,而且用帽子磕打着板壁,公牛还没等冲到犍牛面前,突然一个转身,攒足力气朝那人刚才所在的地方冲去,用右边的犄角迅猛地接连刺了五六下,想刺中藏在板壁后面的人。

"我的上帝,它太漂亮了吧?"布蕾特说。我们看着,它就站在我们脚下。

"你看它多善于使用它的犄角。"我说,"它左一攻右一刺,简直就像个拳击手。"

"不会吧?"

"你看哪。"

"它动作也太快了。"

"等等看。马上就要再放一头出来了。"

他们已经把另一个笼子往后拖回到入口处。在尽头的一角,有个人躲在板条后面的掩蔽处吸引公牛的注意力,公牛的脑袋从大门口的方向一转开,门就被拉了起来,第二头公牛也进入场内。

这头公牛径直就朝犍牛冲去,两个人从藏身的板壁后面跑出来,大喊大叫想分散它的注意。可它并不转身,那两个人大叫:"嘿!嘿!Toro①!"一边还挥舞着手臂;两头犍牛侧过身去承受这一击,结果公牛把犄角抵进了一头犍牛的体内。

"别看。"我对布蕾特说。可她却看得入了迷。

"好吧。"我说,"既然你看了并不反感。"

"我看到了。"她说,"我看到它先是用左角,又换成右角抵了进去。"

"你还真行!"

那头犍牛倒了下来,它的脖子往外伸着,脑袋扭曲着,怎么倒的就怎么躺着。突然,那头公牛撇下它,又朝另一头犍牛冲去。那头犍牛原本远远地站在一边,摇晃着脑袋看着眼前发生的一切。此时它挺不自在地跑了起来,然后那头公牛就赶上了它,用犄角轻轻地划了一下它的侧腹;然后就把头扭开,抬头看着墙上的人群,脊背上的肌肉块块隆起。那头犍牛走上前来,作势要闻它,公牛则马马虎虎地用犄角抵了一下。随后它也闻了闻那头犍牛,接下去这两头牛就小跑着去找那第一头入场的公牛。

第三头公牛放进场的时候,前面那两头公牛和一头犍牛已经头并头地站在一起,犄角都朝向那新来者。不过不出几分钟,那犍牛就跟那新来的公牛套上了近乎,将它安抚住,四头牛都结成了一帮。等最后两头公牛也进栏后,整个牛群也就集结完毕。

先前被抵伤的那头犍牛已经站了起来,现在靠着石墙站着。再

---

① 西班牙语:公牛。

也没有公牛想要攻击它,它也并不想加入牛群。

我们随着人群从墙上爬下来,透过牛栏石墙上的窥孔最后看了公牛一眼。它们现在都安静了下来,脑袋低着。出来后我们搭乘了辆马车回到咖啡馆。迈克和比尔比我们晚了半小时,他们在路上已经停下来喝了好几回酒了。

我们都在咖啡馆里坐着。

"这桩买卖可实在是不同寻常。"布蕾特说。

"最后那几头能跟第一头一样斗得那么好吗?"罗伯特·科恩问,"它们看来一下子就能安静下来。"

"它们都挺熟的。"我说,"它们只有在单独一头,或者两三头碰到一起的时候才会很危险。"

"你说的危险是什么意思?"比尔说,"在我看来它们都很危险。"

"它们只有在单独一头的时候才想伤人。当然了,你要是走到牛栏里面,你也许会把其中一头从牛群里引出来,那它肯定会很危险。"

"这也太复杂了。"比尔说,"你可千万别把我从大伙儿当中给引出去啊,迈克。"

"要我说,"迈克说,"他们都是好样的,你说是不是?你没看见它们的犄角?"

"可不是。"布蕾特说,"我原来都不知道牛犄角到底什么样。"

"你没见把犍牛抵伤的那头公牛?"迈克问,"那可真叫不同凡响呢。"

"当一头犍牛也太没劲儿了。"罗伯特·科恩说。

"你竟然这么想?"迈克说,"我原以为你会喜欢当头犍牛呢,罗伯特。"

"你这话什么意思,迈克?"

"它们过着这么闲适的生活。它们从来一句话都不说,还有它们总是在你周围转悠。"

我们都很尴尬。比尔笑了。罗伯特·科恩大怒。而迈克兀自往下说。

"我确实觉得你会好这一口呢。你从来都没必要吭一声。来呀，罗伯特。说句话呀，别在那儿干坐着呀。"

"谁说我一声不吭，迈克。我说了呀，不记得了？我说过犍牛来着。"

"哦，再说点别的。说点好玩的。你没见我们全都开心得很吗？"

"到此为止，迈克。你醉了。"布蕾特说。

"我没醉。我是认真的。罗伯特·科恩真打算跟头犍牛似的整天围着布蕾特转悠吗？"

"闭嘴，迈克。拜托你表现出点教养来。"

"去他娘的教养。说起来了，除了那些公牛，谁又有任何一点教养了？那些公牛多可爱呀。你怎么能不喜欢它们呢，比尔？你干吗不说句话，罗伯特？别坐在那儿像是参加葬礼似的。就算是布蕾特真跟你睡了又能怎么样？跟她睡过的男人多了去了，可是全都比你强。"

"闭嘴。"科恩说着站了起来，"闭嘴，迈克。"

"哦，你别站起来摆出一副要揍我的架势。这对我没什么两样。跟我说说，罗伯特。你干吗像头可怜的犍牛一样老围着布蕾特转悠？你难道不知道你不受待见吗？人家要是不待见我，我会知道的。人家不待见你，你怎么就跟块木头一样莫知莫觉呢？你跑到圣塞瓦斯蒂安去就不招人待见，还像头该死的犍牛一样围着布蕾特转悠。你觉得这么做合适吗？"

"闭嘴。你醉了。"

"也许我是醉了。你干吗就不醉一醉呢？你为什么从来就不醉一醉呢，罗伯特？你明知你在圣塞瓦斯蒂安不会有好日子过，因为我们的朋友没有一个肯邀请你参加他们的任何一次派对。你可不能苛责人家。你能吗？是我请他们这么做的。他们怎么会邀请你呢。现在你知道不能苛责人家了吧？好，回答我。你能苛责人家吗？"

"见你的鬼吧，迈克。"

"我不能苛责人家。你能吗？你干吗老跟在布蕾特屁股后头转悠？你有点起码的礼貌没有？你有没有想过你这么做我会有什么感受？"

"由你来谈论文明礼貌倒是妙得很嘛。"布蕾特说，"你的举止可真叫彬彬有礼呢。"

"走吧，罗伯特。"比尔说。

"你跟在她屁股后头转悠什么？"

比尔站起来，拉住了科恩。

"别走。"迈克说，"罗伯特·科恩还要给咱们买酒喝呢。"

比尔拉着科恩走了。科恩的脸色蜡黄。迈克继续说个没完。我安坐着听了一会儿。布蕾特满脸厌恶。

"我说，迈克，你没必要搞得自己像头蠢驴嘛。"她打断他的话头，"我倒不是说他说得不对，你知道。"她转身对我说。

迈克说起话来不再那么情绪化了。我们重新又做回了朋友。

"我其实没像听起来醉得那么厉害。"他说。

"我知道你没那么醉。"布蕾特说。

"咱们当中没有一个完全清醒的。"我说。

"不过我说的话倒是句句当真。"

"可你也表达得太恶劣了。"布蕾特哈哈大笑。

"不过他确实是头蠢驴。他跑到圣塞瓦斯蒂安，可在那儿谁都不待见他。他整天跟在布蕾特屁股后头，可又只满足于色眯眯地盯着她看。真让我恶心。"

"他的行径确实非常恶劣。"布蕾特说。

"跟你这么说吧。布蕾特过去确实跟不少男人干过不少风流事。她把一切都告诉我了，她还把科恩这位老兄写给她的信拿给我看。我看都不看。"

"你还真他妈高尚得很嘛。"

"不，听我说，杰克。布蕾特是跟不少男人搞过，可里面从来就没有一个犹太人。再者说了，他们事后也绝对没有谁还跑来纠缠不清的。"

"都他妈是好汉。"布蕾特说，"说这些真是腻味透了。迈克跟我之间是有充分了解的。"

"她给我看罗伯特·科恩的信，可我看都不看。"

"你谁的信都不看，亲爱的。你连我的信都不看。"

"我看不来信。"迈克说，"很滑稽，是不是？"

"你什么都看不了。"

"不对。你这话就不对了。我看了不少书呢。我在家待着的时候就看书。"

"你再往下还会写作呢。"布蕾特说，"好了，迈克。振作一下。你必须得坚持到底，他在这儿，这是个事实。可别把狂欢节给糟蹋了。"

"好吧，可是得让他放规矩点。"

"他会的。我来跟他说。"

"你跟他说去，杰克。告诉他，要么放规矩点，要么滚蛋。"

"是呀。"我说，"由我来告诉他这个可真是太妙了。"

"来，布蕾特，跟杰克说说罗伯特称呼你什么来着。那可真是妙不可言，你知道。"

"哦，不。我不能说。"

"说吧。大家都是朋友嘛。咱们大家不都是朋友吗，杰克？"

"我不能告诉他。太可笑了。"

"我来告诉他。"

"别介,迈克。别当傻瓜。"

"他叫她迷人精①。"迈克说,"他说她能把男人都变成猪。真他妈够妙的。真希望我也是个酸腐文人呢。"

"他还真挺行,你知道。"布蕾特说,"他信就写得很好。"

"我知道。"我说,"他还从圣塞瓦斯蒂安给我写过信。"

"那不算什么。"布蕾特说,"他能写出好玩极了的信来。"

"她还让我写那种信呢。就假定她生了病。"

"我是病得不轻嘛。"

"好了,好了。"我说,"咱们得回去吃饭了。"

"我可怎么再见科恩呢?"迈克问。

"你就只当什么事都没发生过。"

"这在我倒没什么。"迈克说,"我脸皮厚着呢。"

"他要是说什么,就说你喝醉了。"

"得令。滑稽的是我真觉得我是醉了。"

"走吧。"布蕾特说,"这些毒得死人的东西都付过钱了吗?饭前我得洗个澡。"

我们穿过广场。天黑了下来,广场周围一圈的亮光都是拱廊底下各家咖啡馆的灯光。我们通过树下的砾石路,走回旅馆。

他们上楼去了,我则停下来跟蒙托亚说上几句话。

"你说,你觉得这几头公牛怎么样?"

"不错。都是很不错的牛。"

"它们还行,"托亚摇了摇头,"可并不特别好。"

"它们哪儿叫你看不上了?"

"这也说不上。就是觉得它们不太好。"

"我明白你的意思。"

---

① 原文是 Circe,直译应是喀耳刻,是《荷马史诗·奥德赛》中将人变成猪的女妖。

"它们还行。"

"是呀。它们还行。"

"你那几位朋友觉得怎么样?"

"他们都觉得很不错。"

"那就好。"蒙托亚说。

我上了楼。比尔正在他的房间里,站在阳台上眺望广场。我在他身边站定。

"科恩呢?"

"在楼上他自己的房间里。"

"他觉得怎么样?"

"自然是糟糕透了。迈克也太恐怖了,他醉了以后真是可怕。"

"他没那么醉。"

"还说他不醉。我知道到咖啡馆前我们在路上喝了多少酒。"

"过后他就清醒了。"

"好吧。他确实可怕。我并不喜欢科恩,上帝知道,而且我认为他跑到圣塞瓦斯蒂安去真是丢人现眼的蠢行,可任凭谁也没权利像迈克那么讲话呀。"

"你觉得公牛怎么样?"

"很棒。他们把公牛放出来的方式太棒了。"

"明天放的是米乌拉的公牛。"

"狂欢节什么时候开始?"

"后天。"

"咱们得盯住迈克,别让他喝得太醉,他那套玩意儿太可怕了。"

"咱们还是梳洗一下准备吃饭吧。"

"对。这顿饭可有得好吃了。"

"可不是?"

事实上,那顿饭确实吃得挺不错。布雷特穿了件黑色无袖的晚妆裙子。看起来真漂亮。迈克表现得就跟什么事都没发生过。我不得不跑上楼去把罗伯特·科恩拉下来。他表现得很矜持、拘礼,他仍然是蜡黄的脸色,还紧绷着,不过最终还是高兴起来了。他情不自禁地盯着布蕾特看个没完,仿佛这就能让他感到幸福。看到她这么可爱,知道自己竟然跟这么可爱的她一起出游过,而且大家都知道了这件事,他想必是很开心,他跟布蕾特的这种特殊关系是谁都抢不去了。比尔表现得很风趣,迈克也不遑多让。他们凑在一块儿正投脾气。

这情形就跟我记忆中的几次战时的晚餐挺像的。有大量的酒,有一种故意置之不理的张力,还有一种要发生的事终究会发生的预感。酒醉之余,我那种厌烦的情绪也终究烟消云散,我终于也快活了起来。醉眼望去,大家也都显得可亲可爱了。

第十四章

　　我不知道自己什么时候上的床。我记得我脱了衣服,披上件浴衣,在阳台上站了好一会儿。我知道我醉得不轻,从阳台上进屋后我就打开床头灯,开始看书。我看的是屠格涅夫的一本书,也许我把同样的两页反反复复看了好几遍。那是《猎人笔记》中的一个短篇。我以前看过,可感觉非常新鲜。俄罗斯的乡野历历如在眼前,我脑袋里的压迫感似乎也松弛下来。我醉得厉害,这时候我不想把眼睛闭上,因为一闭上眼睛,整个房间就会旋转个没完。如果我坚持看一会儿书,那种感觉就能过去。

　　我听到布蕾特和罗伯特·科恩上楼的声音。科恩在门外道了晚安,继续上楼回自己的房间。我听见布蕾特走进隔壁的房间。迈克已经上床了,他是一小时前跟我一起上来的。布蕾特进去的时候他醒了,两人说着话。我听见他们笑了,就我把灯关掉,努力想睡着。书没必要再看下去了。我闭上眼睛已经没有那种天旋地转的感觉,可我还是睡不着。没道理因为熄了灯,你看问题的角度就跟亮着灯的时候有什么不同。去他娘的没道理!

　　我一度曾经把这一切都想明白过的,有六个月时间,我一关了灯就没法入睡。这又是另一个亮了灯的想法。还是跟女人一起都见鬼去吧。还有你,布蕾特·阿什利,也一起见鬼去吧。

女人能成为很棒的朋友，一级棒的朋友。为了奠定友谊的基础，首先你得爱上这个女人。布蕾特一直以来都是我的朋友。我可从来没有站在她的立场上想过。我以前一直在毫无付出的情况下索取着。那无非是把账单送来的时间推迟几天罢了，可账单迟早总会送到的。这也是你能指望得上的一桩好事。

我以为我已经把一切账目都偿清了。不像女人那样，还呀，还呀，一直还不完。根本没想到过还会有报应和惩罚。以为不过是等价交换罢了。你放弃点什么就能得到点别的什么。或者你为了得到什么而努力工作。为了得到任何有点好处的东西，你都得以某种方式付出点代价。我以我的方式付出了代价，得到了不少我喜欢的东西，所以我日子过得还蛮不错。你付出的方式要么是通过好好学习，要么是靠你的经验积累，要么就是靠逮住机会，再或者就是靠金钱。享受生活就是要学会如何把钱花得值，而且花得值的时候要懂得享受。你是可以把钱花得很值的。这个世界是个很好的市场，可供购买。这看似一种不错的人生哲学。可是我想，再过五年，它也就跟我曾经秉持过的其他高明的人生哲学一样，显得其傻无比了吧。

不过，也许还不至于如此。也许你一路走来，确实学到了点东西。我不在乎学到的到底是什么，我只想知道如何在其中生活。也许在你懂得了如何在其中生活的时候，也就明白你学到的到底是什么了。

不过，我希望迈克对科恩的态度不要这么恶劣。迈克是个坏酒鬼。布蕾特是个好酒鬼。比尔也是个好酒鬼。而科恩从来不会喝醉。迈克喝过了一定量以后就让人讨厌了。我高兴看他伤害科恩，可我又希望他不要这么做，因为过后这会使我厌恶自己。这就是道德吧，有些事事后会让你厌恶自己。不，这一定是不道德。这可真是个宏大叙事啊。我在夜里可真会胡思乱想呢。胡说八道，我耳边响起了布雷特的这句口头禅。真是胡说八道！你跟英国人混在一起，你就会习惯于用英国人的措辞来思维。英国人的口语语汇——至少是上流社会的英国人——一定比爱斯基摩语还少些。当然了，我对爱斯基摩语一无所知。爱斯基摩语说不定还是门优美的语言呢。就拿彻罗基语①来说吧。我对彻罗基语也一无所知。在英国人嘴里，同一个成语，换个语调也就换了种意思。一个成语能表达无数意思。不过，我喜欢他们。我喜欢他们讲话的方式。就拿哈里斯来说吧。哈里斯还算不上属于上流社会。

我再次把灯打开，继续看书。还看屠格涅夫。我现在是知道了，要是在喝了太多白兰地以后，在我的意识过于敏感的情况下看书，我就会过目不忘，而且过后我会觉得书中的描写就如同亲身经历过一般。我会终生不忘。这又是一件你付出代价就能获得的好事。快到天光放亮时，我才沉入梦乡。

接下来的两天里，我们在潘普洛纳平静无事，没有再发生口角。整个城市都在为狂欢节做准备。工人们在边街小巷前面树起门柱把路挡住，为的是早上把牛从牛栏里放出来，让它们通过街道朝斗牛场跑去的时候不会走失。工人们挖好坑，埋好木桩，每个桩上都标着号，该插哪儿就插在哪儿。城外的高冈上，斗牛场的雇工们在训练斗牛士骑的马匹，骑着四条腿僵直的马匹在斗牛场后面被太阳晒得铁硬的土地上飞奔。斗牛场的大门也被打开了，里面在打扫看台。斗牛场地重新碾压平整，洒了水，木匠们在更换斗牛场栅栏上不结实的和开裂的木板。站在碾压平整的沙地边上，抬头望去就是空荡荡的看台，可以看到几个老婆子在清理包厢。

斗牛场外，自城区最外围的那条街道直通至斗牛场入口的栅栏已经安装到位，形成一道长长的围栏。斗牛开始的第一天清晨，人

---

① 彻罗基人是北美印第安人的一支，彻罗基语属印第安语群易洛魁语组。

群将在牛群的追赶下从这道围栏里奔过来。将要开设牛马集市的平地对面，吉卜赛人已经在树下扎下帐篷。卖葡萄酒和土酿白兰地的小贩也正在搭他们的货摊。一个货摊上打出 ANIS DEL TORO① 的大字广告。布制的横幅在烈日下悬挂在板壁上。不过在城市中心的大广场上还没什么变化。我们安坐在咖啡馆露台的白色柳条椅子上，望着一辆辆公共汽车先后到站，下来一批批从乡下来城里赶集的农民，又望着一辆辆公共汽车开出站去，将一车车的农民载回乡下，他们身边的马褡裢塞满了在城里买到的物品。除了鸽子和一个用软管为砾石铺就的广场洒水、冲洗街道的工人之外，广场上唯一可见的就是那一辆辆高大的灰色公共汽车了。

晚上的活动就是 paseo②。晚饭后一个钟头以后，所有俊俏的姑娘、驻地的军官、城里所有的时髦人士统统来到广场那边的大街上散步，咖啡座上则坐满了用过晚饭之后的常客。

早上我通常坐在咖啡馆里，看看马德里出的几份报纸，然后就步行进城或是下乡去溜达。有时比尔跟我同去，有时他则在房间里写信。罗伯特·科恩早上学习西班牙语或者抓住机会跑到理发店里去修面。布蕾特和迈克中午之前根本起不来床。我们都在咖啡馆里喝苦艾酒。日子过得很是平静，没有人再喝醉。我去过一两次教堂，一次是跟布蕾特一起去的。她说想听听我怎么忏悔，不过我告诉她这不但做不到，就算做得到也没有听起来那么有趣，除此之外，就算我忏悔，所用的语言还是她完全听不懂的。我们一出教堂就碰上了科恩，虽说他显然是一直在我们屁股后头跟过来的，不过他非常开心又非常友善，我们仨就一道出城溜达到吉卜赛人的营地那儿去看野眼，布蕾特还让吉卜赛人给她算了命。

那天早上风和日丽，山峰之上高高地飘着白云。夜里下过一点

① 西班牙语：公牛茴香酒。
② 西班牙语：散步，漫步。

雨，高冈之上给人清新凉爽的感觉，而且眼前的景色美不胜收。我们都觉得心情舒畅，而且感觉自己非常健康，科恩在我眼里都显得可亲可爱起来。在这样的一个日子里，没有任何事情会让你有一丝一毫的烦恼。

这就是狂欢节前的最后一天。

第十五章

7月6号,星期天中午,狂欢节"炸了锅"。除此以外,没有别的词可以形容。一整天里,大家不断地从乡下赶到城里,不过马上又在城里四散开来,并不引人注意。烈日之下的广场就跟平常的日子一样安静。进城的农民们都在那些偏远的小酒店里呢。他们在那里喝酒,准备参加狂欢节。他们才从平原和山区进得城来,价值观需要慢慢调整。他们一开始可受不了咖啡馆里的要价,在那些小酒店里才觉得钱能顶钱用。金钱对于他们来说仍然意味着劳作了多长时间和售出了多少蒲式耳粮食。等到了狂欢节渐入佳境的时候,他们也就不在乎花多少钱,或者钱花在什么地方了。

现在,在圣费尔明节开始的这一天,他们一大早就已经来到了窄街陋巷里的小酒店。我早上穿过几条街道去望弥撒的路上,听到敞着门的各家酒店里传出他们的歌声。他们是在热身呢。十一点钟的弥撒有很多人。圣费尔明节也是个宗教节日[①]。

我从大教堂走下山来,顺着大街回到广场上的咖啡馆。马上就到中午了。罗伯特·科恩和比尔正在一个咖啡座上坐着。大理石面的咖啡桌和白色的柳条椅都不见了,取而代之的是铸铁桌子和简陋的折叠椅。咖啡馆活像一艘轻装简行马上要上阵的战舰。今天的服

---

① 圣费尔明节原是为纪念潘普洛纳的第一位主教圣费尔明而设立的。

务生也不会再听凭你看一上午的报纸而不来问你还有什么需要了。我一坐下来，就有一个服务生走上前来。

"你们在喝什么？"我问比尔和罗伯特。

"雪利酒。"科恩说。

"Jerez①。"我跟服务生说。

还没等服务生把酒拿来，宣告狂欢节开张的焰火弹就从广场上腾空而起。焰火弹在空中炸开，一朵灰色的烟云高悬在广场对面加亚雷剧院的上空。那朵烟云悬在空中就像是一枚炸开的榴霰弹，我正在观看的当口，另一颗焰火弹又蹿上了天，在明亮的天光下吐出缕缕青烟。我眼看着它炸开，骤然间耀目生辉，然后又形成另一朵小小的烟云。到第二颗焰火弹炸开的时候，拱廊下已经挤满了人，而一分钟前那里还空荡荡的。给我上酒的服务生把酒瓶子高高举过头顶，好不容易才挤过人群，来到我们桌前。人们从四面八方涌入广场，大街上远远传来簧管、横笛和鼓点。他们是在演奏 riau-riau② 舞曲，笛声尖锐，鼓点咚咚，他们后面就是一路舞过来的男人和男孩。横笛停歇，他们就都在街上蹲下，而当簧管和横笛的锐声再起，平板、单调、空洞的鼓点再次敲响时，他们全都一跃而起，开始舞动。你只能看到他们的头和肩膀在人群里一起一伏。

广场上有一个人，正弯着腰在吹一根簧管，有一帮孩子跟在他后头不停地嚷嚷，还拉扯他的衣角。他走出广场，孩子们仍紧跟不舍，他就一路给他们吹着经过咖啡馆，走进了一条边街。他边吹边走，路过我们身边，孩子们黏着他嚷嚷，拉扯他衣服的时候，我们

---

① 西班牙语：雪利酒。
② "riau-riau" 是 1914 年作为一项反对市政当局的抗议活动首次出现的：当地的年轻人按照 "Astrain 华尔兹" 的调子高声齐唱 "riau-riau"（想来应该就是拟声，表示来劲、起哄吧），试图半路拦截这些政府官员。于是粗豪的 "riau-riau" 就成了跟优美的晚祷曲分庭抗礼的民间音乐狂欢。在开始的几十年间，"riau-riau" 一般持续一个小时，后来持续的时间则越来越长，最终在 1991 年因暴力和激进组织的干涉而被暂停举行，1996 年曾尝试恢复而未果。

看到了他那张毫无表情、长满痘疤的脸。

"他一定就是村里的傻子。"比尔说,"我的上帝!看那边!"

沿街过来了一大帮舞者。整条大街都给这些舞者挤得满满的,都是男性。他们都跟在自己的笛手和鼓手后头,合着音乐的节拍舞动。他们都是某个俱乐部的会员,全都穿着工人的蓝色罩衣,脖子上系一条红色手帕,而且用两根旗杆挑着一面大旗。他们在人群的簇拥下一路舞过来的时候,那面大旗也随着他们的舞步上下舞动。

大旗上写着几个大字:"葡萄酒万岁!外国人万岁!"

"外国人在哪儿呢?"罗伯特·科恩问。

"咱们不就是外国人吗?"比尔说。

焰火弹一刻不停地发射。咖啡座上座无虚席。广场上又空了下来,大家都跑到各家咖啡馆里去了。

"布蕾特跟迈克呢?"比尔问。

"我去找找他们。"科恩说。

"把他们带到这儿来。"

狂欢节真正开始了。它将昼夜不息地持续整整七天。热舞、狂饮、喧嚷,一刻不停。种种只能发生在狂欢节上的活动尽情地发生着。最后,一切都会变得超现实起来,仿佛不论你干出什么事来都不必承担后果。在狂欢节期间还去计较什么后果,就显得太不搭调了。在狂欢节的全过程当中,你都有这种感觉:哪怕是在安静的间歇,你为了让人听见都得用喊的。而一举一动都会有同样的感觉。这就是传说中的狂欢节,而且它要持续整整七天。

下午是盛大的宗教游行。圣费尔明的塑像被从一个教堂抬到另一个教堂。市政和宗教界的权贵全都会参加游行。我们看不到他们,因为人实在是太多了。正式的游行队伍前后是唱对台戏、大跳 riau-riau 舞的年轻人。有一帮穿黄衬衫的人在人群中前前后后地穿梭舞动。所有的边街和路牙子上都结结实实地挤满了人,透过水泄不通的人群,我们唯一能看到就是游行队伍里那些高大的巨人模拟像：几个雪茄烟店前的印第安人，有三十英尺高；几个摩尔人，一位国王和王后，这些模拟像合着 riau-riau 的音乐旋转，庄严地跳着华尔兹。

权贵们陪侍圣费尔明塑像进入礼拜堂后，抗议的人群都站在门外等着，同样留在门外的还有一队担任保卫任务的士兵和那些巨人模拟像，原来在它们肚子里跳舞的舞者就站在停放在地上的架子边上；有几个侏儒，身上隆起骇人听闻的巨大肿块，在人群里穿来穿去。我们走进礼拜堂，里面有股香火味道，人们鱼贯而入，可布蕾特因为没戴帽子，刚进了门又被拦下了①。于是我们又得从里面再出来，顺着从礼拜堂通城里的大街往回走。街道两边的路牙子上仍旧站满了人，大家各自守住自己的老地方，等着看游行队伍返回。有几位舞者围着布蕾特形成一个圆圈，开始跳起舞来。他们脖子上都围着白色大蒜头编成的"花环"。他们拉起比尔和我的手，把我们也拉进跳舞的圆圈。比尔也跳了起来。他们还齐声高唱。布蕾特也想跳舞，可他们不让她跳。他们想把她作为一个偶像来围着她跳。歌曲以刺耳的 riau-riau 声结束。然后他们就拥着我们进了家酒店。

我们在柜台前站下。他们让布蕾特坐在一个葡萄酒桶上。酒店里光线很暗，满是唱歌的人、而且是直着嗓门唱歌的男人。他们自己跑到柜台后面从酒桶里汲酒。我把酒钱放下，可有个人拿起来又塞回了我的口袋。

"我想要个皮酒袋。"比尔说。

"这条街上就有个地方卖。"我说，"我去买两个来。"

舞者们不想放我出去。他们当中有三个人靠着布蕾特坐在高高的葡萄酒桶上，正教她怎么从皮酒袋里喝酒。他们已经在她脖子上也挂了一串大蒜头。有个人坚持要塞给她一杯酒。有人在教比尔唱

---

① 传统上讲，欧洲不鼓励光着头的女性进入教堂。

一首歌，冲着他的耳朵唱。在他的背上打拍子。

我跟他们解释说我去去就来。到了外头，我沿街寻找那家做皮酒袋的店。人行道上挤满了人，很多店铺的百叶窗都放了下来，我找不着那家店了。我一直走到教堂，街道两边都找遍了。无奈之下我问了个人，他拽着我的胳膊一直把我领到那家店门前。百叶窗虽然关下，不过店门还开着。

店里面一股子新鞣制的皮子和热焦油的气味。有个人正往做好的皮酒袋上印花呢，皮酒袋成捆地从房梁上挂下来。他取下一个，往里吹足了气，把喷嘴拧紧，然后就跳上酒袋。

"看！一点不漏。"

"我还想要一个。要大个儿的。"

他从房梁取下一个足可以装一加仑或者还不止的大个儿酒袋。他往里吹气的时候，两个腮帮子鼓得比酒袋子还高，然后他扶着把椅子站在 bota[①] 上。

"你干什么用？拿到巴约讷卖掉？"

"不。就拿来盛酒喝。"

他拍了拍我的后背。

"有种。两个一共八比塞塔，最低价了。"

那个一边往新酒袋上印花一边把酒袋子攞成一堆的人停下手里的活。

"这话不假。"他说，"八比塞塔是便宜。"

我付了钱，出来，沿街回到先前那家酒店。里面更黑了，挤得要命。我没看到布蕾特和比尔，有人说他们在里屋呢。柜台上的姑娘把我那两个酒袋都灌满了。小的装了两升，大的装了五升。酒钱总共合三比塞塔六十生丁。柜台前有个人，我见都没见过的，一心想替我付酒钱，不过终于还是我自己付了。想替我付酒钱的这位朋

---

① 西班牙语：酒袋。

友又买了杯酒请我。他坚决不肯让我回请他,不过说他愿意从我的新酒袋里喝一口漱漱口。他把那个五升的大个儿酒袋倒过来,用手一挤,一条酒线就直滋进他的喉咙。

"挺不错。"他说,把酒袋递还我。

在里屋,布蕾特和比尔坐在酒桶上头,被一群舞者团团围住。大家的手臂都相互搭在彼此的肩头,而且齐声高歌。迈克则跟几个只穿着衬衣的人围坐在一张桌子边上,从一个碗里吃碎洋葱和醋浸的金枪鱼。他们一边喝酒,一边拿面包片蘸着碗里的油和醋汁大快朵颐。

"嗨,杰克,嗨!"迈克叫道,"过来。认识一下我这几位朋友,我们正在吃开胃菜呢。"

迈克把我介绍给桌边的几个人。他们都自报家门,并叫人去给我拿把叉子。

"别吃人家的东西了,迈克。"布蕾特从酒桶上喊道。

"我可不想把你们的东西都给吃光了。"有个人递给我叉子的时候,我说。

"吃吧。"他说,"你以为东西摆在这里是干吗的?"

我把那个大个儿酒袋的喷嘴拧开,请大家依次喝一轮。每人都把胳膊伸直,把酒袋倒过来喝了一口。

透过屋里的歌唱,能听到外面传来游行队伍经过的音乐声。

"是不是游行队伍过来了?"迈克问。

"Nada①。"有人说,"没啥。干了,把酒瓶子举起来。"

"他们在哪儿找到你的?"我问迈克。

"有人把我带这儿来的。"迈克说,"他们说你们在这儿。"

"科恩呢?"

"他晕过去了。"布蕾特喊道,"他们把他弄到什么地方去了。"

---

① 西班牙语:哪里,没有的事。

"弄哪儿了?"

"我不知道。"

"我们怎么知道。"比尔说,"他大概已经死了。"

"他没死。"迈克说,"我知道他没死。他只是喝了 Anisdel Mono①,被灌晕了。"

他说到 Anisdel Mono 的时候,在座的一个哥儿们抬头看了看,然后从他的罩衣里面掏出一瓶酒来,递给我。

"不。"我说,"不喝了,谢谢啦!"

"喝吧!喝吧! Arriba②!把酒瓶子举起来!"

我喝了一口。这酒有种甘草味儿,一路暖烘烘地往下走。我都能觉出它在我胃里暖烘烘地烧着。

"科恩到底在哪儿?"

"我不知道,"迈克用西班牙语问道,"我来问问。那个喝醉了的伙计哪儿去了?"他用西班牙语问道。

"你想去看看他?"

"是。"我说。

"不是我。"迈克说,"是这位先生。"

请我喝 Anisdel Mono 的哥儿们抹了抹嘴巴,站了起来。

"跟我来。"

在另一间里屋里,罗伯特·科恩很安稳地睡在几个酒桶上。屋里太暗,几乎看不见他的脸。他们还拿一件外套盖在他身上,把另一件外套团起来给他枕在脑袋底下。他脖子上也套了串大蒜头,在胸前窝着。

"让他睡吧。"那人悄声说,"他没事儿。"

两个小时以后,科恩出现了。他走进前屋,脖子上还挂着那串

---

① 西班牙语,字面意思是"猴子的茴香酒",是西班牙一个广受欢迎的茴香酒品牌。
② 西班牙语:举起来。

大蒜头。那帮西班牙人看到他进屋都大喊大叫地表示欢迎。科恩揉了揉眼睛，咧嘴笑笑。

"我肯定是睡着了。"他说。

"哦，根本就没有。"布蕾特说。

"你只是死过去了。"比尔说。

"咱们不去吃点晚饭吗？"科恩问。

"你想吃？"

"是呀，干吗不吃？我饿了。"

"把那些大蒜头吃了，罗伯特。"迈克说，"我说，一定得把那些大蒜头给吃了。"

科恩站在那儿没动弹。他这一觉睡得酒意全消了。

"咱们还是去吃饭吧。"布蕾特说，"我得洗个澡。"

"走吧。"比尔说，"咱们把布蕾特送回旅馆。"

我们跟一大帮人道了再见，又跟这一大帮人一一握手后走出酒店。外面都黑了。

"你们估摸着现在该有几点了？"科恩问。

"已经是第二天了。"迈克说，"你这一睡就是两天。"

"不会的。"科恩说，"到底几点了？"

"十点钟。"

"我们喝得可真多。"

"你是说我们喝得可真多吧。你早就睡觉去了。"

沿黑暗的街道往旅馆走的一路上，不断看到广场上升起的焰火弹。从通广场的边街一眼望去，但见广场上挤得满满的，中央部分的人都在跳舞。

旅馆里的晚餐非常丰富。这是因为狂欢节菜价涨了一倍的第一顿晚餐，又新添了几道新菜。饭后我们又来到外面。我记得曾决心彻夜不眠，等着看第二天早上六点公牛奔过街道的盛况，可后来实在太困了，就在四点左右上了床。他们几个倒是一直坚持着没睡。

我自己的房间锁着，我又找不着钥匙，于是就上楼睡到了科恩房间里的一张床上。外面的狂欢活动仍在继续，不过我实在太困了，再怎么热闹我也坚持不住了。我是被焰火弹的炸开声惊醒的，这是宣告从城市边缘的牛栏放牛入城的信号。牛群将奔过城里的大街，进入斗牛场。我刚才睡得很沉，醒来的时候以为太晚了。我赶紧穿上件科恩的外衣，跑到外面的阳台上。底下的那条边街上竟然空空荡荡，而所有的阳台上都挤满了人。突然，有群人来到街上，大家挤作一团，都在跑。他们从我面前跑过，沿街朝斗牛场奔去。他们后面又冒出一群人来，跑得更快。再后面就是几个掉队的，那真是玩命飞奔了。人群过后有一小段空隙，再后面就是摇头晃脑、飞奔而至的公牛群。人群和牛群瞬间已经全都在拐角处失掉了影踪。有个人摔倒在地，滚进了路边的沟里，动都不动了。但公牛们径自直冲过去，根本没注意到他。它们都连成一片，成群奔跑。

它们跑出我们的视线以后，斗牛场就传来一阵惊天动地的吼叫。而且叫声经久不息。最后有一颗焰火弹升空炸开，说明牛群已经在斗牛场冲过人群，进入牛栏。我回到房内，又上了床。刚才我一直都光脚站在阳台上。我知道他们几个肯定都跑到斗牛场去了。上床后我又睡着了。

科恩进门后把我叫醒了。他开始脱衣服，然后走过去把窗户关上，因为街道对过的阳台上有人正朝我们屋里看。

"看到表演了？"我问。

"是呀。我们都在呢。"

"有人受伤吗？"

"有一头公牛冲进人群，挑翻了七八个人。"

"布蕾特感觉如何？"

"事情发生得太过突然,大家还都来得及感觉不安呢。"

"我要是没睡就好了。"

"我们都不知道你哪儿去了。我们去过你的房间,可是锁着。"

"你们都在哪儿待着的?"

"在某个夜总会跳舞来着。"

"我是困了。"我说。

"我的上帝!我现在才叫困呢。"科恩说,"这一套就没有个完结了吗?"

"一星期以内是完不了了。"

比尔把门打开,探头进来。

"你上哪儿去了,杰克?"

"我在阳台上看公牛奔过去。觉得怎么样?"

"太棒了。"

"你要去哪儿?"

"去睡觉。"

中午前谁都没起床。后来饭是在摆在拱廊底下的餐桌上吃的。城里到处都是人,得等座位。午饭后我们去了伊鲁涅。咖啡馆里也是人满为患,而且离斗牛开场的时间越近,人就越多,桌子之间的间距也被挤得越来越近。现如今,每天在斗牛开场之前都会出现这么一种切近、拥挤的嘈杂声。咖啡馆里在别的时间段从来没有过同样的噪声,不管挤到什么程度。这种特别的嘈杂持续不断,我们也身处其中,是里面的一分子。

我每场斗牛都订到了六张票。三张是 barreras[①],场边的头排座位,另三张是 sobrepuertos[②],是有木头靠背的位子,在看台的半中间。迈克觉得布蕾特第一次看斗牛,最好还是坐在高处的位置,科

---

① 西班牙语:斗牛场的第一排观众席。
② 西班牙语:斗牛场看台位于出入口以上的位置。

恩想跟他们坐一块儿。头排的座位就留给比尔和我坐了,我把多余的一张票让服务生拿去卖掉。比尔跟科恩交代了几句该怎么看,还有怎么看才不会把注意力集中在受伤的马匹身上。比尔已经看过一个赛季的斗牛了。

"我倒是不担心自己会受不了。我只怕会觉得无聊。"科恩说。

"你这么想?"

"马被公牛抵伤后,不要去看马。"我对布蕾特说,"注意看公牛如何发动攻击,看执矛手怎么避开攻击,但如果马匹被抵中就别再看了,等它死了以后再说。①"

"我有点紧张。"布蕾特说,"我担心能不能好好地把它看完。"

"你不会有事的。除了马受伤你看了会不舒服,别的就没什么了,而且每头牛跟马的交锋也不过几分钟时间。情况不妙时你别看就行了。"

"她不会有事的。"迈克说,"我会照看她的。"

"我不认为你会觉得无聊。"比尔说。

"我回趟旅馆把望远镜和皮酒袋拿来。"我说,"回头还在这儿碰头。别喝醉了。"

"我跟你一起去。"比尔说。布蕾特冲我们微微一笑。

我们绕道从拱廊底下过去,免得挨晒。

"我真受不了那个科恩。"比尔说,"他那种犹太人的自以为是简直太过分了,他竟然以为他从斗牛中唯一能感受到的情绪就是无聊。"

"到时候咱们拿望远镜观察观察他。"我说。

"哦,去他娘的吧!"

"他在那儿可是待了不少时间了。"

"他就待在那儿好了。"

在旅馆的楼梯上,我们碰到了蒙托亚。

---

① 用于斗牛的公牛只能用一次,因为牛有较强的记忆力,第二次上场就不如初次凶猛。

"跟我来。"蒙托亚说,"你们想见见佩德罗·罗梅罗吗?"

"好呀。"比尔说,"咱们去见见他。"

我们跟着蒙托亚走上一段楼梯,沿着走廊往前走。

"他在八号房。"蒙托亚解释道,"他们正在着装,准备上场呢。"

蒙托亚敲了下门,把门打开。房间里很暗,只靠窄街的窗户透进点光。有两张床,用修道院里的隔板隔开。电灯亮着,那男孩穿着斗牛服,站得笔挺,板着面孔。他的上衣搭在一把椅子的椅背上,腰带就快束好了。他黑色的头发在电灯底下闪闪发亮。他穿了件白色亚麻布衬衣,持剑侍从为他束好腰带,站起来退在一旁。佩德罗·罗梅罗朝我们点点头,握手时显得拒人千里、非常高贵。蒙托亚说了几句我们是多么铁杆的斗牛迷,我们如何希望他好运的话。罗梅罗听得非常认真,然后他转向我。他真是我平生所见最帅的男孩。

"你去看斗牛。"他用英语说。

"你懂英语。"我说,自觉像个白痴。

"不懂。"他回说,微微一笑。

床上一直坐着三个人,这时有一个走上前来问我们会不会讲法语。"要不要我来为你们翻译?你们有什么想问佩德罗·罗梅罗的吗?"

我们谢了他。你又有什么好问的呢?这男孩才十九岁,除了他的持剑侍从和那三个食客以外,就他孤身一人,而且再过二十分钟斗牛就正式开始了。我们祝他"Mucha suerte[1]",跟他握了握手就出来了。我们带上门的时候,他仍站在那儿,身板挺直,英俊不可方物,茕茕孑立,独自跟那几个食客待在一起。

"真是个好样的男孩,你们说是不是?"蒙托亚问。

"确实太帅了。"我说。

"他一看就像个斗牛士。"蒙托亚道,"他就有这个派。"

---

[1] 西班牙语:好运。

"是个好样的男孩。"

"我们就要看到他在斗牛场上的表现了。"蒙托亚说。

我们发现那个大个儿的皮酒袋在我房间里靠墙放着,就拿上它和望远镜,把门锁上,下了楼。

那是场很精彩的斗牛。比尔和我都为佩德罗·罗梅罗兴奋不已。蒙托亚跟我们隔了大约有十个座位的距离。罗梅罗杀死他第一头公牛后,蒙托亚跟我对上了目光,颔首赞许。他是个货真价实的斗牛士,我们已经有很长时间没有见识过货真价实的斗牛士了。至于另外两名斗牛士,一个相当不错,另一个差强人意。可真的没办法跟罗梅罗比,尽管他对付的那两头牛都不怎么厉害。

斗牛进行期间,我有几次拿望远镜看上面的迈克、布蕾特和科恩。他们看起来都不错。布蕾特并没有不安的表现。三个人全都专注地趴在前面的水泥栏杆上。

"望远镜给我看看。"比尔说。

"科恩看起来觉得无聊吗?"我问。

"这个犹太佬!"

斗牛结束后的斗牛场外人山人海,你连步子都挪不动。我们没办法挤出去,只能跟着大部队,就跟冰川一样缓慢地走回城里。我们的心情凄凄惶惶,就跟每次看完斗牛一样,同时又兴高采烈,这是只有在看完一场精彩的斗牛后才会有的感受。狂欢节的活动仍在进行中。鼓点咚咚,笛声尖锐,人流随处都会被一队队舞者阻断。舞者们也都挤作一堆,所以你根本看不到他们那让人眼花缭乱的复杂舞步。你只能看到他们的头和肩膀不断地一上一下,一上一下。我们终于从人流中突围出来,到达了咖啡馆。服务生给另外那几位留了位子,我们每人叫了一杯苦艾酒,看着广场上拥挤的人流和舞者。

"你觉得那是种什么舞?"比尔问我。

"是一种霍塔舞①。"

"他们跳得可是不一样呢。"比尔说,"曲调不同,跳法就两样。"

"这舞很棒。"

就在我们面前,有帮男孩在街上的一块空地上跳着。舞步非常错综复杂,脸上都全神贯注。他们跳的时候都朝下望着自己的舞步。他们的绳底鞋在路面上踢踏作响。他们脚尖相碰,脚跟相碰,再脚趾肚相碰。然后音乐突然间结束,舞步也随着戛然而止,然后再次沿着街道继续跳下去。

"贵族老爷们来了。"比尔说。

他们几个正穿过马路走过来。

"嗨,伙计们。"我说。

"嗨,绅士们!"布蕾特说,"给我们留座儿了?你们可真好。"

"我说,"迈克道,"那个叫罗梅罗还是什么的可真是个人物。我说得可对?"

"哦,他实在太可爱了。"布蕾特说,"还有他那条绿裤子。"

"布蕾特的眼睛就没离开过他那条裤子。"

"我说,明天我一定得借一下你们的望远镜。"

"感觉如何?"

"太奇妙了!完美无缺。我说,真是开了眼了!"

"马呢,感觉怎么样?"

"忍不住还是要看它们。"

"她都没办法把眼睛从它们身上挪开。"迈克说,"她可是个不同凡响的娘们。"

"这些马儿的遭遇确实是够惨的。"布蕾特说,"可我就是忍不住

---

① 霍塔舞是西班牙北部,特别是阿拉贡省的一种传统的求爱舞蹈,舞者高举双臂,打着响板,随着吉他或是歌声的伴奏活泼跳跃的舞步。霍塔舞跟方丹戈舞十分接近,可能是从阿拉贡流传开来的丰收舞,虽然传说这种舞是被放逐的摩尔诗人霍特从安达露西亚传到北方的。

要看。"

"你感觉还好？"

"我一点都没觉得不舒服。"

"罗伯特·科恩觉得了。"迈克插嘴道，"你脸都绿了，罗伯特。"

"第一匹马确实挺让我难受的。"科恩说。

"你没觉得无聊吧，对不对？"比尔问道。

科恩笑了。

"没。我没觉得无聊。希望你能原谅我那样乱讲。"

"没关系啦。"比尔说，"只要你不觉得无聊就好。"

"他看上去倒并没觉得无聊。"迈克说，"不过我当时觉得他都快吐了。"

"没那么严重。只有一小会儿。"

"我是觉得他快要吐了。你不会无聊的，是不是，罗伯特？"

"不说这个了吧，迈克。我已经道过歉了。"

"这话不假，你们知道。他小脸儿都绿了。"

"哦，闭嘴吧，迈克。"

"第一次看斗牛你决不会觉得无聊的，罗伯特。"迈克说，"要不然可真叫糟糕透顶了。"

"哦，你闭嘴吧，迈克。"布蕾特说。

"他说布蕾特是个虐待狂。"迈克说，"布蕾特不是个虐待狂。她只是个可爱的健康的娘们。"

"你是个虐待狂吗，布蕾特？"我问。

"希望不是。"

"他说布蕾特是个虐待狂，不过是因为她有个健全、健康的胃。"

"也健康不了多久了。"

比尔跟迈克谈起了别的话题，不让他老跟科恩过不去。服务生把苦艾酒端了上来。

"你当真喜欢吗?"比尔问科恩。

"不,还谈不上喜欢。我想那是场精彩的表演。"

"天哪,那还用说!真是开了眼了!"布蕾特说。

"要是把骑马上场那部分去掉就好了。"科恩说。

"马儿不重要,"比尔说,"一过去那段,你就再也见不到任何让你觉得难受的地方了。"

"一开始是有点太生猛了。"布蕾特说,"当公牛朝马儿冲过去的时候,那一刻我觉得特别可怕。"

"那些牛都不错。"科恩说。

"它们都棒极了。"迈克说。

"下次我想坐到下面去。"布蕾特喝着她杯子里的苦艾酒。

"她是想近距离地看看那几位斗牛士。"迈克说。

"他们确实了不起,"布蕾特说,"那个罗梅罗还是个孩子呢。"

"是个帅呆了的男孩。"我说,"我到他房间里第一次见他,他可是我平生所见最帅的男孩了。"

"你看他有多大?"

"十九或是二十。"

"真不可思议。"

第二天的斗牛比第一天还要精彩得多。布蕾特坐到了第一排,坐在我跟迈克中间,比尔和科恩坐在上头。罗梅罗是整场表演的灵魂。我觉得布蕾特的眼睛都没看过别的斗牛士。其他人也是如此,除非是那些刀枪不入的技术专家。大家眼里全都是罗梅罗。另外还有两个斗牛士,可他们根本就做不得数。我坐在布蕾特身旁,跟她解释都是怎么回事。我跟她说,在公牛向执矛手发起冲击时,要注意看牛,而不要去管执矛手胯下的马,提醒她注意看执矛手如何调整长矛的刺入点,这么一来她就能看出个门道来,斗牛也就更像是一种有目的的运动,而并不是充满了无法解释的恐怖奇观了。我让她注意看罗梅罗如何用他的斗篷将牛从已经倒地的马身边引开,他又是怎样用斗篷把牛吸引住,然后平稳而又温文尔雅地引牛转身,从不平白耗费牛的体力。她能看出罗梅罗如何避免任何唐突的举动,将他的牛保存至他认为的最佳时机,然后发出最后一击,不让它们气喘吁吁、惶恐不安,而是慢慢将它们的体力耗尽。她看出罗梅罗做动作时跟牛的身体总是靠得那么近,我又向她指出别的斗牛士经常耍的一些花招,为的是让观众看起来觉得他们离公牛很近。她也看明白了她为什么会喜欢罗梅罗耍斗篷的功夫,为什么不喜欢别的斗牛士的。

罗梅罗从来不故意做出扭摆的动作,他的动作总是直接、纯粹、自然地成一条直线。别的斗牛士却都像个螺丝起子一样扭个不停,把胳膊肘抬起来,等牛角冲过去以后故意把胳膊肘往牛的侧腹上靠,给人一种虚假的惊险感觉。这种虚假动作做多了以后就会越来越糟,终于会给观众留下很不愉快的印象。罗梅罗的斗牛却能让你体验到真正的激情,因为他的动作一直保持绝对的纯粹,每次总是从容而又镇定地让牛角紧贴着他的身体擦过去。他根本就没必要强调他跟牛之间的贴身程度。布蕾特看得出来,有些动作在紧贴着牛做时是何等的优美,可只要稍微分开一点,马上就会显得很可笑。我告诉她,自打何塞利托[①]去世后,斗牛士们就发展出一套技巧,表面上看似很危险,其实纯是为了制造惊心动魄的虚假效果,自身非常安全。罗梅罗却秉持旧有的传统,通过最大限度地暴露在牛面前来保持他动作的纯粹,同时又让牛意识到他是无可战胜的,以此完全将牛控制住,同时让它做好赴死的准备。

[①] 何塞利托(Joselito,1895—1920),西班牙著名斗牛士,他采用贝尔蒙特的非正统斗牛技巧,即牛冲来时斗牛士站立不动,利用斗篷避开牛角。两人并称"斗牛黄金时代"的英雄。在一次与贝尔蒙特比赛斗牛,何塞利托不幸被牛顶死,年仅25岁。

"我从没见他的动作中有丝毫的笨拙。"布蕾特说。

"是呀,除非他心里害怕了。"我说。

"他永远都不会害怕。"迈克说,"他懂得实在是太多了。"

"他一上手就什么都懂。别人学一辈子都不如他从娘胎里带出来的本事大。"

"而且上帝啊,他多帅啊。"布蕾特说。

"我相信,你知道,她已经爱上这个斗牛的小家伙了。"迈克说。

"我一点都不觉得意外。"

"做个好人,杰克。别再告诉她任何有关他的情况了。跟她说说他们这帮家伙是如何殴打他们老娘的。"

"跟我说说他们都是怎样的酒鬼。①"

"哦,真吓人。"迈克说,"整天醉醺醺的,就知道殴打他们可怜的老娘。"

"他看着像。"布蕾特说。

"谁说不是?"我说。

场内已经牵上骡子,把死牛套上,然后把鞭子甩得啪啪响,赶骡子的跑起来,那几头骡子先是向前鼓劲,四蹄蹬地,然后突然飞跑起来,那头死牛有一只牛角朝上,脑袋贴地,在沙地上拖出一道光滑的划痕,最后拖出了红色大门。

"下面出场的就是最后一头了。"

"不是吧。"布蕾特说。她探身靠在栏杆上。罗梅罗挥手让他的几个执矛手各就各位,然后站直身体,将斗篷贴胸搭好,凝神朝对面公牛将要上场的方向观瞧。

散场以后,我们走出斗牛场,又紧紧地嵌在人群里动弹不得。

"这些斗牛表演可真够累人的。"布蕾特说,"我浑身软得就像团棉花。"

---

① 迈克暗嘲布蕾特的年龄可以当罗梅罗的妈妈了,布蕾特反唇相讥,暗骂迈克是酒鬼。

"哦,你需要喝一杯了。"迈克说。

第二天,佩德罗·罗梅罗没有上场。尽是米乌拉公牛,而且斗得很差。再下一天没有斗牛表演,不过狂欢节仍在没日没夜地进行当中。

第十六章

　　第二天早上下起雨来。海上升起的一团雾气罩住了群山,山顶都隐没不见了。高冈显得沉闷阴郁,树林和房舍的轮廓都变了样。我走出城外去观看天色,坏天气是由海上越过群山来到这里的。

　　广场上的旗帜在白色的旗杆顶上湿湿地挂着,各种横幅都湿淋淋地紧贴在房屋正面,不紧不慢的牛毛细雨中间不时有一阵急雨兜头浇下来,赶得每个人都躲到拱廊下避雨,也在广场上积起一个个小水洼,街道上都湿淋淋、暗沉沉、杳无人迹。不过狂欢节仍旧毫无间歇地进行,只不过被驱赶到有遮蔽的地方罢了。

　　斗牛场里有顶棚的座位都挤满了人,一边避雨,一边观看巴斯克人和纳瓦拉①人舞者和歌手的大汇演,后来,来自卡洛斯谷②的舞者穿着他们的传统服饰,一路冒雨从街上舞了过来,鼓声听来空洞沉闷,歌舞队的几个头目骑在步履沉重的高头大马上走在前头,他们的全套服饰还有马身上披挂的马衣都被淋得湿漉漉的。大家都挤在咖啡馆里,那些舞者也进来坐下,他们裹得紧紧的白色大腿伸在桌子底下,忙着把系着铃铛的帽子上的雨水甩甩干,把他们姹紫嫣

---
① 纳瓦拉为西班牙北部一个自治区域,大致相当于历史上那瓦尔王国的西班牙部分(中世纪封建国家那尔王国包括西班牙北部和法国西南部地区)及现代的纳瓦拉省。
② 卡洛斯谷是龙塞斯瓦列斯附近的一个小村庄,濒法国边境,相传龙塞斯瓦列斯战役中由罗兰指挥的查理曼殿后部队就在此谷中遭到伏击,罗兰命丧于斯。

红的上衣搭在椅背上晾着。外头的雨下大了。

我离开咖啡馆里的人群，回旅馆刮刮脸准备吃晚饭。我正刮脸的当口，有人敲门。

"进来。"我叫道。

蒙托亚走了进来。

"你好吗？"他说。

"很好。"我说。

"今天没有斗牛。"

"是呀。"我说，"就只顾下雨了。"

"你几位朋友哪儿去了？"

"在伊鲁涅。"

蒙托亚又挂上了他招牌式的尴尬微笑。

"我说，"他道，"你可认识美国大使？"

"认识。"我说，"谁都认识美国大使。"

"他现在就在城里。"

"是呀。"我说，"谁都看见他们了。"

"我也看见他们了。"蒙托亚说。

我没再说什么，继续刮脸。

"坐啊。"我说，"我叫人拿酒来。"

"不用，我得走了。"

我刮完脸，把脸埋进脸盆里用冷水冲洗。蒙托亚站在当地，看起来愈加尴尬了。

"你瞧。"他说，"我刚接到他们从大饭店捎来的信，说他们想请佩德罗·罗梅罗和马西亚尔·拉朗达[①]晚饭后过去喝咖啡。"

"好啊。"我说，"这对马西亚尔没有丝毫害处。"

[①] 马西亚尔·拉朗达实有其人，是西班牙斗牛黄金时代的著名斗牛士之一，深得海明威喜爱，其职业全盛期在1930年前后。

"马西亚尔一整天都在圣塞瓦斯蒂安,今天一早他跟马尔克斯①一起开车去的。我估摸着他们今晚上回不来了。"

蒙托亚不尴不尬地站着。他想等我说点什么。

"那就别给罗梅罗捎这个信。"我说。

"你这么想?"

"就该这样。"

蒙托亚非常高兴。

"我就想问问你的意见,因为你也是个美国人。"他说。

"要是我,就会这么做。"

"你瞧。"蒙托亚说,"大家就这么对待一个男孩子。他们根本就不知道他的价值所在。他们不知道他意味着什么,随便哪个外国人都可以来捧他。就从到大饭店喝喝咖啡开始,不出一年他们就把他给毁了。"

"就跟阿尔加贝诺②一样。"我说。

"是呀,就跟阿尔加贝诺一样。"

"这种人可有不少呢。"我说,"有个美国女人跑到这儿来,专门搜罗斗牛士,就现在。"

"我知道。她们只要年轻的。"

"是呀。"我说,"老的都发胖了。"

"或者像加罗③一样疯疯癫癫的。"

"哎。"我说,"这好办。你别给他捎这个信就结了。"

"他真是个好孩子。"蒙托亚说,"他应该跟他自己的人民在一起,不该搅和到这些杂事里去。"

"你不喝一杯了?"我问。

---

① 马尔克斯也是位著名的斗牛士。
② 名噪一时的斗牛士。
③ 名噪一时的斗牛士。

"不了。"蒙托亚说,"我得走了。"他出去了。

我下楼出了门,在拱廊底下绕着广场走了一圈。雨还在下。我朝伊鲁涅里面望了望,没见到他们几个,于是我又绕了一圈回到了旅馆。他们都在楼下的餐厅里吃饭呢。

他们已经吃得差不多了,要赶也赶不上,我也就消消停停地吃我自己的。比尔正在出钱找人给迈克擦鞋。但凡有擦鞋的小童打开大门招揽生意,比尔就把他们叫过来给迈克擦鞋。

"我的靴子这已经是擦到第十一遍上了。"迈克说,"我说,比尔可真是个蠢驴。"

擦鞋的小童已经把消息给传开了。这时又进来一个。

"Limpia botas[①]?"他对比尔说。

"我不要。"比尔说,"给这位 señor[②] 擦。"

擦鞋童二话没说,在已经擦着一只靴子的同行旁边跪下来,开始擦迈克空下来的那只靴子,在电灯的照射下它早已闪闪发亮了。

"比尔实在是太逗了。"迈克说。

我正喝着红葡萄酒,我远远落在他们后头,对这套擦鞋的把戏感觉有点不太舒服。我朝四周看了看,临桌就是佩德罗·罗梅罗。我朝他点头致意,他马上站起来,请我过去认识一下他的朋友。他的桌子就在我们旁边,几乎触手可及。那位朋友是个马德里的斗牛评论家,小个儿,绷着一张脸。我告诉罗梅罗我是多么喜欢他的表现,他听了高兴极了。我们讲的是西班牙语,那位评论家懂一点法语。我伸手到我们的桌子上拿酒瓶,但那位评论家拉住了我的胳膊。罗梅罗呵呵一笑。

"在这儿喝吧。"他用英语说。

他说起英语来非常害羞,不过他真心喜欢说,我们寒暄了

---

① 西班牙语:要擦鞋吗?
② 西班牙语:先生,老爷。

几句后，他就提出几个他没把握的词儿向我讨教。他很想知道 Corridadetoros（斗牛）在英语里该怎么说，确切的翻译应该是什么。他对 bull-fight（斗牛）的译法有点疑问。我解释说，bull-fight 在西班牙语里的确切意思是对一头 toro① 的 lidia②。而西班牙语的 corrida 在英语里的意思是 the running of bulls（奔牛，牛群奔跑）——法语的说法是 Course de taureaux。评论家插了句嘴。西班牙语中没有跟 bull-fight 对应的词儿。

佩德罗·罗梅罗说他在直布罗陀③学过一点英文。他出生于龙达④，在直布罗陀北边不远。他在马拉加⑤的斗牛学校开始学习斗牛，他才在里面学了三年。那位斗牛评论家取笑他话语间时不时冒出来的马拉加方言。他说他十九岁了。他哥哥也跟他一起干，做一名投镖手，不过并不住在这家旅馆。他跟其他几个为罗梅罗工作的人一起住一家小客栈。他问我看过他几场斗牛了。我说看过三次，其实只有两次，不过话已出口，我也不想再多费唇舌了。

"另外那次你是在哪儿看的？在马德里？"

"是呀。"我撒谎道。我在斗牛报上看到过他两次在马德里上场的报道，所以还能对付。

"是第一次出场还是第二次？"

"第一次。"

"那次我很糟。"他说，"第二次就好些了。你记得吧？"他转而求证于斗牛评论家。

他倒是一点都不扭扭捏捏。他谈起他的斗牛来就跟完全跟自己

---

① 西班牙语：公牛。
② 西班牙语：斗，搏斗。
③ 直布罗陀（Gibraltar）是西班牙南端一个很小的半岛，伸入地中海，在西班牙王位继承战争中英国于 1704 年控制了直布罗陀，自此成为其直属殖民地。
④ 龙达（Ronda）是西班牙南部安达卢西亚省的一个城镇。
⑤ 马拉加（Malaga）是西班牙南部一海港，濒地中海。

无关一样。他没有一点自以为是或自吹自擂的意思。

"你喜欢我的斗牛我非常高兴。"他说,"可你还没见过我的真功夫呢。明天,要是能碰上一头好牛,我就尽力露一手给你看。"

他说这番话的时候微微笑着,希望斗牛评论家跟我都不会认为他在吹牛。

"我真等不及要看呢。"评论家说,"希望你能用事实说服我。"

"他不太喜欢我的斗牛。"罗梅罗转而对我说。他是认真的。

评论家解释说他非常喜欢,不过迄今为止还不够完善。

"等着看明天的,如果碰上一头好牛。"

"你看过明天要上场的牛了吗?"评论家问我。

"是的。我看过他们进栏了。"

佩德罗·罗梅罗探过身来。

"你觉得它们怎么样?"

"非常棒。"我说,"大约有二十六厄罗伯[①]。犄角很短。你没见着?"

"哦,见着了。"罗梅罗说。

"它们到不了二十六厄罗伯。"评论家说。

"是不到。"罗梅罗说。

"他们顶的不是犄角,是香蕉。"评论家道。

"你管那个叫香蕉?"罗梅罗问。然后他转向我,微微一笑:"你不会管它们叫香蕉吧?"

"不会。"我说,"不管怎么说,它们仍然是犄角。"

"它们很短。"佩德罗·罗梅罗说,"非常非常短。不过再怎么说它们也不是香蕉。"

"我说,杰克。"布蕾特从临桌叫我,"你已经把我们给遗弃了。"

"只是暂时的。"我说,"我们谈一会儿公牛。"

---

① 厄罗伯(arroba)为西班牙旧重量单位,约合 11 公斤。

"你可真够高高在上的。"

"告诉他公牛都没有蛋蛋。"迈克大喊,他喝醉了。

罗梅罗探询地看着我。

"醉了。"我说,"Borracho! Muy borracho!①"

"给我们也介绍一下你的朋友嘛。"布蕾特说。她一直目不转睛地盯着佩德罗·罗梅罗看。我问他们俩愿不愿意跟我们一起喝杯咖啡。他们马上都站了起来。罗梅罗的脸色晒得很黑,他举手投足都彬彬有礼。

我把他们一一给大家做了介绍,他们本想坐下,可是座位不够了,于是我们就都挪到靠墙的大桌子上去喝咖啡。迈克叫了一瓶芬达多②,给每个人要了个杯子。然后就开始醉话连篇了。

"跟他说,我觉得百无一用是书生。"比尔说,"说呀,跟他说我真耻于当个作家。"

佩德罗·罗梅罗坐在布蕾特身边,正听她说话呢。

"说呀。告诉他!"比尔说。

罗梅罗微笑着抬头看了看。

"这位先生,"我说,"是位作家。"

罗梅罗肃然起敬。

"另外那位也是。"我指着科恩说。

"他长得像比利亚尔塔。"罗梅罗说,看着比尔。"拉斐尔,他是不是很像比利亚尔塔?"

"我看不出有什么像的。"评论家道。

"真的。"罗梅罗用西班牙语说,"他真的很像比利亚尔塔。那位喝醉了的是干什么的?"

"什么都不干。"

---

① 西班牙语:醉了!酩酊大醉!
② 芬达多(Fundador)是西班牙一个著名的白兰地品牌。

"他是因为这个才喝酒的?"

"不是。他正等着跟这位女士结婚呢。"

"告诉他公牛都没有蛋蛋!"迈克从桌子那头大叫,醉得真够可以的了。

"他说什么?"

"他醉了。"

"杰克。"迈克叫道,"告诉他公牛都没有蛋蛋!"

"你听明白了吗?"我说。

"明白了。"

我明知他没明白,所以随他怎么说都没关系。

"告诉他布蕾特想亲眼看他穿上那条绿裤子。"

"闭嘴,迈克。"

"告诉他布蕾特一心就想知道那么紧的裤子到底是怎么穿上去的。"

"闭嘴吧。"

在此期间罗梅罗一直抚弄着手里的酒杯,跟布蕾特说话。布蕾特说法语,他说西班牙语夹带点英语,谈笑风生。

比尔给大家满酒。

"告诉他布蕾特一心想钻到他——"

"哦,你给我闭嘴,迈克,看在基督的分上!"

罗梅罗笑吟吟地抬头看了看。"闭嘴!这个我明白。"他说。

蒙托亚正在这时走进屋来。正待冲我笑笑,可是马上看到了佩德罗·罗梅罗手里拿着一大杯白兰地,笑呵呵地坐在我和一个肩膀袒露的女人中间,同桌的又都是醉汉。他连头都没点一下。

蒙托亚走出餐厅。迈克站起来祝酒。"我们都来干一杯,为——"他开始说道。

"为佩德罗·罗梅罗干杯。"我接口说。

大家都站了起来。罗梅罗很当真领受了，我们一一碰杯，把酒干了。我横插这么一杠子是因为怕迈克就要明说他根本就不是为罗梅罗祝酒的。不过结果还算顺当，佩德罗·罗梅罗跟大家一一握手，然后就跟评论家一起告退了。

"我的上帝！多可爱的男孩。"布蕾特说，"我多想看看他是怎么穿上那身衣服的。他得用上个鞋拔子才穿得上吧。"

"我正要跟他说呢，"迈克又开始了，"杰克总是要横插一杠子。你干吗总不让我把话说完呢？你以为你西班牙语讲得比我利索？"

"哦，少来了，迈克！没人要横插你一杠子。"

"不行，今天我得把话说个清楚。"他又背过身去，"你以为你算老几啊，科恩？你以为你跟我们算是一帮的？你也算是跑出来花天酒地的那种人吗？看在上帝的分上，别在这儿聒噪个没完了，科恩！"

"哦，少来了，迈克。"科恩说。

"你认为布蕾特希望你在这儿吗？你觉得你跟我们算是一路人吗？你干吗不说话了？"

"那天晚上，我该说的已经都说过了，迈克。"

"我不是你们文人这一帮的。"迈克摇摇晃晃地站起来，靠着桌子站住，"我也不聪明。不过人家不待见我的时候我还是知道的。你怎么就一点眼力见儿都没有，科恩？人家都不待见你。走吧，你走吧，看在上帝的分上。赶快带着你那张惨兮兮的犹太小脸离开我们。你不觉得我说到点子上了吗？"

他看着我们。

"好呀。"我说，"咱们都转移到伊鲁涅去吧。"

"不。你不觉得我正说到点子上了？我爱那个女人。"

"哦，别再提这个茬了。你消停会儿吧，迈克。"布蕾特说。

"你不觉得我说到点子上了，迈克？"

科恩仍在桌边坐着。他每逢受到侮辱，脸色就会变得蜡黄，可不知怎么的，他又像是挺享受这个过程的。这些酒后幼稚傻气、大呼小叫的醉话。说的可是他跟一位有封号的夫人之间的风流韵事呢。

"杰克。"迈克几乎都用喊的了，"你知道我说到点子上了。听着，你！"然后他转向科恩："走！你给我马上走开！"

"可我是不会走的，迈克。"科恩说。

"那我就来把你给弄走！"迈克开始绕着桌子朝他走过去。科恩站起来，把眼镜除下。他站在当地等着，脸色蜡黄，双手低垂，骄傲而又坚决地等着即将到来的攻击，准备为他热爱的夫人决一死战。

我拽住了迈克。"到咖啡馆去吧。"我说，"你总不能在旅馆里揍他。"

"好！"迈克说，"好主意！"

我们走了。迈克跟跟跄跄往楼上走时，我回头看见科恩正在把眼镜戴回去。比尔坐在桌边，又倒了一杯芬达多。布蕾特坐在原地，两眼直视着面前的空白。

外面的广场上有风吹过，雨已经停了，月亮挣扎着想从云团里探出头来。有支军乐队正在演奏，人群集中在广场的另一头，焰火专家和他的儿子正在那儿试放焰火热气球。可气球总是猛地向上升去，线路也倾斜得厉害，不是被风扯破，就是被吹到了广场周边的房子上。有些还落在人群里。镁光一闪，焰火炸开，在人群中乱窜。广场上没人跳舞了，砾石地面太湿了。

布蕾特也跟比尔一起出来了，我们几个会齐。我们站在人群当中，观看焰火大王堂·曼纽埃尔·奥吉托站在一个小平台上，小心翼翼地用小棍儿将气球放出去，他站得比大伙儿的脑袋还高，趁着风向让气球起飞。可是风把气球都刮了下来，他那些制作繁复的焰火就掉到人群里了，在大家的大腿间横冲直撞，噼里啪啦地爆开，在焰火的亮光中，堂·曼纽埃尔·奥吉托的脸上热汗淋漓。每当又一个发光的纸球倾斜掉、着了火、往下掉的时候，大家都异口同声地大嚷大叫。

"他们在嘘堂·曼纽埃尔呢。"比尔说。

"你怎么知道他叫堂·曼纽埃尔？"布蕾特说。

"他的名字印在节目单上呢。堂·曼纽埃尔·奥吉托，本城的烟火制作大师。"

"Globos illuminados①，"迈克说，"Globos illuminados 盛大表演。节目单上就是这么说的。"

风把军乐队的乐声吹走了。

"我说，真希望他能放上一个去。"布蕾特说，"那个堂·曼纽埃尔都快急死了。"

"他猜他要把这些气球放飞，还得让它们在空中拼出'圣费尔明万岁'，至少要忙活好几个礼拜。"比尔说。

"照明气球，"迈克说，"一大堆他娘的照明气球。"

"走吧。"布蕾特说，"咱们不能在这儿待着。"

"尊贵的夫人想喝一杯了。"迈克说。

"你还真会来事儿。"布蕾特说。

咖啡馆里拥挤不堪，沸反盈天。没人注意到我们进来。一张空桌都找不到，吵吵得要死。

"走吧，咱们还是出去吧。"比尔说。

外面，大家都在拱廊下例行散步。几张桌子旁边散坐着几个从比亚里茨来的英国人和美国人，身穿运动服。有几个女人正拿着长柄眼镜打量过往的人群。比尔有个从比亚里茨来的朋友，已经加入了我们这一帮。她跟另一位姑娘住大饭店，另外那位姑娘害了头疼，已经上床睡了。

"酒馆到了。"迈克说。那是米兰酒吧，一家很小又很简陋的酒

---

① 西班牙语：照明气球，焰火气球。

吧,这里提供简单的吃食,可以在里屋跳舞。我们都在一张桌子边坐下,叫了一瓶芬达多。酒吧里挺冷清的,什么节目都没有。

"这可真是个鬼地方。"比尔说。

"时候太早了。"

"咱们把酒拿上,晚些时候再过来吧。"比尔说,"在这么个晚上我可不想坐在这么个地方。"

"咱们去看看那些个英国人吧。"迈克说,"我喜欢看英国人。"

"他们糟糕透顶。"比尔说,"他们都是打哪儿冒出来的?"

"他们是从比亚里茨冒出来的。"迈克说,"他们是来观摩这古怪有趣的小西班牙狂欢节的最后一天的。"

"我来狂欢给他们看看。"比尔说。

"你可真是个美貌绝伦的姑娘。"迈克转向比尔的朋友。"你是什么时候过来的?"

"别胡闹,迈克。"

"我说,她确实是个可爱的姑娘。我这都是在瞎忙活什么呢?我这都是在瞎看什么呢?你真是个可爱的小东西。咱们见过吗?跟比尔和我一起走吧。咱们狂欢给那帮英国人看去。"

"我狂欢给他们看。"比尔说,"他们来到这个狂欢节上到底想干吗呢?"

"走吧。"迈克说,"就咱们仨。咱们去狂欢给那几个该死的英国人看去。希望你不是英国人吧?我是苏格兰人,我痛恨英国人,要去消遣消遣他们。走呀,比尔。"

透过窗户,我们看见他们仨手挽着手,朝咖啡馆走去。广场上又放起了焰火弹。

"我就在这儿待着吧。"布蕾特说。

"我陪你。"科恩说。

"哦,别介!"布蕾特说,"看在上帝的分上,找个地方玩儿去吧。你看不出我跟杰克想说几句话吗？"

"我看不出。"科恩说，"我想在这儿坐着是因为我觉得有点醉了。"

"想跟人家坐一块儿这算他妈的什么理由呀。你要是醉了，洗洗睡去。回去睡觉去。"

"我对他太粗暴了吧？"布蕾特问。科恩已经走了。"我的上帝！我真受不了他！"

"他的确不大能让人高兴起来。"

"他让我压抑得难受。"

"他的行为是够恶劣的。"

"恶劣透顶。他本来有机会，可以表现得不错的。"

"他没准儿现在就在门外头等着呢。"

"是，这种事他干得出来。你知道，我很清楚他是怎么想的。他就是不能相信当初那点事不过是逢场作戏。"

"我知道。"

"换了谁都不会表现得这么恶劣。哦，我对这一套真是烦透了。还有迈克，他也够耍宝的了。"

"这事也够迈克受的。"

"是呀。可他也没必要跟头猪似的。"

"只要碰上合适的机会。"我说，"谁都会表现得很恶劣。"

"你就不会。"布蕾特望着我。

"我会跟迈克一样干出蠢事来的。"我说。

"亲爱的，咱们别尽说废话了。"

"好呀。你喜欢什么咱们就说点什么。"

"别这么别扭。你是我唯一的朋友，而且我今天晚上觉得糟心极了。"

"你还有迈克呢。"

"是呀,迈克。他可真够妙的。"

"好吧。"我说,"科恩整天就这么跟在你屁股后头转悠,看到他老黏着你,对迈克来说实在太难堪了。"

"难道我还不知道这个,亲爱的?求你别再让我觉得比现在还要糟心了。"

布蕾特烦躁不安,我以前还从来没见她这样过。她一直躲闪着我的目光,朝前看着墙壁。

"想出去走走吗?"

"好。走吧。"

我把芬达多的酒瓶塞好,递给了酒保。

"咱们再喝一杯。"布蕾特说,"我的神经糟透了。"

我们每人又喝了一杯这种柔和的西班牙产白葡萄白兰地。

"走吧。"布蕾特说。

我们一出门,我就看见科恩从拱廊下走了出来。

"他果然在那儿。"布蕾特说。

"他是真离不了你。"

"可怜的家伙!"

"我不可怜他,我恨他。"

"我也恨他。"她打了个寒战说,"我恨他这种该死的逆来顺受。"

我们手挽着手,沿着条边街走下去,远离热闹的人群和广场上的灯火。街上又暗又湿,我们一路朝城边的城垒走去。我们经过几家小酒店,灯光从店门里照出来,洒在黑暗潮湿的街上,突然间还响起了乐声。

"想进去?"

"不。"

我们穿过湿漉漉的草地,攀上城垒的石墙。我在石头上铺了张报纸,布蕾特坐下。穿过面前的平原,我们能看到远处的群山。风在高处吹着,将云朵吹着掠过月亮。我们底下是城垒漆黑的坑道。身后是树木和大教堂的阴影,月光清晰地映衬出城市的剪影。

"别难过。"我说。

"我觉得就像在地狱里。"布蕾特说,"咱们安静一会儿。"

我们向平原望去。长长的树行在月光下黑黢黢的。盘山公路上有辆车闪烁着车灯。我们可以看到山顶上古堡里射出来的灯光。左下方是河。因为下雨水涨得很高,河面平静漆黑。两岸的树林也黑漆漆一片。我们就这么坐着,静静地观望。布蕾特直视着前方。突然她打了个寒战。

"冷了。"

"想回去?"

"从公园穿过去吧。"

我们从城垒上爬下来。天上又罩上了阴云,公园里的树下非常暗。

"你还爱我吗,杰克?"

"爱。"我说。

"因为我无可救药。"布蕾特说。

"这话是怎么说的?"

"我是无可救药。我疯狂地迷上了罗梅罗那个男孩。我是爱上他了,我想。"

"换了我就不会这么做。"

"我控制不了。我无可救药。它在我心里面都要把我给撕碎了。"

"别这么做。"

"我控制不了。不管是什么事,我从来就控制不了自己。"

"你应该到此为止。"

"我怎么能到此为止?我怎么能止得住?觉出来了吗?"

她的手哆嗦个没完。

"我浑身上下都是这样。"

"你不该这么做。"

"我控制不了。现在我反正是无可救药了。你看不出有什么不同吗？"

"看不出。"

"我一定得行动了。我一定得去做件我真正想做的事了。我已经失去了自尊。"

"你大可不必这么做。"

"哦，亲爱的，别跟我别扭了。那个天杀的犹太佬整天缠着我，迈克又是那副德性，我怎么受得了？"

"确实。"

"我也不能一天到头都醉着呀。"

"是呀。"

"哦，亲爱的，求你留在我身边。求你留在我身边，帮我熬过这一关。"

"当然。"

"我也知道这么做不对，可我只能这么做。上帝知道，我都从没觉得自己这么贱过。"

"你想要我怎么做？"

"走，"布蕾特说，"咱们找他去。"

我们一起在夜影中走过公园的砾石路，走在树下，然后走出树木的荫蔽，穿过大门，来到进城的街道上。

佩德罗·罗梅罗在咖啡馆里。他跟其他几个斗牛士和斗牛评论家同桌。他们都在抽雪茄。我们进来的时候，他们都抬头看了看。罗梅罗面带微笑，向我们鞠躬致意。我们在距离他们半个房间远近的一张桌子边坐下。

"请他过来喝一杯吧。"

"别忙。他自己会过来的。"

"我不能朝他看。"

"他看起来可真叫帅。"我说。

"我一直都任性得很,想干什么就干什么。"

"我知道。"

"我觉得自己真叫一个贱。"

"得了吧。"我说。

"我的上帝!"布蕾特说,"女人得经受多少考验哪。"

"是吗?"

"哦,我觉得自己真是贱哪。"

我看着他们那张桌子。佩德罗·罗梅罗面带微笑,他跟同桌的几个人说了句什么,然后就站起来,来到我们这边。我站起来,我们俩握了握手。

"不来一杯?"

"你们一定得陪我喝一杯。"说完他用眼神征得布蕾特的允许后方才落座。他真是礼貌周全。可他还在抽他的雪茄,这跟他的脸相很相称。

"你喜欢抽雪茄?"我问。

"哦,是的。我一直都抽雪茄。"

这也是他显示权威的一种方式。让他显得更老成些。我留神看他的皮肤,既干净又平滑,黝黑黝黑。他颧骨上有个三角形的伤疤。我发现他在注视布蕾特,他感觉到他跟布蕾特之间存在着某种默契。布蕾特把手伸给他的时候,他想必就已经感觉到了这种气场,可是他非常谨慎小心。我想他其实已经胜券在握,可他不想出任何差错。

"你明天上场?"我说。

"是呀。"他说,"阿尔加贝诺今天在马德里受了伤。听说了吗?"

"还没。"我说,"严重吗?"

他摇摇头。

"没什么，伤在这儿了。"他伸出手来。布蕾特伸手将他的手指一一掰开。

"哦！"他用英语说，"你会算命？"

"有时候吧。你介意吗？"

"不。我喜欢。"他把手在桌上摊平，"告诉我我会长生不老，还能成为百万富翁。"

他仍旧很有礼貌，可他对自己更有把握了。"说说看。"他说，"你在我手上看出有牛吗？"

他开心地大笑。他的手非常细巧，手腕很细。

"有成千上万头牛呢。"布蕾特说。她现在一点都不紧张了，看起来很可爱。

"好。"罗梅罗呵呵一笑，"一头值一千杜罗[①]。"他跟我用西班牙语说，"再多说点。"

"这只手好漂亮。"布蕾特说，"我想他会健康长寿的。"

"直接跟我说，别跟你朋友说。"

"我说你会健康长寿的。"

"我就知道。"罗梅罗说，"我永远不会死的。"

我用指尖轻扣了下桌面[②]。罗梅罗看见了，他摇了摇头。

"不。没必要那么做。牛是我最好的朋友。"

我把这话翻译给布蕾特听。

"你杀自己的朋友？"她问。

"一贯如此。"他笑着用英语说，"这样它们就杀不了我了。"他望着对面的她。

---

① 杜罗（duro），西班牙银币，值5比塞塔。
② 西俗有敲一下木头可以抵消一时失言的做法，杰克是为了罗梅罗好，小伙子的话有点过于托大，有藐视命运之嫌。

"你英语挺不错的嘛。"

"是的。"他说,"有时候说得挺不错。不过我不能让任何人知道。要不然会很不像话,一个斗牛士竟然讲英语。"

"为什么?"布蕾特问。

"会很不像话,大家会很不喜欢。现在还不行。"

"为什么不行?"

"他们会很不喜欢。斗牛士不该是这个样子。"

"斗牛士应该是个什么样子?"

他哈哈一笑,把帽子往下一拉,扣在眼睛上,把嘴里叼的雪茄和脸上的表情都调整了一下。

"像那张桌子上的人。"他说。我往那边瞥了一眼。他把Nacional①的表情模仿得惟妙惟肖。他微微一笑,脸上的表情重归自然:"不行。我必须得把英语忘掉。"

"现在先别忘。"布蕾特说。

"别忘?"

"别忘。"

"那好吧。"

他又呵呵一笑。

"我想要一顶那样的帽子。"布蕾特说。

"好。我给你弄一顶去。"

"好。说到做到。"

"一定。今晚就给你弄到。"

我站了起来,罗梅罗也站了起来。

"你坐着。"我说,"我得去找我们那几个朋友,把他们带过来。"

他看了我一眼。这是最后的一眼,是问我是否明白这其中的含义。我完全明白。

---

① 西班牙语:国民。

"你坐着。"布蕾特对他说,"你得教教我西班牙语。"

他坐下,望着桌对面的她。我出去了,斗牛士那桌上的几个人目光冷冷地送我出门。这滋味可不好受。等我二十分钟后再次回来,目光在咖啡馆里搜寻时,布蕾特和佩德罗·罗梅罗已经不在了。咖啡杯和我们用过的三个空白兰地杯子还在桌上放着。一个服务生拿着块抹布走过来,收拾起杯子,把桌子擦擦干净。

第十七章

我在米兰酒吧外头找到了比尔、迈克和埃德娜。那姑娘叫埃德娜。

"我们给轰出来了。"埃德娜说。

"是警察干的,"迈克说,"里面有些人不喜欢我们。"

"他们有四次差点跟人家打起来,都被我拦了下来。"埃德娜说,"你可一定要帮帮我了。"

比尔的脸色通红。

"你进去,埃德娜。"他说,"到酒吧里去,跟迈克跳舞。"

"别蠢了。"埃德娜说,"那只会再闹出场风波来。"

"那帮该死的比亚里茨猪猡。"比尔说。

"走啊,"迈克说,"这毕竟是家酒馆吧。他们也不能把整个酒馆都给霸占了。"

"好样的老迈克。"比尔说,"那帮该死的英国猪猡跑到这儿来侮辱迈克,还想把狂欢节都给毁了。"

"他们太操蛋了。"迈克说,"我恨英国人。"

"他们可不能侮辱迈克。"比尔说,"迈克是个好伙计。他们就是不能侮辱迈克。我受不了这个。他就算是破了产又怎么了?"他嗓音哽住了。

"又怎么了?"迈克说,"我不在乎。杰克不在乎。你在乎吗?"

"不。"埃德娜说,"你破产了?"

"我当然破产了。你不在乎,是吧,比尔?"

比尔伸出胳膊搂住迈克的肩膀。

"我但愿自己也破了产。好好给这帮杂种点颜色看看。"

"他们不过是些英国人。"迈克说,"英国人胡说些什么没人会在乎的。"

"这些肮脏的猪猡。"比尔说,"我这就去把他们都清理出去。"

"比尔,"埃德娜双眼看着我说,"拜托你别再进去了,比尔。他们实在是蠢不可及。"

"就是。"迈克说,"他们蠢透了。我知道他们是些什么货色。"

"他们不能对迈克说出那样的话来。"比尔说。

"你认识他们?"我问迈克。

"不,从没见过。他们说认识我。"

"我可受不了了。"比尔说。

"算了。咱们还是去'瑞士'吧。"我说。

"他们是埃德娜的一帮朋友,从比亚里茨来的。"比尔说。

"他们就是蠢。"埃德娜说。

"其中一个是查利·布莱克曼,从芝加哥来的。"比尔说。

"我从没去过芝加哥。"迈克说。

埃德娜忍不住哈哈大笑,怎么都止不住。

"把我从这儿带走。"她说,"你们这帮破落户。"

"怎么闹起来的?"我问埃德娜。我们穿过广场朝"瑞士"走去。比尔不见了。

"我也不知道到底是怎么闹起来的,只是有个人把警察叫了来,把迈克从里屋轰出来了。有几个人在戛纳就认识迈克的吧。迈克到底怎么了?"

"他大概欠了他们钱。"我说,"一牵扯到钱就容易结仇。"

广场上的售票亭前面排了两行人在等着买票。有的坐在椅子上,有的蜷缩在地上,身上裹着毛毯和报纸。他们是在等售票窗口早上开放,抢购斗牛的票子。夜色正在放晴,月亮出来了。等票的人有的已经睡着了。

来到瑞士咖啡馆,我们刚坐下,叫了芬达多,罗伯特·科恩就冒出来了。

"布蕾特呢?"他问。

"不知道。"

"她不是跟你在一起吗?"

"她想必已经上床睡觉了。"

"她没有。"

"我不知道她在哪儿。"

他的脸色在灯光下又成了蜡黄。他站起身来。

"告诉我她在哪儿。"

"给我坐下。"我说,"我不知道她在哪儿。"

"你不知道才怪!"

"你给我闭嘴。"

"告诉我布蕾特在哪儿。"

"无可奉告。"

"你知道她在哪儿。"

"就算知道我也不告诉你。"

"哦,去你娘的吧,科恩。"迈克从桌子那头叫道,"布蕾特跟那个斗牛的小子跑了。他们正在度蜜月呢。"

"你闭嘴。"

"哦,去你娘的!"迈克没精打采地说。

"她真跟那个小子跑了?"科恩转而问我。

"去你娘的!"

"她本来跟你在一起的。她真跟那个小子跑了?"

"去你娘的!"

"我这就让你乖乖告诉我。"——他向前一步——"你个该死的龟奴。"

我一拳打去,他躲开了。我眼看着他的脸在灯光下闪到一边。他给了我一拳,我一屁股坐在了人行道上。我正要站起来的时候,他又给了我两拳。我仰天倒在一张桌子底下,努力想站起来,可是觉得像是没有腿了。我觉得必须站起来还他一拳。迈克想扶我起来。有人在我脑袋上浇了一瓶水。迈克用一只胳膊搂住我,我发现自己坐在了一把椅子上。迈克正在拽我的耳朵。

"我说,你刚才昏过去了。"迈克说。

"你他妈刚才在干吗呢?"

"哦,就在边上呀。"

"你就不想参加进来?"

"他把迈克也给揍倒了。"埃德娜说。

"他没把我揍倒。"迈克说,"我不过在地上躺了一会儿。"

"你们在狂欢节里每晚都来这么一出吗?"埃德娜问,"刚才那个不是科恩先生吗?"

"我没事了。"我说,"就是脑袋还有点晃荡。"

旁边围了几个服务生和一帮闲人在看热闹。

"Vaya①!"迈克说,"走开。走吧。"

几个服务生把人给驱散了。

"这阵势还真有的一看。"埃德娜说,"他肯定是个拳击手吧。"

"正是。"

"比尔要是在这儿就好了。"埃德娜说,"我真想看看比尔也给打

---

① 西班牙语:走,走开,滚。

翻在地上呢。我一直都想看看比尔被打翻在地上。他那么大块头。"

"我巴望着他能把一名服务生也打翻在地。"迈克说,"然后给逮起来。我真想看着罗伯特·科恩先生给关进大牢呢。"

"别这么说。"我说。

"哦,不会吧。"埃德娜说,"你开玩笑的吧。"

"我是认真的。"迈克说,"我可不是那种喜欢被人家一拳打倒的家伙。我都从来不打猎的。"

迈克喝了一口酒。

"我从来就不喜欢打猎,你知道。但凡打猎就有被压在马肚子底下的危险。你觉得怎么样了,杰克?"

"没事了。"

"你人可真好。"埃德娜对迈克说,"你当真破产了?"

"我是个不折不扣的破落户。"迈克说,"我欠了每个人的债。你不欠人家债吗?"

"多了去了。"

"我欠了每个人的债。"迈克说,"今天晚上我还借了蒙托亚一百比塞塔。"

"你他娘的还真干得出来。"我说。

"我会还的。"迈克说,"我一向都有债必还的。"

"正因此你才成了个破落户,对不对?"埃德娜说。

我站起身。他们俩的交谈像是离开了我大老远,整个像一出糟糕的戏剧表演。

"我要回旅馆去了。"我说。然后我就听见他们谈论起了我。

"他没事吧?"埃德娜问。

"我们最好陪他一起回去。"

"我没事。"我说,"不用陪我。咱们回见。"

穿过广场往宾馆走去的路上,一切看起来都很新鲜,像是变了样。我以前从没见过这些树，我也从来没见过这些旗杆，还有剧院的门脸，看起来全都变了样。我记得从前有一次到城外打过一次橄榄球，回家的时候有过这种感觉。我拎了个手提箱，里面装着我的橄榄球装备，我从城里的火车站一路回家的路上，觉得自打我一出生就居住的这个城市，一切都新鲜得很。有人拿耙子在耙草坪上的落叶，在道上把落叶给烧了，我停下来看了好长时间。一切都很新奇。然后我继续朝前走，感觉我的两只脚像是离开我大老远，周围的一切都像是从大老远慢慢过来的，我能听到从大老远处传来的我的脚步声。比赛一开始，我的脑袋就被人踢了一脚。穿过广场的这段路的感觉就跟当年一个样。到了旅馆爬楼梯的时候感觉还是那样。爬那段楼梯费了我好大的工夫，而且我觉得手里好像还拎着那个手提箱。房间里有灯光，比尔从房里出来，在走道上迎住我。

"我说，"他说，"上去看看科恩吧。他一塌糊涂了，嚷嚷着要找你呢。"

"去他娘的。"

"去吧。上去看看他。"

我可不想再爬一段楼梯了。

"你那么瞧着我是干吗呢？"

"我没瞧你。上去看看科恩去吧，他情况糟透了。"

"你刚刚喝醉了。"我说。

"我现在还醉着呢。"比尔说，"不过你还是上去看看科恩吧。他想见你呢。"

"那好吧。"我说。不过就是多爬几级楼梯罢了。我拎着子虚乌有的手提箱上得楼来。沿着走道来到科恩的房间。房门关着，我敲了敲门。

"谁？"

"巴恩斯。"

"进来，杰克。"

我开门进了屋，把我的手提箱搁下。房间里没开灯。科恩在黑地里脸朝下趴在床上。

"嗨，杰克。"

"别叫我杰克。"

我站在门边。我那次回家就跟这个一样，眼下我最需要的就是洗个热水澡。满满一缸的热水，我躺进去。

"浴室在哪儿？"我问。

科恩在哭。他就这德性，脸朝下趴在床上哭。

他穿了件白色马球衫，就是他在普林斯顿穿的那种。

"我很抱歉，杰克。求你宽恕我。"

"宽恕你，去你娘的。"

"求你宽恕我，杰克。"

我没搭茬，就靠门站在那里。

"我疯了。你应该看得出来是怎么回事。"

"哦，没关系了。"

"布蕾特的事我实在是受不了。"

"你骂我是龟奴。"

我并不在乎。我只想洗个热水澡，只想在满满一缸热水里洗个热水澡。

"我知道。求你别记在心上。我疯了。"

"没关系了。"

他还在哭，声音听起来很滑稽。他就这么在黑地里穿着他的白短衫躺在床上。那是他的马球衫。

"我打算明天一早就走。"

他在无声地哭泣。

"布蕾特的事我实在是受不了。我这一向就像是在地狱里，杰克。活生生就在地狱里。我在这儿跟她见面以后,布蕾特待我就像是十足的陌路人。我实在受不了,我们在圣塞瓦斯蒂安同居过呀。我想这事儿你也知道。我再也受不了了。"

他就这么躺在床上。

"好了。"我说,"我要去洗个澡了。"

"你本来是我唯一的朋友,我原本是那么爱布蕾特。"

"好了。"我说,"再见吧。"

"我看是一点用都没有了。"他说,"我看他娘的是一点用都没有了。"

"你说什么?"

"所有的一切。请你说一声你宽恕我了,杰克。"

"当然。"我说,"没关系了。"

"我感觉糟心透了。我这一向就像在地狱里,杰克。现在一切都完了。所有的一切。"

"好了。"我说,"再见。我得走了。"

他翻了个身,在床檐上坐起来,然后站起身。

"再见,杰克。"他说,"你愿意跟我握握手,对吧?"

"当然。为什么不呢?"

我们握了握手。黑暗里我看不大清他的脸。

"好了。"我说,"明儿见吧。"

"我明天早上就走了。"

"哦,我忘了。"我说。

我从他房间里出来。科恩在门口站着。

"你没事吧,杰克?"他问。

"哦,没事。"我说,"我挺好的。"

我找不着浴室,过了一会儿才找到。里面有个很深的石头浴缸。我把龙头打开,可是没有水。我在浴缸沿上坐下。等我站起来准备走时,我发现已经把鞋子给脱了。我开始找我的鞋子,找到后我就拎着鞋子下了楼,找到自己的房间,进去脱了衣服倒头就睡。

我醒来时头很痛,街上正有乐队的声音经过。我记起曾许诺要带比尔的朋友埃德娜去看奔牛过街、进场的。我穿上衣服,下楼,来到清晨冷冽的街头。大家正穿过广场,急冲冲地朝斗牛场奔去。广场对面,售票亭前头还排着两队人。他们还在等着七点钟开窗售票。我匆匆来到对街的咖啡馆。服务生告诉我,我的几个朋友在这儿待过,已经走了。

"他们有几个人?"

"两位先生和一位小姐。"

这就没问题了。比尔和迈克跟埃德娜在一块儿呢。她昨晚担心他们俩会醉得醒不过来。所以我才保证要带她去的。我把咖啡喝掉,然后就跟其他人一起,匆忙朝斗牛场奔去。我现在脑袋不晕了。只是头痛得厉害。周围的一切看起来既尖锐又清晰,城市中散发着清晨的气息。

从城边到斗牛场的那段路泥泞不堪。一路通往斗牛场的栅栏外头都是人,斗牛场的外部看台和顶上也都挤满了人。我听到了焰火弹的响声,知道我已经来不及进入斗牛场观看奔牛入场了,于是我就挤过人群来到栅栏边。我被紧紧地挤压在栅栏的板条上。两道栅栏拦起来的跑道上,警察正在沿路清理人群。他们或走或小跑地进入斗牛场。然后就出现了奔跑的人群。一个醉汉滑了一跤,两个警察赶紧抱住他,把他拖到栅栏边上。现在人群跑得飞快了。人群中突然一声大叫,我把脑袋从板条的间隙伸进去,看到牛群刚刚跑出街道,进入这条长长的跑道。它们跑得飞快,就要赶上人群了。正在这时,又一个醉汉从栅栏边跑进跑道,手里抓了件罩衫。他是想跟公牛玩玩红斗篷的把戏。那两个警察冲上前去,抓住他的脖领子,其中一位还给了他一棍,把他拽到栅栏边紧贴着栅栏站好,一直到最后几个人奔过去,后面紧跟着的奔牛也过去才算完。奔牛前面的那帮人实在太多,在通过入口进入斗牛场的当口,人群都拥在了一起,速度也慢了下来,可后面的奔牛已经赶到,笨重的公牛腰际溅满泥点,摇晃着犄角轰隆隆地一起向前奔,一头公牛往前一顶,犄角挑中了人群中一个人的背部,把他整个挑到了空中。牛角扎入的时候,那个人的两条胳膊耷拉着,头向后仰去,那头牛把他给挑起来,然后又摔到地下。那头牛正要去挑跑在前头的另一个人时,那人混入了人群,人群在牛群的追赶之下穿过大门,涌进了斗牛场。红色的大门应声关闭,斗牛场外部看台上的人都朝里挤去,突然间一声大喊,接着又是一声。

被牛抵伤的那个人脸朝下趴在踩得稀烂的泥泞中。大家从栅栏顶上翻过去,纷纷围在他周围,人群太厚,我都看不到他了。斗牛场内又传来喊叫声。每一声喊叫都意味着又有牛冲入了人群。从喊叫声的高低强弱,你就可以判断出情况糟糕到了什么程度。然后又一个焰火弹升空,表明犍牛已经将公牛引出斗牛场,进入了牛栏。我离开栅栏,动身回城。

回到城里,我又去了咖啡馆,喝了第二杯咖啡,吃了点抹黄油的吐司。服务生正在扫地、抹桌子。有一个过来,问我还要点什么。

"Encierro[①]的时候有没有出什么意外?"他向我打听。

"我没看完。有个人cogido[②]得很严重。"

"伤到哪儿了?"

"这儿。"我把一只手放在后腰,另一只手摆在前胸,表示牛角想必是整个穿透了。服务生点了点头,拿抹布把桌上的面包屑擦干净。

"伤得这么重。"他说,"全都是为了消遣。全都是为了取乐。"

---

① 西班牙语:圈牛,把牛圈入牛栏。
② 西班牙语:抵伤。

他去把长柄的咖啡壶和牛奶壶拿来,开始给我倒牛奶和咖啡。牛奶和咖啡从两个长壶嘴里分成两股,倒在大咖啡杯里。服务生点了点头。

"把后背都扎透了,伤得这么重。"说着他把两个壶都放在桌子上,在桌边的椅子上坐了下来,"这么重的抵伤。全都是为了好玩。只不过为了好玩,您是怎么想的?"

"我不知道。"

"就这么回事。全都是为了好玩。好玩,您知道。"

"你不是什么斗牛迷吧?"

"我?牛是什么?是畜生,残暴的畜生。"他站起来,把一只手按在后腰上,"扎了个透心儿凉。被牛犄角扎了个透心儿凉。只是为了好玩——您得明白。"

他摇着头,拿着咖啡壶走开了。有两个人正从街上走过。那位服务生喊他们。两人都面色阴沉。其中一个摇了摇头。"Muerto①!"他叫道。

服务生点了点头。那两个人继续朝前走了,他们有事在身。服务生走到我的桌子旁边。

"您听见了?死了!死了!被牛角扎穿了。都是为了一早晨的开心。真是太荒唐了。"

"是很糟糕。"

"我可看不出来。"服务生说,"我看不出这有什么好玩的。"

当天晚些时候,我们得知那个被牛抵死的人叫维森特·吉罗内斯,是从塔法利亚②来的。我们从第二天的报纸上又看到他今年才二十八岁,有一个农场,有妻子和两个孩子。自打结婚以后他每年都来参加狂欢节,一年都不落。第二天他妻子从塔法利亚赶来

---

① 西班牙语:死了。
② 塔法利亚(Taffalla)为西班牙纳瓦拉省一城镇,在潘普洛纳以南。

守灵,第三天在圣费尔明礼拜堂举行了超度仪式,棺材就由塔法利亚舞蹈和饮酒协会的会员抬往火车站。鼓手头前开路,横笛吹奏着乐曲,抬棺材的后面跟着孤儿寡母……再后面列队跟随的是潘普洛纳、埃斯特里亚、塔法利亚和桑圭萨①所有能赶来过夜、参加葬礼的舞蹈和饮酒协会会员。棺材装到列车的行李车厢,寡妇和两个孩子三人一起乘坐一节敞篷的三等车厢。列车猛一哆嗦,然后就平稳地开出,绕着高冈边缘逐级下坡,驶入风吹麦浪的平原地带,朝塔法利亚开去。

抵死维森特・吉罗内斯的那头公牛名叫 Bocanegra②,是桑切斯・塔韦尔诺养牛场编号 118 的公牛,当天下午作为第三头公牛被佩德罗・罗梅罗杀死。在观众的欢呼声中,牛耳被割下来献给佩德罗・罗梅罗,他又转而献给了布蕾特,布蕾特用我的一条手帕把牛耳包起来,跟几截穆拉蒂牌香烟屁股一起,塞进了潘普洛纳蒙托亚宾馆她床头柜抽屉的最里边。

我回到旅馆,见夜班看守坐在大门里面的凳子上。他整夜都守在门口,已经瞌睡得睁不开眼了。我进门的时候他站了起来。同时进门的还有三个女招待。她们是跑到斗牛场看早场去了,一路嘻嘻哈哈地上楼去。我跟在她们后头上了楼,来到自己的房间。脱掉鞋子在床上躺下。窗户是开向阳台的,阳光已经把房间照得很亮了。我并无睡意,等上床的时候应该有三点半了,六点的时候被乐队的声音吵醒。我下巴两边都很疼。我用手指摸了摸疼痛的部位。那个该死的科恩。他第一次遭人侮辱就该奋起把侮辱他的人揍一顿,然后走掉。他竟然深信布蕾特爱他。他就打算一直待下去,以为真爱会战胜一切。这时有人敲门。

---

① 埃斯特里亚和桑圭萨均为纳瓦拉省城镇,分别位于潘普洛纳西南和东南。
② 西班牙语:黑嘴。

"进来。"

是比尔和迈克。两人在床上坐下。

"圈牛啊。"比尔说,"真是够棒的。"

"我说,你没在现场?"迈克问,"打铃叫点啤酒上来,比尔。"

"多带劲儿的早上!"比尔说着抹了抹脸,"我的上帝!多带劲儿的早上!而老杰克却躺在这儿。老杰克成了人体沙袋①。"

"里面出了什么事没有?"

"老天爷!"比尔说,"出了什么事没有,杰克?"

"牛群奔进来。"迈克说,"大家就在牛群前面跑,有位老兄绊了一跤,带倒了一大片。"

"牛群就径直踩了过去。"比尔说。

"我听到他们喊了。"

"那是埃德娜。"比尔说。

"不断有人跑出来,挥舞着衬衫当斗篷耍。"

"有头公牛沿着围栏一路跑过去,见人就挑。"

"有大约二十几个人都给送医院了。"迈克说。

"多带劲儿的早上!"比尔说,"倒霉的警察不断逮捕那帮想投身牛犄角底下自杀的哥们儿。"

"犍牛终于还是把公牛引进了栏。"迈克说。

"用了大约一个钟头。"比尔说。

"实际上只用了大约一刻钟时间。"迈克反驳道。

"哦,去你娘的。"比尔说,"你是上过战场的。我倒觉得足有两个半钟头呢。"

"啤酒怎么还没到?"迈克问。

"你们是怎么对待那位可爱的埃德娜的?"

"我们刚把她送回家,她就睡下了。"

---

① 嘲笑杰克被人打。

"她喜欢吗?"

"喜欢。我们跟她说这些天早上天天都是如此。"

"她惊叹不已。"迈克说。

"她想把我们也拉到场子底下去呢。"比尔说,"她可喜欢刺激了。"

"我说,这对我的债主们可不公道①。"迈克说。

"多带劲儿的早上。"比尔说,"晚上也带劲儿!"

"你的下巴怎么样了,杰克?"迈克问。

"还疼呢。"我说。

比尔哈哈大笑。

"你干吗不端起把椅子来砸他?"

"你说得倒轻巧。"迈克说,"你要是在的话,他也早把你给打晕过去了。我都没看清楚他是怎么揍的我。当时我只觉得他刚刚还在我眼前呢,一转眼工夫,我已经一屁股坐在大街上了,杰克更是躺桌子底下去了。"

"后来他上哪儿去了?"我问。

"她可来了。"迈克说,"这位美丽的女士给我们带啤酒来了。"

女服务员把放啤酒瓶和玻璃杯的托盘放在桌子上。

"再去给我们拿三瓶上来。"迈克说。

"科恩揍了我以后又到哪儿去了?"我问比尔。

"你竟然不知道?"迈克忙着开啤酒瓶,拿起一个玻璃杯,凑近瓶口往里倒酒。

"真的假的?"比尔问。

"唉,他回到旅馆,在斗牛小子的房间里找到了他跟布蕾特,然后就残忍了杀害了那个可怜又该死的斗牛士。"

"不。"

"是。"

---

① 迈克这是在自嘲:他一死,就不用还钱了。

"多带劲儿的晚上!"比尔说。

"他差一点就把可怜的、该死的斗牛士宰了。然后科恩就想带布蕾特走。是想把她变成一个诚实的女人吧,我猜。多他妈感人的场景啊。"

他喝了一大口啤酒。

"他是头蠢驴。"

"后来怎么样?"

"布蕾特给了他一顿教训!把他大骂了一通。我觉得她可真是个好样的。"

"我敢打赌这话没错。"比尔说。

"然后科恩人就垮了,开始痛哭流涕,一心想跟斗牛的小子握手言和。他还想跟布蕾特也握握手。"

"我知道。他跟我已经握过手了。"

"真的?可他们俩才不吃他这套呢。斗牛的小子是个好样的。他没啰唆,可他被打倒后每次都爬起来,接着再被打倒。科恩就是没办法把他给打晕过去。那场景肯定他妈的好玩极了。"

"这些你都是从哪儿听来的?"

"布蕾特说的,我今天早上见到她了。"

"最后怎么收场的?"

"那斗牛的小子像是坐在床上。他已经被打倒了大约十五回了,可他还想继续打下去。布蕾特按住他,不让他起来。他已经很虚弱了,可布蕾特还是按不住他,他又爬了起来。然后科恩说他不能再打他了。说自己下不了手了,再这么打下去未免就太恶毒了。于是那斗牛的小子挣扎着摇摇晃晃朝他走过去。科恩被一直逼到背靠墙面。

"'这么说你不想揍我了?'斗牛的小子说。

"'对,'科恩说,'我耻于再这么干了。'

"于是斗牛的小子攒足全身的力气朝他脸上揍了一拳,然后就跌坐在地板上。他起不来了,布蕾特说。科恩想扶他起来,把他搀到床上。他却说,要是科恩扶了他,就把科恩宰了,而且要是科恩今天上午不离开这儿,他无论如何也还是要宰了他。科恩就哭了,布蕾特早就骂过他一顿了,他还想跟他们握握手。这个我前面已经说过了。"

"把底下的也都说完。"比尔说。

"斗牛的小子像是一直在地板上坐着。他在积攒力气,想攒够了力气站起来再揍一次科恩。布蕾特压根儿不肯跟他握什么手,科恩就哭天抹泪地跟她说他是多么爱她,她就跟他说别再充他娘的蠢驴了。然后科恩就弯下腰想跟斗牛的小子握手。决无冒犯之意,你知道。完全是为了求他宽恕。可斗牛的小子又一拳打在他脸上。"

"好小子。"比尔说。

"他可把科恩给毁了。"迈克说,"你知道,依我看科恩以后可再也不想揍人了。"

"你什么时候见的布蕾特?"

"今天早上。她进房来拿点东西。她正在照顾罗梅罗这小子呢。"

他又倒了一杯啤酒。

"布蕾特难受极了,不过她喜欢照顾人。当初我们也是这么着搞到一起来的。她当时就是在照顾我。"

"我知道。"我说。

"我醉得够可以的了。"迈克说,"我想我将一直这么醉着。这事整个儿特别好玩,可是不大让人开心。不大让我开心。"

他把啤酒给干了。

"我把布蕾特教训了一顿,你知道。我说,她要是老喜欢跟犹太人和斗牛士这类人厮混,她肯定会碰到麻烦的。"他探下身来,"我说,杰克,我把你那瓶也喝了行不行?她会再给你拿一瓶的。"

"请吧。"我说,"我反正也没想喝。"

迈克动手开酒瓶。"你帮我开一下行不行?①"我压一下铁丝钩扣,把瓶盖打开,给他倒了一杯。

"你知道。"迈克继续说,"布蕾特原来可是好样的,她一直都是好样的。我因为她跟犹太人和斗牛士还有所有这些下三滥乱搞,把她给臭骂了一顿,你知道她是怎么说的?她说:'是呀。我跟那位英国贵族的日子过得可真叫幸福啊!'"

他又喝了一口。

"这话说得够劲儿。你知道,给布蕾特贵族头衔的那个家伙,阿什利是个航海家。第九代从男爵②。他回到家的时候不肯睡在床上,总是叫布蕾特睡在地板上。最后他变得实在是坏透了,经常说要宰了她,睡觉的时候总是带着把子弹上膛的左轮手枪。等他睡着了以后布蕾特才敢偷偷把子弹取出来。她从来就没过过幸福的生活,布蕾特。这也真他妈的是种耻辱。她是多么喜欢享受生活啊。"

他站起身。他的手在哆嗦。

"我要回房间去了。尽量争取能睡一会儿。"

他微微一笑。

"被这场狂欢节给闹的,我们有太长时间没有睡觉了。我打算从现在开始,好好睡个够。不能睡觉可真他妈太糟糕了。搞得你神经兮兮的。"

"咱们中午在伊鲁涅见。"比尔说。

迈克出了门。我们听得到他在隔壁的动静。

他打了铃,女服务员上来,敲了敲门。

"给我拿半打啤酒和一瓶芬达多来。③"迈克对她说。

---

① 迈克显然醉得太厉害,连酒瓶都打不开了。
② 从男爵级别在男爵之下,称号世袭,通常授予平民。原是詹姆斯一世为了敛财而用特许证形式设置的"一个在男爵和骑士之间的新爵位"。
③ 迈克想醉死拉倒。

"Si，Señorito。①"

"我也要去睡了。"比尔说，"可怜的老迈克。我昨晚还为了他跟人大闹了一场。"

"在哪儿？在那个米兰酒吧？"

"是呀。有个家伙像是曾在戛纳给布蕾特和迈克埋过单。那家伙可真是太卑鄙了。"

"这事我知道。"

"我可不知道。谁都没权利那么诽谤迈克。"

"事情坏就坏在这上头。"

"他们没有任何权利。我绝对不希望他们有任何的权利。我要睡觉去了。"

"斗牛场里有人被抵死吗？"

"像是没有。就是受了重伤。"

"外头的跑道上有个人被抵死了。"

"是吗？"比尔说。

---

① 西班牙语：是，少爷。

第十八章

中午时分,我们都聚在了咖啡馆里。里面拥挤不堪。我们一边喝啤酒一边吃虾。城里也拥挤不堪。每条街道都满满的。从比亚里茨和圣塞瓦斯蒂安来的大汽车不断开到,在广场周围停下来。乘客都是前来观看斗牛的。观光车也不断开到。有辆车带来了二十五位英国女人。她们坐在白色的大汽车里,拿着望远镜观看这场狂欢节。跳舞的都醉醺醺的了,这是狂欢节的最后一天。

狂欢节的活动安排得非常紧密,没有丝毫停顿,不过这些大汽车和观光车周围还是形成了几堆由旁观者构成的孤岛。等车子里的人都下光了,他们也就融入了热闹的人群。你也就再也见不着他们了,只是有时会在咖啡座上挤得紧紧的穿黑色罩衣的农民当中,看到他们那格格不入的运动服。就连那些从比亚里茨来的英国人都融入了狂欢节的洪流,假若你不是就近从一张桌子边挤过去,也就再也见不到他们了。街上从早到晚都乐声不断。鼓点咚咚,笛声响亮。咖啡馆里面,大家都用手紧紧抓住桌边,或是相互搂着肩膀,直着嗓子歌唱。

"布蕾特来了。"比尔说。

我抬头一看,见她正穿过广场上的人群走过来,头抬得高高的,仿佛整个狂欢节都是为了向她表示敬意而举行的,而她对此感觉既开心又好笑。

"嗨，伙计们！"她说，"我说，渴死我了。"

"再来一大杯啤酒。"比尔吩咐服务生。

"要虾吗？"

"科恩走了？"布蕾特问。

"是。"比尔说，"他雇了辆车。"

啤酒送上来了。布蕾特把大玻璃杯端起来，她的手在哆嗦。她自己也看到了，遂微微一笑，低头喝了一大口。

"好酒。"

"非常好。"我说。我在为迈克悬着一颗心。我想他根本就没睡成什么觉。他肯定一直都在喝酒，不过他看起来倒是还有自控能力。

"我听说科恩把你打伤了，杰克。"布蕾特说。

"没什么。把我打昏过去了，别的没啥。"

"我说，他可确确实实把佩德罗·罗梅罗给打伤了。"布蕾特说，"他把他伤得可严重了。"

"现在怎么样了？"

"就快好了。他不愿走出房间。"

"他看起来很糟糕吗？"

"非常糟糕，他伤得非常严重。我跟他说，我想跑出来看看你们这帮伙计，就一会儿。"

"他还要上场吗？"

"是呀。你要是不介意，我就陪你一起去。"

"你的男朋友怎么样了？"迈克问道。布蕾特刚才说的话他一句都没听进去。

"布蕾特搞上了个斗牛士。"他说，"她搞过一个叫科恩的犹太佬，可他的表现却很糟糕。"

布蕾特站了起来。

"我可不想听你说出这种话来，迈克。"

"你男朋友怎么样了?"

"好得很。"布蕾特说,"今下午好好看他的表现吧。"

"布蕾特搞上了个斗牛士。"迈克说,"一个该死的漂亮斗牛士。"

"陪我走回去行吗?我有话跟你说,杰克。"

"把你那位斗牛士的所有情况好好跟他说说。"迈克说,"哦,跟你的斗牛士见鬼去吧!"他把桌子一掀,所有那些啤酒杯和虾碟都"哐当"一声掀翻了一地。

"走吧,"布蕾特说,"咱们快离了这儿。"

挤在人群里穿过广场的时候,我问:"情况到底怎么样?"

"午饭后到正式上场这段时间我不打算见他。他的人要过来帮他着装。他们都非常生我的气,他说。"

布蕾特简直容光焕发。她非常开心。太阳出来了,天光灿烂明亮。

"我觉得整个人都变了。"布蕾特说,"你根本体会不到,杰克。"

"有什么需要我做的吗?"

"没有,陪我去看斗牛就行。"

"午饭一起吃?"

"不。我跟他一起吃。"

我们站在旅馆门口的拱廊底下。有人正把桌子搬出来,安置在拱廊底下。

"想去公园里走走吗?"布蕾特问,"现在我还不想上去。我想他在睡觉。"

我们打剧院门前走过,出了广场,穿过市场上搭的售货棚,随着人流在摊位之间往前走。我们走上一条通往萨拉萨特步行街的支路。看得见步行街上摩肩接踵的人流,全都衣着时髦,在公园顶头散步。

"咱们别去那儿。"布蕾特说,"这会儿我可不想让人盯着看。"

我们在太阳底下站住。经过海上过来的一番阴雨之后,天气炎热晴好。

"我希望不要再刮风了。"布蕾特说,"刮风对他很不好。"

"希望如此。"

"他说牛都不错。"

"是很好。"

"那是圣费尔明礼拜堂吗?"

布蕾特望着礼拜堂的黄墙。

"是。星期天的游行就是从这儿开始的。"

"咱们进去吧。愿意吗?我很想为他做点祷告什么的。"

我们打开包着皮革的大门,门很厚重,开起来却很轻盈。里面很黑,有很多人在祷告。眼睛适应了里面幽微的光线后就看得见他们了。我们在个长条木凳上跪下。过了一会儿我发觉布蕾特僵立在我旁边,我看见她眼睛直勾勾地盯着前面。

"走吧。"她嘶哑地悄声道,"咱们还是出去吧。弄得我紧张得要死。"

来到外面街道上炎热的光天化日之下,布蕾特抬头看了看随风摇摆的树梢。祷告好像没起到什么作用。

"搞不懂为什么在教堂里我会那么紧张。"布蕾特说,"从来就没给我带来什么好处。"

我们向前走着。

"我跟宗教气氛总是格格不入。"布蕾特说,"我脸相跟这个不合吧。"

"你知道。"布蕾特说,"我一点都不为他担心。我只因为他而觉得幸福。"

"那就好。"

"不过我还是希望风势能缓下来。"

"到五点钟风应该就能减弱的。"

"希望如此吧。"

"你可以祷告嘛。"我呵呵一笑。

"从没给我带来什么好处,我的祷告从来就没应验过。你应验过吗?"

"哦,有过。"

"哦,胡说。"布蕾特说,"不过或许对某些人是有用的。可你看起来也不怎么虔诚嘛,杰克。"

"我挺虔诚呀。"

"哦,胡说。"布蕾特说,"今天可别来感化我。上半天已经够倒霉的了,看来还要倒霉下去。"

自从她跟科恩走掉以来,我这还是头一次看到她又恢复了原来那种开开心心、不管不顾的做派。我们再次回到旅馆门前。所有的桌子都已经布置妥当,已经有几张桌子被客人占据,开始用餐了。

"一定要照看一下迈克。"布蕾特说,"别让他太过胡闹了。"

"您的朋友已经上楼了。"那位德国餐厅主管用英语说。他一贯喜欢偷听人家讲话。

布蕾特对他说:"谢谢,非常感谢。还有什么别的什么要说吗?"

"没有了,夫人。"

"好。"布蕾特说。

"给我们留一张三个人的桌子。"我对那德国人说。他贼眉鼠眼、齿白唇红地一笑。

"夫人也在这儿吃吗?"

"不。"布蕾特说。

"那么我觉得两个人的桌子足够了。"

"别跟他废话了。"布蕾特说,"迈克的情形肯定很糟糕了。"她走在楼梯上时说。我们上楼的时候跟蒙托亚打了个照面。他鞠了一躬,可是绷着个脸。

"在咖啡馆见吧。"布蕾特说,"谢谢你,非常感谢,杰克。"

我们在我们房间所在那层楼上停下来。她顺着走廊径自走进罗梅罗的房间。她没有敲门，抬手把门打开就进去了，随手又把门关上。

我站在迈克房间的门前，敲了敲门。没人应声。我试着拧了下门把手，门开了。房间里是一片狼藉。所有的包都被打开来，衣服扔得到处都是。床边有几个空酒瓶。迈克躺在床上，那张脸看起来活像是死后拓制的石膏面模。他睁开眼睛看了看我。

"嗨，杰克。"他语速奇慢地对我说，"我打了个——个——盹——儿。我好长时间以来，一直想——睡一个——小觉。"

"我帮你把被子盖好。"

"不。我挺暖和的。"

"别走。我还——没——睡着呢。"

"你会睡着的，迈克。甭担心，老弟。"

"布蕾特搞上了个斗牛士。"迈克说，"不过她那个犹太佬倒是走了。"

他转过头来看着我。

"可喜可贺哈，是不是？"

"是。现在快睡吧，迈克。你应该睡点觉了。"

"我才开——始。我是——要睡——一会儿。"

他闭上了眼睛。我走出房间，轻轻把门关好。比尔正在我的房间里看报。

"见过迈克了？"

"是。"

"咱们吃饭去吧。"

"有那个德国总管在那儿，我不想下去吃饭。我把迈克扶上楼的时候，他那副德性可真够蛮横无理的。"

"他对我们也是这副德性。"

"咱们还是到城里去吃吧。"

我们下楼。在楼梯上跟一个上楼的女侍擦肩而过,她端着个蒙着餐巾的托盘。

"那是布蕾特的午餐吧。"比尔说。

"还有那小子的。"我说。

来到外面拱廊底下的露台上,那位德国总管走上前来。他红彤彤的腮帮子油光锃亮的。他很客气。

"我给两位先生留了张两个人的桌子。"他说。

"你自己坐去吧。"比尔说。我们径自走下露台,穿过马路。

我们在广场边一条小巷里的一家餐馆里吃的饭。在这家饭馆吃饭的都是男的。满屋子烟气腾腾,大家又喝又唱个没完。饭菜可口,酒水地道。我们都没怎么说话。饭后我们来到咖啡馆,观看狂欢节的活动如何达到沸腾的高潮。布蕾特饭后不久也过来了。她说她到房间里看了一下,迈克已经睡着了。

当狂欢节到达沸腾的高潮,朝斗牛场蔓延时,我们也跟着人流涌了过去。布蕾特坐在场边第一排比尔和我中间。在我们正下方就是那条 callejon[①]:看台和斗牛场红色栅栏之间的通道。我们背后的水泥看台上已经人满为患。我们前方,红色栅栏里面的斗牛区已经被碾压平整,铺着黄灿灿的沙子。雨后的沙地看起来有些滞重,不过经太阳一晒就干了,又坚实又平整。持剑的侍从和斗牛场的仆役走下通道,肩上扛着装有斗牛斗篷和 muleta[②] 的柳条篮。斗篷和红布上都血迹斑斑,整齐、密实地叠好放在篮子里。持剑侍从打开沉重的皮制剑鞘,把剑鞘倚在围栏上,露出一束裹着红布的剑柄。他们抖开一块块沾染了深色血迹的红色法兰绒布,装上短棒,整个展开,预备给斗牛士拿在手里。布蕾特目不转睛地看着这套过程。被这些专业性的细节深深吸引住了。

"所有的斗篷和红布上都印了他的名字。"她说,"这红布干吗叫

---

① 西班牙语:小巷,过道。
② 西班牙语,原意是拐杖,在斗牛语汇中指斗牛士用来挑逗牛的挂在棒上的红布。

muleta？"

"不知道。"

"像是从来都没洗过。"

"应该是这么回事。一洗就要掉色了。"

"那些血迹会让布料变硬的。"比尔说。

"有趣。"布蕾特说，"他们竟然对血迹一点都不在意。"

在底下狭窄的通道上，持剑侍从正在安排上场前的准备工作。所有的座位都坐满了。上头的包厢里也是满的。除了主席的包厢以外一个空座儿都没有。主席一入场，斗牛就将正式开始。在平整的细沙场地那头，在通往牛栏的高大门洞底下，几位斗牛士正把斗篷卷在胳膊上站着聊天，等着他们列队横穿斗牛场的信号发出。布蕾特拿着望远镜盯着他们看。

"给，要不要看看？"

我通过望远镜望着那三位斗牛士。罗梅罗站在中间，贝尔蒙特在他左边，马西亚尔居右。后面是他们的助手，先是几个投镖手，他们身后的通道和牛栏里的空地上站着执矛手。罗梅罗穿了套黑色斗牛服。他的三角帽低低地压在眉角。我看不清他帽子遮掩下的脸，不过还是看得出伤痕累累。他目光直视前方。马西亚尔在小心翼翼地抽烟，用手把香烟掩住。贝尔蒙特朝前望着，面容惨淡，面色蜡黄，长长的狼下巴朝外戳着。虽说朝前望着，却目光茫然。他跟罗梅罗看起来都跟别人没有丝毫共同之处。茕茕独立，孑然一身。这时主席进场了，我们上面的大看台上一片鼓掌声，我把望远镜递给了布蕾特。一阵喝彩之后音乐奏起。布蕾特透过望远镜看着。

"给，你看看。"她说。

我透过望远镜看见贝尔蒙特正跟罗梅罗说着什么。马西亚尔把身体挺直，把香烟扔了，于是三位斗牛士正视前方，昂起头，空着的一只手摆动起来，正式上场。他们后面跟上来整个队列，慢慢展开，踏着大步，所有的斗篷都卷在胳膊上，空着的另一只手一起摆动，后面出场的是骑在马上的执矛手，像长矛轻骑兵一样将刺牛的长矛高高举起。在全副仪仗后面压阵的是两队骡子和斗牛场的仆役。三位斗牛士手按住帽子，在主席的包厢前鞠躬致意，然后来到我们下面的围栏边。佩德罗·罗梅罗脱下他那件沉甸甸的织金锦缎斗篷，越过围栏递给他的持剑侍从。他对侍从交代了几句。此时的罗梅罗就在我们紧下方，能清楚地看到他嘴唇肿胀，眼圈乌青。持剑侍从接过斗篷，抬头看了看布蕾特，走到我们身边，把斗篷呈上。

"把斗篷在你面前摊开。"我说。

布蕾特俯下身去。斗篷因为是织金的，沉重又挺括。侍从回头看了看，摇了摇头，说了句什么。坐在我旁边的一个人朝布蕾特探过身来。

"他不想让你把它摊开。"他说，"你应该把它叠好，放在膝上。"

布蕾特依言将沉重的斗篷叠好。

罗梅罗并没有抬头看我们这边，他在跟贝尔蒙特说话。贝尔蒙特已经把自己的礼服斗篷献给了他的几个朋友，他朝他们望过去，微微一笑，他狼一般的微笑只是咧咧嘴巴，脸上并无笑意。罗梅罗趴在围栏上要人把水罐拿来。持剑侍从送上水罐，罗梅罗往他密纹棉布质地的斗牛斗篷上洒了些水，然后用他穿浅口便鞋的脚在沙地上把斗篷的下摆来回搓了几下。

"他这是在干吗？"布蕾特问。

"给斗篷增加点分量，免得被风吹起来。"

"他脸色看起来好差。"比尔说。

"他自我感觉也很差。"布蕾特说，"他应该卧床休息。"

第一头牛是为贝尔蒙特预备的。贝尔蒙特表现得很好。可是因为他拿到三万比塞塔的出场费，而且大家是排了一整夜的队买票专为看他而来的，观众对他的要求也就水涨船高，要好上加好才行。贝尔蒙特的绝技在于他跟牛的近距离缠斗。在斗牛中有所谓公牛地带和斗牛士地带之说。只要斗牛士处在他自己的地带，相对而言他就比较安全。而他每次进入公牛地带，也就意味着要冒很大的风险。在贝尔蒙特的辉煌时代，他总是在公牛地带跟牛缠斗。如此一来，他的斗牛表演就总给人以即将发生悲剧的感觉。大家来这里看斗牛就是为了看贝尔蒙特，来感受这种悲剧性的冲击力，说穿了也许就是为了来看他怎么死的。十五年前大家就说，你要是想看贝尔蒙特就得赶紧了，可他至今还活得好好的。打那以后，他杀死的公牛已经超过了一千头。他退隐以后，有关他斗牛绝技的传说越传越神，而等他重返斗牛场后，大家反而大失所望，因为没有一个凡人能像神乎其神的贝尔蒙特传说里吹嘘的那样距离公牛如此之近，当然了，就连贝尔蒙特本尊也势难做到。

而且，贝尔蒙特还提出种种要求，坚决要求牛的个头不能太大，牛犄角也不能太凶险，如此一来，那些给人以悲剧性冲击所必需的因素也就随之失去了。而观众却期望如今深受瘘管之苦的贝尔蒙特的表现，能三倍于他过去的作为，结果难免觉得受骗上当，而贝尔蒙特倍感屈辱之下，狼下巴也益发突出以示轻蔑，他的脸色也愈发蜡黄，而且由于疼痛加剧，他的步伐也越发滞重，最后观众干脆以实际行动来反对他，发泄自己的不满，而他则断然以轻蔑和不屑针锋相对。他本来期望度过一个辉煌的下午，等待他的却是整整一下午的嘲笑、高声的谩骂，最后竟然发展到朝他扔东西：坐垫、面包片和瓜菜阵雨般倾泻到他曾获得无上荣耀的这片场地上。他能做到的唯有将下巴翘得更高。有时，当观众的谩骂实在不堪入耳时，他会伸长下巴回一个龇牙咧嘴的苦笑，而每个动作只使他的疼痛更加难以忍受。到最后，他蜡黄的脸色都变作了羊皮纸的颜色。等他终于把第二头牛杀死，那一轮面包和坐垫的阵雨也倾泻完毕以后，他仰着狼下巴以他同样微笑和蔑视的眼神向主席敬礼致意，把他的剑递给场外的助手，擦拭干净后收回剑鞘，他这才走进过道，倚在我们座位下面的围栏上,把头埋进胳膊里,什么也不看,什么也不听,默默地挺过那一阵痛苦的折磨。等他终于抬起头来,他要了点水,喝了几口,然后漱了漱口,把水吐掉,拿起斗篷,回到斗牛场内。

　　观众们因为反对贝尔蒙特的缘故,都向着罗梅罗。他一离开斗牛场的围栏朝公牛走去,大家就都为他鼓掌喝彩。贝尔蒙特也在注意着他,注意他的同时又总是装作没有注意。他没怎么把马西亚尔放在心上,因为他对马西亚尔了如指掌。他从隐退中重返斗牛场就是要跟马西亚尔一决高下的,而且对自己的胜算成竹在胸。他本来打算跟马西亚尔和斗牛衰落期的其他几位明星一决高下的,而且他知道,只要他出场,他的真功夫就会把衰落期斗牛士那套假模假式的美学比得黯然失色。可是他重返赛场的辉煌整个被罗梅罗彻底败坏了。罗梅罗的斗牛艺术总是那么流畅、自如、优美,而他贝尔蒙特只有偶尔才能做到这一点。而对此观众也已经感觉到了,就连那些比亚里茨来的人,最后,就连美国大使也看出来了。跟罗梅罗的这场较量是贝尔蒙特绝对不想参加的,因为最后的结果不是被牛抵伤就是命丧斗牛场。贝尔蒙特的状态已经不行了,他在斗牛场上的光辉岁月已经成为过去。今非昔比,现如今,他的生命偶尔才绽放出点火花来。面对他的公牛,他还能绽放旧时辉煌的火花,可这些火花也毫无价值了,因为当他从汽车里出来、倚在他牛场主朋友的牛栏边、只挑选安全保险的温顺公牛时,就已经注定要使他辉煌的火花大打折扣了。于是他挑中两头个头既小、也没多大犄角、又容易控制的牛来斗,而当他自觉辉煌重现的时候——因为常年的病痛,即便重现也只能实际表现出一丁点来,就是这一丁点事先也已经大打折扣、已经被出卖了,所以并不能让他有良好的感觉。他确实体会到了当年的辉煌再次重现的滋味,可这已经不再能使他感到斗牛的神奇和快乐了。

　　佩德罗·罗梅罗身上就笼罩着这种神奇的辉煌。他热爱斗牛,而且我认为他还热爱他斗的牛,我认为他还热爱布蕾特。整个下午,他尽其所能，一直将他斗牛的地点控制在她面前。他没有一次抬头看她。他这么做反而使他的力量更加强大，他在为她而战的同时，也是在为自己而战。因为他没有抬头去征询她是否感到满意，他也就等于是一门心思在为自己而战，这使他力量大增，而他这么做也是为了她。可他在为她而战的时候自己并没有丝毫损耗。整个下午他都因这种状态而表现神勇。

他第一次"quite[①]"的表演就是在我们座位的正下方进行的。公牛每向执矛手发动一次攻击，三位斗牛士就轮番上场将牛引开。贝尔蒙特第一个上，马西亚尔排第二，罗梅罗最后一个上。他们仨都站在执矛手胯下坐骑的左侧。执矛手则把帽子一直压到眉角，长矛的矛头直指公牛，脚下既要用马刺催促又要控制住轻重，再加上左手握住缰绳操控，使马朝着公牛前进。公牛就一门心思地看着。表面上它看的是白马，事实上它注目的是长矛那个三角形的钢尖。罗梅罗也一直小心注视，看出公牛就要开始掉头了，它还不想发动攻击。罗梅罗于是把斗篷轻轻一抖，鲜亮的红色抓住了公牛的视线。公牛出于条件反射猛冲过去，可是冲过去才发现面前并不是闪耀的红色，而是一匹白马，还有一个人从马背上深深地哈下腰来，将山胡桃木长矛的矛头直插入公牛肩部隆起的肌肉，然后以长矛为支点，将坐骑拨转到一边，划出一道伤口，将钢尖猛力刺入公牛的肩部，尽量让它流血，以备贝尔蒙特上场缠斗。

公牛在钢矛之下并没有坚持下去。它并不真想攻击白马。他掉过头去，放弃了白马和执矛手，罗梅罗用斗篷把它引开了。他轻柔而又流畅地把牛引开，然后停步，毫不含糊地跟它正面相对，向牛伸出斗篷。公牛的尾巴竖了起来，朝罗梅罗发动了攻击。罗梅罗在牛面前挥

[①] 据海明威在他两部斗牛专书《死在午后》和《危险的夏天》中自己的解释，所谓"quite"，是由quitar派生的词，意为调离，引走，即把公牛从任何受到它直接威胁的人旁边上引开。尤指公牛向执矛手进攻之后，手拿红斗篷的斗牛士轮番上阵，将公牛从执矛手和马身边引走。参看下文的描述。

动手臂,稳住脚跟扭动身躯。打湿了以后又沾上泥沙的斗篷呼啦啦一下展开,饱满得如同鼓满风的风帆,罗梅罗就在公牛的正前方,以斗篷为中心旋转。一个回合下来,人和牛再一次面对面。罗梅罗不禁微微一笑。公牛还想再来一回,罗梅罗的斗篷再次迎风展开,这次换了另一边。每一次他都让牛贴肉般切近地擦身而过,人、牛以及牛前面满帆一般招展旋转的斗篷,在那一瞬凝固成一幅轮廓鲜明的群像。一切的动作都如此缓慢,又是如此成竹在胸。就仿佛他在轻轻摇晃着公牛,哄它入睡一般。他做了四个这样的 veronica①,最后以半个 veronica 结束动作:转身背朝公牛,面朝鼓掌喝彩的观众,手抚在臀上,斗篷挎在胳膊上,公牛望着他的背影渐渐远去。

在对付他自己那两头牛时他做得非常完美。他的第一头牛视力不佳。两轮斗篷挑逗之后,罗梅罗就对它视力受损到何等程度了如指掌了。接下来也就照此行事。这场斗牛算不上精彩纷呈,只不过无懈可击而已。观众们要求换一头牛,大肆鼓噪起来。跟一头连红斗篷都看不清楚的牛有什么好斗的,可主席却不让换。

"他们干吗不换一头?"布蕾特问。

"他们已经为这一头出了钱了。他们可不愿意钱打了水漂。"

"这对罗梅罗可不公平。"

"你且看他怎么对付一头看不清颜色的公牛。"

"我可不喜欢看这种东西。"

哪怕你为斗牛士多少操那么一点心,斗牛也就没有任何观赏的乐趣了。碰上这么头看不清斗篷的颜色,对斗牛红布那猩红的法兰绒料子都视而不见的公牛,罗梅罗只得以自己的血肉之躯跟他相互协调。为了让牛看到他的身体,他不得不紧贴到它身边,等它发动攻击后再把牛的攻击目标转向法兰绒红布,好以经典的方式结束这一回合。比

---

① 西班牙语:斗牛术语,指斗牛士静止不动,将斗篷张开,慢慢地引牛擦身而过的一套动作。

亚里茨来的那批观众不喜欢他这种转圜的方式。他们以为罗梅罗害怕了，所以他每次将公牛的攻击从他自己身上转向法兰绒红布的时候，才会朝一旁跨一小步。他们情愿去看贝尔蒙特模仿从前的自己，或者是马西亚尔模仿贝尔蒙特。我们身后就坐着这么三位观众。

"那头牛有什么好怕的？那头牛傻得只会跟在那块布后头朝前走。"

"他不过是个毛头小子，斗牛的本事还没学到家呢。"

"也许他现在太紧张了。"

在斗牛场正当中，罗梅罗孤身一人还在以同样的方式斗牛：把身体贴近那头牛，让它能清楚地看到他，把身体凑上去，再凑近些，那头牛还在呆头呆脑地看着，不行就再凑近些，直到那头牛以为可以够到他了；再次凑近，终于引得那头牛朝他发起进攻，就在牛角马上就要刺到身体了，这才轻轻地、几乎难以察觉地猛地一抖红布，让牛擦身而过，而正是这一动作激起了比亚里茨斗牛行家们的酷评和非难。

"他就要杀牛了。"我对布蕾特说，"牛还劲头十足呢。它不想把劲头都耗光。"

在斗牛场正当中，罗梅罗面向公牛，侧面对着我们，从斗牛红布的褶层里抽出短剑，踮起脚尖，沿着刀刃向下瞄准。罗梅罗手起刀落之时公牛正好朝他冲过来。罗梅罗用红布遮住牛脸，蒙住它的眼睛，左肩随着短剑刺入牛身而直插入两个牛角中间，有那么一瞬，他和牛浑然一体，罗梅罗耸立在牛身之上，右臂高高举起，伸手去抓那把已经刺入公牛双肩正中的短剑的剑柄。接着人牛分开。罗梅罗在脱身之际，身子微微一晃，不过马上就站稳了，举起一只手，面向公牛。他衬衣的腋下部分撕开了，白色的布片迎风招展，公牛呢，红色的剑柄牢牢地插在它两肩中间，脑袋下沉，四肢慢慢瘫软。

"它这就完了。"比尔说。

罗梅罗离那头牛仍然很近,所以牛还能看得到他。他的手仍然举着,跟那头牛说着话。牛振作了一下,然后牛头朝前一冲,慢慢倒下去,然后突然翻了个滚,四蹄朝天不动了。

助手把短剑递给罗梅罗,他刀刃朝下手执短剑,另一只手拿着斗牛红布,走到主席的包厢面前,鞠了一躬,直起身来,走到围栏边,将剑和红布递给侍从。

"这头牛不灵。"持剑侍从说。

"它弄得我一身汗。"罗梅罗说。他擦了擦脸上的汗。持剑侍从把水罐递给他。罗梅罗抹了下嘴巴,从水罐里喝水弄得他很疼。他一直都没抬头看我们。

马西亚尔当天大获成功。罗梅罗的最后一头牛都上场了,观众们还在为他鼓掌喝彩。正是这头牛一大早在奔牛入栏时冲出来抵死了一个人。

罗梅罗在斗他第一头牛时,脸上的伤一直都非常显眼。他的每个动作都把脸上的伤痕暴露无遗。他集中精神费力地跟那头瞎眼的公牛细心周旋时,伤痕都一一显露出来。跟科恩的搏斗丝毫没有挫伤他的精神,可是毁了他的面容,伤了他的身体。他如今要将这不佳的形象一笔勾销。他跟这第二头公牛交锋的每一个动作都将原来的不佳形象抵消一分。这是头好牛,体格庞大,犄角锐利,转身和攻击都既灵活又坚决。他正是罗梅罗希望在斗牛场上碰到的牛。

当他结束斗牛红布的动作准备杀牛的时候,观众们意犹未尽,要求他继续表演下去。他们不愿意牛这么快就被杀,他们不愿意这场斗牛这么快就结束。罗梅罗于是接着斗下去。这简直就是教科书一般的斗牛表演。所有的动作都融会贯通、一气呵成,全都做得完整到位,全都做得缓慢、templed[①] 而又流畅自如。没有一点花招,从

---

① 按照海明威本人在《死在午后》中的解释,所谓"temple",是"斗牛士将动作做得缓慢、柔和又富有节奏感的特质"。

不故弄玄虚，没有一丝一毫的唐突草率。每到一个回合的高潮，你的内心都会突发一下心悸。观众们希望这场斗牛永远不要结束才好。

公牛四蹄立定，正对着斗牛士准备挨宰，罗梅罗就在我们正下方把牛杀死。这次的杀牛不像上次那般被逼无奈，而就像是他是出于喜欢才这么干的。他跟公牛面对面，侧身对着我们，从斗牛红布的褶层中拔出短剑，沿着刀刃向下瞄准。牛就这么看着他。罗梅罗喃喃地对牛说着话，一只脚在地上轻轻一叩。牛冲了过来，罗梅罗就等它这一冲，他把斗牛红布放低，目光沿短剑的锋刃瞄过去，两脚稳稳地立定。他并没有往前挪动一步，紧接着他就跟公牛变成了一个整体，短剑已经插入公牛的两肩中间，高高耸立；而牛仍紧跟着向低处舞动的法兰绒冲去，随着罗梅罗干净利落地猛地朝左边一撤步，红布被他收起，一切也都结束了。公牛仍挣扎着向前冲，可四条腿已经开始瘫软，它左摇右晃，停顿了一下，接着就跪倒在地，罗梅罗的哥哥在他身后俯下身来，将一柄短刀扎入牛角根部的脖颈。这是他第一次失手①。他再次将短刀刺入，公牛訇然倒地，抽搐了一下就僵住不动了。罗梅罗的哥哥一只手抓住牛角，另一只手握着短刀，抬头望向主席的包厢。全场的观众都在挥舞手帕。主席从包厢里往下看了看，也挥舞了一下他的手帕。罗梅罗的哥哥于是从死牛身上割下带豁口的黑色牛耳，带着牛耳快步走向罗梅罗。沉重的公牛躺在沙地上黑乎乎的一大摊，舌头吐在外面。男孩子们从场地的四面八方跑向死牛，在它周围围成一个小圈。孩子们开始绕着公牛跳起舞来。

罗梅罗从他哥哥手上接过牛耳，朝主席高高举起。主席欠身致意，然后罗梅罗赶在人群前面朝我们跑来。他靠着围栏，探身将牛耳献给布蕾特。他点了点头，开心地笑了。人群将他团团围住。布蕾特把礼仪斗篷向下递给他。

---

① 照规定，斗牛士只容许刺一剑，否则就算失手。

"你喜欢吗?"罗梅罗喊道。

布蕾特什么都没说。两人相视一笑。布蕾特手里执着那牛耳。

"别沾到血。"罗梅罗说,咧嘴开心地一笑。大家需要他。有几个男孩子冲着布蕾特大喊大叫。这帮人里有孩子,有舞者,还有醉汉。他们都围着他,想把他抬起来扛在肩上。他抵挡着挣脱开来,在人群当中朝出口跑去。他不想让大家把他扛在肩膀上。可是他们还是抓住了他,把他举了起来。那姿势很不舒服,两条腿叉开,身上的伤疼得要命。他们把他抬起来,全体朝门口跑去。他的手搭在一个人的肩膀上,他抱歉地看了我们一眼。人群扛着他跑出了大门。

我们仨一起回到旅馆。布蕾特上楼去了。我跟比尔坐在楼下的餐厅里,吃了几个煮老了的鸡蛋,喝了几杯啤酒。贝尔蒙特穿着便装,跟他的经理人和另外两个男人下来了。他们在临桌坐下来吃饭。贝尔蒙特吃得极少。他们要搭乘七点的火车到巴塞罗那。贝尔蒙特里面穿了件蓝条子的衬衣,外面是一身深色西装,只吃了几个煮得很嫩的鸡蛋。另外三个人吃了一顿大餐。贝尔蒙特从不主动说话。他只回答别人的问话。

比尔看斗牛看得累了,我也一样,我们都太投入了。我们坐在桌边吃着鸡蛋,我留心观察贝尔蒙特和他桌子上的几个人。跟他一起的那几个人看起来都相貌凶狠,讲求实际。

"咱们到咖啡馆去吧。"比尔说,"我想来杯苦艾酒。"

那是狂欢节的最后一天。外面的天又开始阴下来了。广场上人山人海,焰火专家正在安装夜间燃放的焰火装置,并且用山毛榉树枝把它们都盖起来。男孩子们在一旁看热闹。我们经过几个带长竹竿的焰火发射架。咖啡馆外头聚了一大群人。音乐照常演奏,舞蹈仍跳得很欢。巨人的模型和侏儒再次打门前经过。

"埃德娜呢,哪儿去了?"我问比尔。

"我不知道。"

我们看着狂欢节这最后的一晚。一杯苦艾酒下肚，一切看起来都美好了些。我直接在滴杯里不加糖就喝了下去，苦得很惬意①。

"我真为科恩感到难过，"比尔说，"他的日子可真不好过。"

"哦，去他娘的科恩吧。"我说。

"你觉得他去哪儿了？"

"回巴黎了呗。"

"你觉得他下一步该干吗？"

"跟他的老情人鸳梦重温吧，也许。"

"他老情人是谁？"

"一个叫弗朗西丝的女人。"

我们又喝了一杯苦艾酒。

"你什么时候回去？"我问。

"明天。"

过了一会儿比尔说："我说，这次狂欢节真叫棒。"

"是，"我说，"一刻都不得闲。"

"我说了你都不信，真像做了个妙不可言的噩梦。"

"我当然信。"我说，"我什么都信，包括噩梦在内。"

"怎么回事？情绪低落？"

"低落得像下了地狱。"

"再来一杯苦艾酒。喂，服务生！给这位 señor 再来一杯苦艾酒。"

"我觉得就像下了地狱。"我说。

"喝了它。"比尔说，"慢慢喝。"

天开始黑下来，狂欢节还在继续。我开始觉得有点醉了，不过感觉一点都没有好转。

"觉得怎么样了？"

---

① 苦艾酒因酒精度较高，通常加水或冰块稀释，也用于调制鸡尾酒。传统的苦艾酒用特制的滴杯，水从糖块滤出缓缓滴入酒内，名为苦艾滴酒。

"觉得就像下了地狱。"

"再来一杯?"

"一点用都没有。"

"试试看嘛。说不准的,没准这一杯下肚就有效了呢。嘿,服务生!给这位 señor 再来一杯苦艾酒!"

我把水直接倒进去搅和了一下,没费心一滴滴往里滴。比尔往里面加了块冰。我用一把汤匙在这褐色的云雾状混合液里搅和着冰块。

"味道怎么样?"

"不错。"

"别像刚才喝得那么快了,你会觉得恶心的。"

我把玻璃杯放下。我本来就没打算很快喝掉。

"我觉得醉了。"

"你不醉才怪呢。"

"你就是打算把我灌醉,是不是?"

"当然了。喝它个酩酊大醉。把你那该死的压抑情绪盖过去。"

"好啊,我已经醉了。满意啦?"

"坐下。"

"我不坐下。"我说,"我要回旅馆去了。"

我醉得厉害,醉得比我哪一次都厉害。回到旅馆我爬上楼去。布蕾特房间的门开着,我探头进去看看,迈克正坐在床上。我挥了挥手里的酒瓶子。

"杰克。"他说,"进来,杰克。"

我进去,坐下。我要是不盯住某个固定的地方看,感觉房间整个都在打转。

"布蕾特,你知道。她已经跟那个斗牛的小子跑了。"

"不会吧。"

"怎么不会。她还找你道别来着。他们乘七点的火车走的。"

"真的？"

"下策啊。"迈克说，"她不该这么做。"

"是呀。"

"喝一杯？等我打铃叫人送点啤酒上来。"

"我已经醉了。"我说，"我要进屋躺下来。"

"醉得不行了？我也是。"

"是呀。"我说，"我是醉得不行了。"

"好吧，回见。"迈克说，"睡一会儿去吧，老杰克。"

我出门，走进自己的房间，在床上躺下。床像在海面上行驶，我从床上坐起来，盯住墙壁，让它停下来。外面的广场上，狂欢节仍在继续。它已经毫无意义。后来比尔和迈克进来招呼我跟他们下去吃饭。我假装睡着了。

"他睡着了，还是让他睡吧。"

"他醉大发了。"迈克说。他们出去了。

我从床上爬起来，走到阳台上，望着广场上跳舞的人群。这个世界已经不再旋转。一切都非常清晰、明亮，只是边缘有点模糊。我洗了脸，梳了梳头发。镜中的自己看着有点奇怪，然后就下楼来到餐厅。

"他来了！"比尔说，"好样的老杰克！我就知道你不会醉过去的。"

"嗨，你这个老醉鬼。"迈克说。

"我饿醒过来了。"

"喝点汤吧。"比尔说。

我们仨坐在桌边，感觉就像少了六个人似的。

The Sun
Also Rises

第三部

第十九章

第二天早上,一切都结束了。狂欢节已经结束。我九点左右才醒,洗了个澡,穿好衣服,下得楼来。广场上空空如也,街道上也不见人。有几个孩子在广场上捡焰火棍儿。咖啡馆刚刚开门,服务生正在把舒适的白色柳条椅搬出来,在拱廊的阴凉地里围着大理石面的桌子摆好。大街上有人在清扫,还接上软管喷洒路面。

我拣了把柳条椅坐下,舒舒服服地往后一靠。服务生也不忙着招呼了。拱廊的柱子上还贴着宣告公牛出笼和特别火车班次的白纸布告。一个扎蓝色围裙的服务生提了桶水,拿着块抹布从店里出来,开始把告示撕掉,把纸一条条往下撕,还粘在石柱上的就用水冲,用抹布擦干净。狂欢节当真结束了。

我喝了杯咖啡,过了一会儿比尔来了。我看着他穿过广场走过来。他在桌边坐下,叫了杯咖啡。

"好了。"他说,"一切都结束了。"

"是呀。"我说,"你几时走?"

"我也不知道,我想咱们最好弄辆车。你不打算回巴黎?"

"对。我还可以再待上一周。我想,去一下圣塞瓦斯蒂安吧。"

"我想回去了。"

"迈克有什么打算?"

"他打算去圣让－德吕兹①。"

"那咱们雇辆车,一起开到巴约讷再分手吧。今晚你可以在那儿上火车。"

"好。吃完午饭咱们就动身。"

"成啊。我去雇车。"

我们吃了午饭,付了账。蒙托亚没过来跟我们打招呼。账单是一个女招待送过来的。车已经等在外头。司机把我们的行李堆在车顶上,用皮带扎好,另有一些放在前座他自己身边,我们随后都上了车。汽车驶出广场,穿过一条边街,钻出树林,开下山坡,离开了潘普洛纳。这段路看似并不太长。迈克带了瓶芬达多。我只喝了一两口。我们翻过群山,出了西班牙边境,沿着白色的大路往前开,经过绿荫匝道、湿润葱茏的巴斯克乡间,最后开进了巴约讷。我们把比尔的行李放在火车站,他买了张前往巴黎的火车票,七点十分发车。我们出了车站,车就停在车站外头。

"咱们拿这车怎么办?"比尔问。

"哦,讨厌的车。"迈克说,"咱们把它留在身边吧。"

"好啊。"比尔说,"那咱们去哪儿?"

"咱们去比亚里茨喝一杯吧。"

"挥金如土的老迈克。"比尔说。

我们乘车来到比亚里茨,把车停在一家非常豪华的饭店外头。我们走进酒吧间,坐在高脚凳上,喝了杯威士忌加苏打。

"这酒算我的。"迈克说。

"咱们掷骰子决定吧。"

我们就用一个很深的皮质骰杯来掷扑克骰子。比尔第一掷就胜出了。迈克输给了我,递给酒保一张一百法郎的钞票。威士忌每杯叫价十二法郎。我们又喝了一轮,迈克又输了。每次他都给

---

① 圣让－德吕兹为法国巴斯克地区一海滨城镇,近西班牙边境。

酒保优厚的小费。远离吧台的一个房间里有个爵士乐队在演奏。这个酒吧让人觉得相当惬意。我们又喝了一轮。第一掷我以四个老 K 胜出。比尔和迈克接着对掷。迈克先是以四个 J 赢了第一局。比尔又扳回一局。决胜局里迈克掷出三个老 K 就作数了。他把骰杯递给比尔。比尔摇晃了半天，结果掷出了三个老 K，一个 A 和一个 Q。

"又是你的，迈克。"比尔说，"老赌鬼迈克。"

"真是抱歉。"迈克说，"我付不了了。"

"怎么回事？"

"我没钱了。"迈克说，"我身无分文了。我只剩了二十法郎。来，把这二十法郎拿去。"

比尔的脸有点变了颜色。

"我身上的钱刚好够付蒙托亚的账。这他妈还算是运气呢。"

"开支票也行，我去兑现钱。"比尔说。

"你可真是体贴我，可你要知道，我不能再开支票了。"

"可你没了钱该怎么办呢？"

"哦，有笔钱就要到了。有两个星期的津贴就该汇给我了。我住的那家圣让旅店可以先赊账。"

"你打算怎么处置这辆汽车呢？"比尔问我，"还想再用一段时间吗？"

"用不用也没啥区别了。总归有点傻气。"

"算了，咱们再喝一杯吧。"迈克说。

"好。这轮可算我的了。"比尔说，"布蕾特身上有钱吗？"他转向迈克。

"我想应该没有了。我付给老蒙托亚的钱大部分都是她给的。"

"她身上一点钱都没了？"我问。

"我想应该是这么回事。她一向就没什么钱。她每年能拿到五百镑,可付给犹太人的利息就有三百五十镑。"

"我看他们是直接扣除的吧。"比尔说。

"是这么回事。他们也不真是什么犹太人。我们不过这么称呼他们罢了。我想他们应该是苏格兰人。"

"她真是一点钱都没了?"我问。

"我想也差不多。她走的时候全都留给我了。"

"好了。"比尔说,"咱们还是再来一杯吧。"

"这话我爱听。"迈克说,"空谈财政屁用都没有。"

"没错。"比尔说。

下面两轮酒就由我跟比尔掷骰子决定谁付酒钱。比尔输了,归他付。我们出门朝汽车走去。

"你有想去逛逛的地方吗,迈克?"比尔问。

"咱们就去兜兜风吧。兴许对我的信誉还有点好处。就在附近兜兜。"

"好。我想到海边去看看,咱们就朝昂代开吧。"

"在这段海岸线上我可是没有丝毫的信誉可言。"

"这话倒也不一定。"比尔说。

我们就沿着海岸边的公路开去。沿途可见绿茵茵的海岬,白墙红瓦的别墅,片片森林;落潮的海水碧蓝碧蓝,远远地在海滩一线起伏跌宕。我们驶过圣让-德吕兹,一路前行,穿过滨海的好几座村庄。我们正在穿行的高低起伏的乡野背后,就是我们从潘普洛纳过来时翻越的群山峻岭。道路还在向前延伸。比尔看了看表。我们该往回走了。他敲了敲车窗,吩咐司机掉头回去。司机把汽车倒到路边的草地上,掉转车头。我们背后是密林,密林下面是一片草场,再下面就是大海。

在圣让,我们把车停在迈克准备暂住的旅馆门前,他下了车。司机帮他把行李拿进去。迈克站在车旁。

"再见了，伙计们。"迈克说，"真是个棒极了的狂欢节哪。"

"再见，迈克。"比尔说。

"回见。"我说。

"甭为我担心钱的问题。"迈克说，"你先把车钱付了，杰克，我的那份儿回头寄给你。"

"再见了，迈克。"

"再见，伙计们。你们真他妈够朋友。"

我们握了一遍手，从车里朝他挥手告别。他站在路边目送我们上路。我们开到巴约讷的时候，火车马上就要开了。一个行李搬运工把比尔的行李从寄存处取出来。我一直送他到通站台的内门前。

"再见，伙计。"比尔说。

"再见，老弟！"

"很棒。我这段时间过得棒极了。"

"你还在巴黎住段时间吗？"

"不了，17号我就得上船了。再见，伙计！"

"再见，好兄弟！"

他进门朝火车走去。搬运工拿着行李走在前头。我注视着火车开出站去。比尔坐在一个车窗口。窗口过去了，整列火车也过去了，铁轨空了下来。我出站朝汽车走去。

"我们该付你多少钱？"我问司机。开到巴约讷的车钱说好是一百五十比塞塔的。

"两百比塞塔。"

"要是你回去的路上把我捎到圣塞瓦斯蒂安，再加多少？"

"五十比塞塔。"

"少拿我开涮。"

"三十五比塞塔。"

"不值这么多，"我说，"把我送到帕尼耶·弗勒里旅馆吧。"

车到旅馆，我付了车钱，另加一笔小费。车上蒙了一层尘土。我把钓竿袋上的浮土擦去。这似乎将我跟西班牙和狂欢节联系起来的最后一样东西了。司机把车发动起来，沿街开走了。我目送它转过弯去，驶上通往西班牙的公路。我走进旅馆，开了个房间。上次我跟比尔、科恩逗留巴约讷期间住的就是这个房间。感觉像很久以前的事了。我梳洗了一下，换了件衬衣，来到城里。

我在一家书报亭买了份纽约《先驱报》，坐在一家咖啡馆里看报。再次回到法国感觉怪怪的，有种置身郊外的安全感。我还不如跟比尔一道回巴黎算了，可是巴黎成天就像是在过节。我暂时可不想再凑这个热闹了，圣塞瓦斯蒂安可以让我清静清静。那里的旅游季要到 8 月份才开始。我可以在旅馆里住到个好房间，看看书，游游泳。那里的海滩相当不错。海滩上头的散步大道上有非常漂亮的树木，旅游季开始前有很多孩子由保姆带着在那里消夏。晚上，海滨咖啡馆对面的树林里，有乐队举办的音乐会。我可以坐在海滨听他们演奏。

"里面的饭菜怎么样？"我问服务生。咖啡馆里面是个餐厅。

"很好，非常好。在里面能吃得很好。"

"好的。"

我进去用餐。照法国的标准，菜式已经非常丰盛了，不过跟西班牙相比，量还是挺秀气的。我喝了一瓶葡萄酒佐餐。这是瓶玛歌庄园①的佳酿。能慢慢地饮用，细细地品味如此美酒，而且是一个人独酌，实在是桩赏心乐事。一瓶好酒顶得一位好友。品完美酒后我喝了杯咖啡。服务生向我推荐了一款叫作伊扎拉的巴斯克利口酒。他拿来一瓶，满斟了一杯。他说伊扎拉是用比利牛斯山上的鲜花酿制而成，是货真价实的比利牛斯山上的鲜花。那酒看着像是头油，

---

① 玛歌庄园是法国波尔多地区一家一级酒庄，其出产的红酒将优雅与强劲、细致与浓厚这些看似对立的特点糅为一体，为法国顶级红酒。

闻着像是意大利的斯特雷加①。我让他把比利牛斯山的鲜花端走,给我拿一瓶 vieuxmarc② 来。烧酒相当不错。喝完咖啡后我又喝了一瓶。

我对比利牛斯山鲜花的态度看来有点得罪了那位服务生,我就额外多给了他一些小费,这让他非常高兴。置身于一个这么容易就能让人高兴起来的国度,感觉很是舒服。你永远都搞不清一个西班牙服务生会不会感谢你。可是在法国,一切的一切都建立在一个如此清楚的金钱基础之上。这真是一个生活最为简单明了的国度。没有任何人会出于任何一种含混费解的原因而成为你的朋友,把问题复杂化。你要是想让大家喜欢你,只需稍微破费点就行了。我就破费了这么一点,那位服务生就很喜欢我了。他很赞赏我这种可贵的素质,他会很欢迎我再次光临。改天我会再来这里用餐,而他则会很高兴再见到我,希望我坐的桌子归他照应。这种喜欢将会是诚挚的,因为它建立在坚实的基础之上。我真是回到法国了。

第二天早上,为了多交几个朋友,旅馆里的每个服务人员我都额外多给了些小费,然后乘早班火车前往圣塞瓦斯蒂安。在车站,我没给行李搬运工额外的小费,因为我不认为以后还能再见到他。我只想在巴约讷保留几个法国好朋友,倘若日后再去,会受到欢迎罢了。我知道,只要他们能记住我,他们的友谊就会是忠诚无欺的。

车到伊伦③,我们须得换车并出示护照。我极不情愿离开法国。法国的生活是如此简单明了。马上就又重返西班牙,我觉得自己真是个傻瓜。在西班牙,你什么事都拿不准。虽然我觉得再到西班牙去简直像个傻瓜,我还是手持护照排队经过海关,打开行李让海关人员检查,买了张票,经过一道门,爬上火车,经过四十分钟和八条隧道后,到达了圣塞瓦斯蒂安。

---
① 斯特雷加是意大利一种带香草和香料味的烈性利口酒。
② 法语:陈年烧酒。
③ 伊伦为西班牙边境城市。

即便是在大热天，圣塞瓦斯蒂安也总有一种清晨的气息。树木的绿色似乎永远都露水未干，街道总像刚刚洒过水。就算在最炎热的日子里，有几条街道也总是很阴凉。我去了城里一家以前住过的宾馆，他们给了我一间带阳台的房间，伸出来的阳台要高过城里一般住户的屋顶。从这些屋顶上望过去，是一片绿意盎然的山坡。

我打开行李，把我带的几本书堆在靠近床头的桌子上，取出我的剃须用具，把几件衣服挂在大衣橱里，又整理出一包待洗的衣服。然后我到浴室冲了个淋浴，下楼去吃午饭。西班牙还没改成夏令时，所以我下来早了。我把表往回拨了一小时，来到圣塞瓦斯蒂安我倒是赚回来一小时。

我走进餐厅的时候，门房给了我一张警察局发放的表格要我填写。我签名已毕，又向他要了两张电报纸，一份电文写给蒙托亚旅馆，告诉他们将所有的邮件和电报都转到现在的地址。我估算了一下在圣塞瓦斯蒂安大概要待几天，然后拟了份发给我办公室的电文，要他们帮我暂时保存邮件，不过要把即日起六天之内的电报转到我圣塞瓦斯蒂安的地址。然后我走进餐厅用餐。

饭后我上楼回到自己的房间，看了会儿书，然后就睡着了。醒过来的时候已经四点半了。我找出自己的泳衣，连一把梳子一起裹在一条毛巾里，下楼顺着大街走到康查海滩。潮水退了差不多有一半了，沙滩平坦而又坚实，沙子黄灿灿的。我走进一间海水浴场的更衣室，把衣服脱了，换上泳衣，走过平坦的沙滩，一直走到海里。光脚踩在沙滩上感觉暖乎乎的。水里和沙滩上的人已经不少了。康查的几个海岬几乎连了起来，形成了一个港湾，外面是一排白花花的浪头和开阔的海面。虽说潮水正在退下，还是有几个姗姗来迟的巨浪。过来的时候不过是波动的细浪，逐渐累积成浪头，最后和缓地冲刷到温暖的沙滩上。我涉水入海，海水很凉。眼看着一个巨浪打来，我潜到水下游泳，等我浮出水面时，所有的寒意已经烟消云散。我朝木排游去，爬上木排，躺在滚烫的木板上。木排另一头有一个小伙子和一个姑娘，姑娘已经把泳衣上面的背带解开，在晒她的脊背。小伙子面朝下趴在木排上，跟她说话，把她逗得咯咯直笑，朝着太阳转动一下晒黑的脊背。我躺在大太阳底下的木排上，一直把自己晒干。然后我尝试着潜了几次水。有一次我潜得极深，一直朝海底游去。游的时候我把眼睛睁着，只见绿油油黑乎乎的一片。木排投下一片黑影。我从木排的一侧钻出水面，爬上木排，又跳下水去，一直向下潜去，然后朝岸边游去。我躺在沙滩上，一直到把自己晒干，然后走进更衣室，脱下泳衣，用淡水冲洗一下，擦干。

　　我在树荫下沿着海湾走到赌场，然后拣一条阴凉的街道朝海滨咖啡馆走去。咖啡馆里有一支乐队正在演奏，我坐到外面的露台上，享受一个炎热夏日过后清爽的凉意，喝了一杯柠檬汁加刨冰，然后又喝了一大杯威士忌加苏打。我在海滨门前闲坐良久，看看报，瞄瞄人，听听音乐。

　　一直等天开始黑下来了，我才起身，沿着海湾走了一段，然后走上海滨的散步大道，最后回到旅馆吃晚饭。环巴斯克地区的自行车赛正在进行中，那晚赛手们正好在圣塞瓦斯蒂安歇宿。餐厅的一边搭起了一张长桌，赛手们正同他们的教练和经纪人一起吃饭。都是法国和比利时人，吃起饭来全神贯注，不过看得出吃得很开心。桌头上有两位美貌的法国少女，浑身上下都是巴黎蒙马特尔郊区路段上的时髦派头。我看不出她们是属于哪位赛手的。整个一桌子人都用俚语交谈，讲了很多私底下的笑话，长桌另一头的人讲的一些笑话那两位姑娘没听清，要他们重复一下他们又不肯。自行车赛将于明天清晨五点钟开始最后一段赛程的比赛：圣塞瓦斯蒂安至毕尔巴鄂①。自行车赛手们喝了很多葡萄酒，皮肤被太阳晒得黑黑的。他

---
① 毕尔巴鄂是西班牙北部巴斯克地区一港口城市，濒比斯开湾。

们只在彼此中间才会认真对待这次比赛。他们这批人比赛的次数太多了，谁赢谁输都没多大区别。尤其还是在国外比赛，奖金可以商量着分配。

在比赛中领先了两分钟的那个赛手生了个疖子，疼痛难当。他踮着屁股坐在椅子上，脖子通红，金色的头发给太阳晒脱了色。另外那些赛手拿他的疖子寻开心。他用叉子敲了敲桌面。

"我说，"他说，"明天我要把鼻子紧贴在车把上，这么一来就唯有怡人的清风才能碰到我的疖子了。"

一位姑娘从桌子那头看了他一眼，他咧嘴笑笑，脸腾地红了。据他们说，西班牙人不懂得该怎么蹬车。

我在外头的露台上跟一家大自行车生产商的团队经纪人一起喝咖啡。他说这次比赛进行得非常开心，要不是博泰基亚在潘普洛纳就退出比赛的话就更值得一看了。路上尘土太多，不过西班牙的公路比法国的要好。自行车公路赛是世上唯一称得上体育比赛的赛事，他说。我可曾追随过环法自行车赛？只在报上追随过。环法自行车赛是这个世界上最伟大的体育赛事。整个春天整个夏天还有整个秋天，他都是跟这帮自行车赛手在赛道上度过的。你就看看现在有多少人开着车跟在参加公路赛的赛手后头，一个城镇一个城镇地一路追下去。法国是个富有的国家，体育运动一年比一年兴旺发达。它将成为世界上体育运动最为兴盛的强国。全都是自行车公路赛成就的它，再加上足球，他了解法国，La France Sportive[①]。他了解自行车公路赛。我们一起喝了杯白兰地。不管怎么说，能回到巴黎毕竟不坏。只有一个巴纳姆[②]，全世界独此一个。巴黎是全世界最崇尚运动的城市。我知不知道黑人酒家在哪儿？我当然知道，日后肯定能在那里见到他，一定

---

① 法语：崇尚运动的法兰西。
② 巴纳姆是巴黎的别称。

一定。我们到时候再一起共饮白兰地,我们一定会的。他们一早五点三刻就要出发。我会起来为他们送行吗?我一定尽可能爬起来。到时候他来叫我好不好?怪有趣的。我会让前台到时候叫我。他不介意到时候亲自叫我,我决不能这么麻烦他。我会吩咐前台叫我,我们到第二天早上再道别不迟。

第二天早上我醒过来的时候,自行车赛手和跟在他们后头的那些汽车已经上路足足有三个钟头了。我在床上喝了咖啡,看了看报,然后穿上衣服带上泳衣下楼去了海滩。一大早,所有的一切都透着清新、凉爽和湿润。穿制服和农家打扮的保姆们带着孩子在树下散步。西班牙的小孩子真是漂亮。有几个擦鞋童凑在一起,坐在树下跟一个士兵闲聊,那士兵只剩了一条胳膊。潮水上来了,凉风习习,浪花拍岸。

我拣了个更衣室换上泳衣,穿过窄窄的一线海滩跨进水里。我朝海里游去,努力想游过迎面而来的巨浪,不过有几次还是得潜到水下。到了平静的海域以后,我就仰面朝天浮在水面上。这样浮着,眼中只能看到青天,身体则感受到大浪的起起伏伏。我朝一个浪头游回去,脸朝下顺势滑进一个巨浪。然后我转身游水,尽力保持在波谷的位置,不让浪头迎面打来,把我吞没。一直在波谷拼力游水搞得我很累,于是我转身朝木排游去。海水浮力很大,很冷。感觉仿佛永远都不会沉底。我慢慢地游着,看似跟满潮一道进退,游了好长一段距离,然后爬上木排,水淋淋地坐下来,板条正在被太阳慢慢烤热。我环顾了一下面前的海湾、老城、赌场、散步大道上的树木,还有那些白色门廊、金字招牌的大饭店。右手边的远处耸立着一座筑有古堡的青山,几乎封住了港湾。木排随着海水的运动起伏摇晃。通往开阔水域的狭长港口的另一头是另一处高岬。我颇想横渡眼前的海湾,可是又担心腿会抽筋。

我坐在太阳底下，注视着海滩上洗海水浴的人。他们看起来都非常渺小。过了一会儿我站起身来，用大脚趾抓住木排的边，趁木排因我的体重朝一边倾斜的当口，干净利落地深深扎了个猛子，然后慢慢穿过一层比一层明亮的海水浮出水面，抖掉头上的咸水，慢慢、稳健地朝岸边游去。

我穿好衣服，付了更衣室的使用费，走回旅馆。自行车赛手们落下了几本《汽车》杂志，我在阅览室把它们归拢到一起，拿到户外，坐在阳光下的安乐椅上翻看起来，追踪一下法国的体育生活。我在那儿坐着的时候，门房手里拿着个蓝色的信封走了出来。

"您有一封电报，先生。"

我把手指插进封口里，把信封拆开阅读电文。电报是从巴黎转来的：

能否前来马德里蒙大拿旅馆我处境很糟布蕾特。

我给了门房一笔小费，又把电文读了一遍。有个邮差顺着人行道朝这儿走来，拐进了旅馆。他一脸的大胡子，看起来颇有军人气概。接着又从旅馆出来了。门房紧跟在他后头。

"您又有一封电报，先生。"

"谢谢你。"我说。

我把电报打开。这封是从潘普洛纳转来的：

能否前来马德里蒙大拿旅馆我处境很糟布蕾特。

门房站在一旁没动弹，兴许是在等第二笔小费。

"去马德里的火车几点开？"

"今儿早上九点就开出了。十一点有一班慢车，晚上十点有一班

'南方特快'①。"

"给我买张'南方特快'的卧铺票。现在就把钱给你吗?"

"怎么都行。"他说,"我把它记在账上吧。"

"就这么办。"

唉,这也就意味着圣塞瓦斯蒂安的一切都泡了汤。我想,我是模模糊糊地盼着会发生这等事的。我看见门房在门口站着。

"请给我拿张电报纸来。"

他把电报纸拿来,我取出自来水笔,用印刷体写道:

马德里蒙大拿旅馆阿什利夫人
乘南方特快明抵爱你的杰克。

这么做看来就成了。就这么回事儿,把一个姑娘跟一个男人送走。又把她介绍给另一个男人,跟他一起走。现在再去把她给领回来。还在电报上署名"爱你的"。就是这么回事,挺好的。我进去吃饭。

那天夜里在"南方特快"上我没怎么合眼。第二天早上我在餐车上吃的早饭,看着阿维拉②和埃斯科里亚尔③之间那一段岩石和松林地带。我透过车窗看到埃斯科里亚尔那个建筑群,在太阳的照耀下显得灰暗、狭长而又冰冷,我根本就没拿它当回事。我看到马德里从平原上升起来,在被太阳晒得铁硬的乡野对面,一个小小的悬崖上面一道紧凑的白色地平线。

马德里的北站是这条铁路线的终点,所有的火车都在这里停驶。

---

① "南方特快"最初是连接巴黎与里斯本的著名夜车线路,与"北方特快"相连,可北达圣彼得堡,于20世纪初成型,有支线通马德里,事实上马德里支线运送的旅客比里斯本本线还要多。

② 阿维拉为西班牙旧卡斯提尔地区阿维拉省省会,在马德里以西,保存有13—15世纪大教堂、罗马式王宫和修道院等古迹。

③ 埃斯科里亚尔为马德里附近一处著名的大理石建筑群,为16世纪西班牙国王腓力二世所建,包括宫殿、教堂、修道院和陵墓等建筑。

不再去往任何地方。站外挤满了出租马车、汽车,还有一排给旅馆拉客的伙计。活像个乡下城镇。我叫了辆出租车,我们一路上坡,穿过几个花园,路过空置的王宫和悬崖边缘尚未完工的教堂,继续爬坡,一直开到高冈之上炎热异常的现代化城区。出租车沿一条平坦的大街轻松地滑行至太阳门广场,然后横穿车流驶入圣热罗尼莫大街①。所有的商店都把遮阳篷拉下来抵挡暑热。所有朝阳的窗户都拉下了百叶窗。出租车在路牙边停下来。我看到了二楼上蒙大拿旅馆的招牌。出租车司机帮我把行李拿进去,放在电梯旁边。我摆弄了半天都没办法开动电梯,就走了上去。二楼上方挂了块刻花的铜招牌:蒙大拿旅馆。我按了下门铃,可没人应门。我又按了一下,一个女仆耷拉着脸把门打开了。

"阿什利夫人住这里吗?"我问。

她毫无反应地看着我。

"有位英国女人住这里吗?"

她转身叫了声里面的什么人。一个非常肥胖的女人走到门前。她灰白的头发抹了发油,梳成一个个的小卷,硬撅撅地环绕着她的大胖脸。她五短身材,不过看起来颐指气使的。

"您好,"我说,"有位英国女人住在这里吗?我想见见这位英国夫人。"

"您好,没错,是有个英国女人。如果她愿意见您的话您当然可以见她。"

"她愿意见我。"

"我叫这个丫头去问问她。"

"天气真热呀。"

"马德里的夏天真叫热。"

"冬天又冷得很。"

---

① 太阳门广场和圣热罗尼莫大街都位于马德里的正市中心。

"是呀，真是叫冷死个人。"

我本人是否也愿意在蒙大拿旅馆住下呢？

这个我还没决定，不过要是能把我的行李从一楼拿到楼上来，免得失窃，我会非常感激。在蒙大拿旅馆还从没有什么东西失过窃呢。在别的旅馆会有，这里可没有，从没有过。咱们这家旅馆的从业人员可是精挑细选出来的。听您这么说我很高兴，不过我还是希望有人能把我的行李先拿上来。

那个女仆进来说，英国女人想见这个英国男人，马上就见。

"很好。"我说，"你看，我不是说过吗。"

"毫无疑问。"

我跟在女仆身后，走过一段很长很黑的走廊。走到头上，她敲了敲一扇房门。

"嗨。"布蕾特说，"是你吗，杰克？"

"是我。"

"进来，快进来。"

我把门打开。女仆在我身后把门关上。布蕾特还在床上。她方才正在梳理头发，梳子还握在手里。房间里的那种杂乱是只有平时被仆佣伺候惯了的主儿才弄得出来的。

"亲爱的！"布蕾特说。

我走到床前，用双臂搂住她。她吻了吻我，在她吻我的时候我觉得出来她在想别的事。她在我怀里哆嗦。我感觉她瘦了好多。

"亲爱的！我这些日子过得简直生不如死。"

"跟我说说到底怎么回事。"

"没什么好说的。他昨天才走，是我要他走的。"

"你为什么不留住他？"

"我不知道。这种事是不该干的。我想我总算对得起他。"

"你应该是对他好得不得了。"

"他不该跟任何人在一起。我也是刚刚才认识到这一点。"

"不。"

"哦,见鬼!"她说,"咱们别谈这个了,咱们再也不要提起了。"

"好吧。"

"他竟然因为我而觉得丢脸,真让我大吃一惊。他有阵子因为我而觉得丢脸,你知道。"

"不。"

"哦,是。我想是有人在咖啡馆里笑话他。他想叫我把头发留起来。我留个长头发,那会是副什么德性?"

"很滑稽。"

"他说那会让我更有女人味儿,可我觉得这样会像个怪物。"

"后来呢?"

"哦,他想通了。他觉得不再因我而丢脸了。"

"那你说的'处境很糟'是指什么?"

"我当时不知道是不是能让他走,我又一个子儿都没有,没办法把他撇下我自己走。他一直想给我一大笔钱,你知道。我跟他说我有的是钱。他知道我是在说谎。我不能拿他的钱,你知道。"

"对。"

"哦,咱们别谈这个了,虽说是有些有趣的事儿。给我支烟吧。"

我给她把烟点上。

"他的英语是在直布①当服务生时学的。"

"是。"

"最后他想娶我。"

"真的?"

"当然。我甚至都不想嫁给迈克。"

---

① 直布罗陀这里用的是其缩写"Gib",很多人认为海明威此处是一语双关,拿杰克开涮,因为"gib"的另一意是阉掉的公猫。

"他也许以为，娶了你后他就成了阿什利爵爷了。"

"不。不是这么回事，他是真想娶我。他说这么一来我就不能撇下他一走了之了，他想确保我永远不能撇下他。当然，首先我得先多些女人味儿再说。"

"那你该觉得高兴才对。"

"是的。我现在是觉得重新振作起来了。他已经把那个该死的科恩给抹去了。"

"好啊。"

"你知道，我要不是看出跟他同居会对他有害，我是会跟他一起过下去的。我们处得别提多好了。"

"除了你的不够女人味儿。"

"哦，他会适应的。"

她把烟碾灭。

"我都三十四了，你知道。我可不想做一个糟蹋小孩子的坏女人。"

"是啊。"

"我不想成为那种人。我现在已经感觉相当不错了，你知道。我觉得已经振作起来了。"

"那就好。"

她转过脸去，我还以为她想再找根烟抽，接着我才看出她是哭了。我能感觉到她在哭。哭得浑身哆嗦。她不肯抬头。我伸出双臂紧紧搂住她。

"咱们别再谈这个了。求求你，再也不要提起了。"

"亲爱的布蕾特。"

"我要回到迈克身边，"我紧紧地抱住她，能感觉出她在哭，"他和善可亲到极点，又糟糕到无可救药。他跟我是一路人。"

她不肯抬头。我抚摸着她的头发，我能觉得出她在哆嗦。

"我可不想做那种坏女人。"她说,"可是,哦,杰克,求你再也不要提起了。"

我们一起离开了蒙大拿旅馆。老板娘不让我付账。账已经付清了①。

"哦,那好。咱们走吧。"布蕾特说,"现在怎么都无所谓了。"

我们叫了辆出租车,开往王宫饭店,把行李放下,订好了晚上"南方特快"的卧铺票,然后到饭店的酒吧间喝杯鸡尾酒。我们坐在吧台前的高脚凳上,酒保在一个巨大的镀镍调酒器里调制马提尼。

"真奇怪,你一走进一家大饭店的酒吧间,就有一种奇妙的高雅感受。"我说。

"当今的世界,只有酒保和赛马骑师还彬彬有礼。"

"不管旅馆何等的粗俗,酒吧间总是很高雅。"

"真怪。"

"酒保们总是风度翩翩。"

"你知道。"布蕾特说,"这话不假。他才只有十九岁。不可思议吧?"

我们碰了碰并排放在吧台上的两个酒杯。酒水冰凉,酒杯外面都结起了小水珠。窗帘低垂的户外则是马德里夏日的酷热。

"我喜欢在马提尼里加颗橄榄。"我对酒保说。

"您说得没错,先生。给您。"

"多谢。"

"我该事先就问问您的,您知道。"

酒保走到吧台的另一头去了,这样就听不到我们的谈话了。布蕾特就着放在木头吧台上的酒杯呷了口马提尼。然后才把酒杯端起来。一口酒下肚以后她的手就不再哆嗦,握得稳酒杯了。

"好酒。这酒吧真不错啊?"

---

① 显然是罗梅罗离开时把账结清了,他知道布蕾特身无分文。

"凡是酒吧都很不错。"

"你知道,起先我还不信。他是1905年生的,那时我已经在巴黎上学了。你就想想吧。"

"你到底希望我想什么?"

"别装傻。愿意为一位夫人买杯酒吗?"

"再给我们来两杯马提尼。"

"跟刚才的一样吗,先生?"

"酒非常好。"布蕾特冲他微微一笑。

"谢谢您,夫人。"

"好了,干杯。"布蕾特说。

"干杯!"

"你知道。"布蕾特说,"在这之前他只跟两个女人交往过。他只关心斗牛,别的一概不管。"

"他还有的是时间。"

"我不知道。他眼里只有我,而不再是笼统的斗牛表演了。"

"好呀,只有你。"

"是的。只有我。"

"我还以为你再也不想提起了呢。"

"我有什么办法?"

"你要是总提起它,就会失去它了。"

"我不过捎带提一下罢了。你知道,我现在的感觉真他妈的不错,杰克。"

"就该如此。"

"你知道,决心不做个坏女人让我感觉相当不错。"

"是呀。"

"这种原则多少可以替代上帝。"

"有些人有上帝。"我说,"为数很多呢。"

"上帝跟我从来没什么缘分。"

"咱们要不要再来一杯马提尼?"

酒保又给我们调了两杯马提尼,倒进两个干净的酒杯。

"咱们到哪儿吃午饭?"我问布蕾特。酒吧里很凉快,透过窗子你就能觉出外面的暑热。

"就在这儿吧?"布蕾特问。

"旅馆的饭菜都挺糟糕的。你知道一家叫博廷的餐馆吗?"我问酒保。

"知道,先生。要不要我给您写一下地址?"

"谢谢啦。"

我们在博廷餐馆的楼上吃的午饭。这真是全世界最好的餐馆之一。我们吃了烤乳猪,喝的是橡树河畔①。布蕾特没怎么吃东西,她向来就吃得很少。我饱餐了一顿,喝掉了三瓶橡树河畔。

"你觉得怎么样,杰克?"布蕾特问,"我的上帝!看你吃了多少。"

"我觉得很好。还要甜点吗?"

"主啊,不要。"

布蕾特抽着烟。

"你喜欢吃,对吧?"她问。

"是呀。"我说,"我喜欢很多很多东西。"

"你都喜欢什么?"

"哦。"我说,"我喜欢的多着呢。想要甜点吗?"

"你问过一遍了。"布蕾特说。

"对。"我说,"我是问过了。咱们再来一瓶橡树河畔吧。"

---

① 里奥哈是西班牙成名最早,也是最大的优质葡萄酒产区,有着"西班牙的波尔多"之美誉,有不少出产精品至极品红酒的酒庄,"橡树河畔"就是其中最优秀的佳作之一。"橡树河畔"的最佳匹配菜肴就是野味和烤乳猪。

"真是好酒。"

"你没怎么喝。"我说。

"怎么没喝。你没看见。"

"咱们要它个两瓶吧。"我说。

酒来了,我往我的杯子里倒了一点,然后给布蕾特倒了一杯,再把我的杯子添满。我们碰杯。

"干杯!"布蕾特说。我一饮而尽,又倒了一杯。布蕾特伸手按住我的胳膊。

"别喝醉了,杰克,"她说,"没必要买醉。"

"你怎么知道?"

"别。"她说,"你一切都会好起来。"

"我不是要买醉。"我说,"我不过是喝了点葡萄酒。我喜欢喝葡萄酒。"

"别喝醉了。"她说,"杰克,别喝醉了。"

"想去兜兜风吗?"我说,"想不想在城里兜一圈?"

"好啊。"布蕾特说,"我还没看看马德里呢。我应该看看马德里。"

"我先把酒喝完。"我说。

下得楼来,我们穿过一楼的餐厅来到大街上。一个服务生去帮我们叫车。天气炎热响晴。街头上有个小广场,有树有草,出租车就停在那儿。一辆车开了过来,服务生从一侧探出身来。我给了他小费,告诉司机往哪儿开,上车挨着布蕾特坐下。司机把车沿街往前开。我往后一靠,坐稳。布蕾特紧紧地靠到我身边。我们相互依偎着坐在一起。我伸出胳膊来搂住她,她舒舒服服地倚在我身上。天气酷热,艳阳高照,路边的房子都白得刺眼。我们拐上了大马路①。

"哦,杰克。"布蕾特说,"我们如果在一起,一定能过得开心

---

① 大马路是马德里市中心最主要的商业大街之一。

死了。"

前面有个穿卡其制服的骑警在指挥交通,他举起了警棍,车子突然慢下来,使布蕾特更紧地靠在我身上。

"是呀。"我说,"这么想想不也挺好吗?"

出 品 人：许　永
责任编辑：许宗华
特邀编辑：郑乔宇
装帧设计：海　云
印制总监：蒋　波
发行总监：田峰峥

投稿信箱：cmsdbj@163.com
发　　行：北京创美汇品图书有限公司
发行热线：010-53017389　59799930

创美工厂
官方微博

创美工厂
微信公众号